Oliver Gross

DER BESCHÜTZER
SCHATTEN

AF139575

FSC
www.fsc.org
MIX
Papier aus ver-
antwortungsvollen
Quellen
Paper from
responsible sources
FSC® C105338

Impressum

1. Auflage
© 2023 Oliver Gross
c/o Fakriro GbR / Impressumsservice
Bodenfeldstr. 9
91438 Bad Windsheim
Alle Rechte vorbehalten.

Lektorat:
Das Spannungslektorat | Yvonne Schlatter

Covergestaltung:
© Guter Punkt, München unter Verwendung von
Motiven von iStock (© Ostill, © Jackie2k) und
iStock / Getty Images Plus (© Aerial3)

Veröffentlicht über tolino media
ISBN 978-3-757-94149-9
Dieser Roman ist auch als E-Book erhältlich:
Amazon KDP ASIN B0C94P39L1

Herstellung und Druck über tolino media GmbH & Co. KG,
Albrechtstr. 14, 80636 München. Printed in Germany.
Fragen zu Produktsicherheit an: gpsr@tolino.media.

Oliver Gross

DER BESCHÜTZER
SCHATTEN

Thriller

Der Erste ist für euch, Jungs!

- Prolog -

Die Welt zerreißt in einer Sekunde. Ein Donnerschlag, plötzlicher Stillstand. Eine dichte Staubwolke füllt das Wageninnere aus, gefolgt von schwarzem Rauch. Und dem beißenden Gestank von heißem Sand und geschmolzenem Blech, der in die Nase sticht. Eine Welle sengender Hitze, selbst durch den Anzug und die Schutzbrille zu spüren.

Die folgenden zwei, drei Sekunden dehnen sich, als wolle die Zeit anhalten. Das Herz pocht, schwere Hammerschläge auf einem Amboss. Ein schrilles Fiepen erfüllt das Bewusstsein, ausgelöst durch den Knall der Explosion.

Aus den Ohrsteckern drängt sich hektischer Funkverkehr durch den Piepton, bald abgelöst vom trockenen Stakkato automatischer Gewehre. Dann ein zweiter und dritter Donnerschlag, etwas leiser, weiter hinten.

Der Körper reagiert instinktiv, wie er es über viele Jahre trainiert hat, ohne Rücksicht, ob noch alles intakt ist. Der linke Ellenbogen stößt die Wagentür auf, der Rest folgt, rollt zur Seite, das G95-Gewehr fest im Griff, hinaus in den wallenden Staub. Der Körper gleitet flach auf dem Boden hinüber zu dem erstbesten Felsbrocken am Wegesrand, der als Deckung taugt.

Die Funksprüche werden klarer. Feindbeschuss. Aus westlicher und nördlicher Richtung. Schreie. Unterstützung angefordert.

Ein schneller Blick zurück. Die Front des Toyota-Geländewagens ein rauchender Klumpen schwelenden

Metalls. Der Mann auf dem Fahrersitz leblos zusammengesunken. Der Sprengsatz hat Wagenboden und Türblech in hunderte Schrapnelle verwandelt, die seine Beine und seinen Unterleib zerfetzt haben. Schmerzvolles Stöhnen vom Beifahrersitz. Bewegung am Heck auf der abgewandten Seite des zerstörten Fahrzeugs. Freund, nicht Feind.

Mehr Funksprüche. Sichern! Feuer erwidern!

Der zweite Toyota, dreißig Meter voraus. Gestoppt vom Wrack des ersten Wagens, der in Flammen steht. Eine Rauchspur schießt waagerecht auf ihn zu, hüllt seine vordere Hälfte erst in einen Feuerball, dann in eine Rauchwolke. Die Druckwelle rast vorüber.

Die hinteren drei Wagen liegen unter dem Dauerbeschuss aus mindestens zwei Maschinengewehren. Großes Kaliber. Kugeln stanzen Löcher wie Kindsfäuste in das schmutzige Blech, lassen das Fensterglas zerspringen und die Reifen platzen. Dessen ungeachtet versucht der vierte Wagen einen Ausbruch, beschleunigt, schert aus der Kolonne aus. Eine gezielte Salve perforiert die Seitentür und den dahinter kauernden Fahrer. Das Heck des dritten Toyota stoppt seinen kurzen Fluchtversuch.

Der sechste Wagen brennt lichterloh, das Wrack versperrt den Rückweg. Neben ihm liegen zwei Soldaten auf der staubigen Fahrbahn. Der eine reglos, obwohl seine Uniformhose Feuer gefangen hat. Der andere bewegt sich noch, kriecht auf einen der Felsen zu. Um ihn herum spritzt die Erde auf, als die Angreifer ihn gezielt unter Feuer nehmen. Einen Moment später liegt er still, die Uniform von dunklem Blut befleckt.

Von zwei, drei Stellen auf der abgewandten Seite der Fahrzeugkolonne erklingen Schüsse. Einzelne Feuerstöße. Gegenwehr. Endlich.

Bewegung am zweiten Toyota. Die hintere Tür schwenkt auf, quietschend in dem verzogenen Rahmen. Eine Gestalt schiebt sich ins Freie, richtet sich auf, dreht sich halb herum. Die Uniform stellenweise versengt, der Helm fort. Das Gesicht eine Mischung aus rußigem Schwarz und blutigem Rot über einem rotblonden Vollbart.

An der linken Brustseite ist der Plattenträger zerfetzt und verkohlt, der gesamte linke Arm bis hoch zur Schulter ist nicht mehr da. Aus der grässlichen Wunde spritzt schubweise hellrotes Blut über das heiße, zerbeulte Blech des Geländewagens.

Der Mann ist dem Tod bereits näher als dem Leben. Automatisch macht er einen Schritt, noch einen, kommt näher. Träge, wie in Trance, hebt die rechte Hand das Sturmgewehr, wartet auf die unterstützende linke.

Weitere Funkmeldungen. Unterstützung ist unterwegs. ETA vier Minuten. Over. Vier Minuten? Haltet durch, Jungs!

Eine Salve von Kugeln trifft den Verwundeten und schleudert ihn rückwärts gegen den Toyota, neben dem die Leiche zusammensackt.

Das Gewehrfeuer der Angreifer ist nun überall, kommt von allen Seiten. Einzelne Schüsse, lange Salven aus Maschinengewehren. Kurze Feuerstöße als halbherzige Antwort. Eine kleine Explosion von einer Mörsergranate. Steine und Erdbrocken regnen vom strahlendblauen Himmel. Schreie. Mehr Schreie ...

Vier Minuten. Ich fuhr mit einem Laut in der Finsternis hoch. Hatte ich selbst geschrien? Ausschließen konnte ich es nicht. Ich rang keuchend nach Luft, versuchte, mich zu bewegen, fand mich jedoch in eingeengter Position, harter Widerstand unter und hinter mir sowie zu beiden Seiten.

Ich wischte mit beiden Händen über mein schweißnasses Gesicht. Durch die halb geöffnete Jalousie kroch ein wenig Helligkeit herein und schälte einzelne Umrisse aus der Dunkelheit hervor. Ich befand mich nicht in einem Sarg, sondern in meinem Schlafzimmer, zusammengekauert in der schmalen Nische zwischen Kleiderschrank und Wand. Trotz der Wärme im Zimmer fröstelte ich. Die Unterhose klebte an meinem von kaltem Schweiß bedeckten Körper.

»Verdammt nochmal.« Die Stimme klang fremd in der dunklen Stille, wie von jemand stammend, den man lange nicht mehr getroffen hatte.

Ich rieb mir mit den Handballen die Augen, bis die letzten Bilder des Traums aus meinem Kopf verschwanden. Heute waren sie äußerst plastisch gewesen. Das geschah immer wieder. Manche Träume zeigten sich diffus, verklärt, weit entfernt. Dann redete ich mir ein, sie seien weniger schlimm als die realistischen. Aber so oder so wurden die Träume nicht weniger.

Mit einem leisen Ächzen stemmte ich mich in die Höhe und saugte einen tiefen Atemzug in meine Lungen. Das Pochen zwischen meinen Schläfen verlor allmählich an Intensität. Von dem Narbenstrang an meinem linken Schulterblatt aus bohrte sich ein scharfer Schmerz tiefer in meinen Leib, so dass ich reflektorisch kurz die Luft anhielt. So, stellte ich mir vor, fühlte sich ein Rind nach der Markierung mit einem Brandeisen.

Zwei kleine Schritte brachten mich zu meinem Schlafplatz, einer Matratze, gebettet auf Europaletten. Wozu brauchte ich ein Bett, wenn ich ohnehin kaum schlief? Der

Wecker daneben auf dem Boden zeigte 0322 Uhr in rot-leuchtenden Zahlen an.

Es war keine der schlechtesten Nächte: Ich hatte etwas länger als drei Stunden geschlafen.

Ich ließ mich auf den Rücken sinken und zog die dünne Decke über meinen fröstelnden Leib. Starrte an die kaum sichtbare Zimmerdecke.

Es lag nun mehr als ein Jahr zurück. Und doch hörten die Albträume nicht auf. Genau wie die Flashbacks.

Wie lange sollte das noch so weitergehen?

ERSTER TEIL

Der Stalker

- 1 -

Aus den Aufzeichnungen des Schattens

Eine einzelne Sekunde entschied über die Zukunft. Eine Sekunde später, und der Schatten hätte die junge Frau nicht mehr wahrgenommen, ehe sie die Wohnungstür hinter sich zuschlug. Aber innerhalb dieser einen Sekunde erkannte er sie. Es war Yasmin – seine Yasmin.

Gleichwohl wusste der Schatten, was er nicht sofort bereit war, sich einzugestehen: dass das nicht möglich war.

Die Frau entdeckt zu haben, verdankte er dem Zufall, aber alles, was nun folgte, verlief nach seinem Plan. So wie immer. Das letzte Mal lag schon Wochen zurück, doch nun hatte der Schatten ein neues Ziel. Er würde die Frau kennenlernen, sie beobachten, ihren Alltag studieren, ihr Leben lesen. Aber sie würde ihn niemals treffen, nie seinen Namen erfahren, weder den richtigen noch einen falschen.

Das war eine der Regeln.

Wähle niemals ein Opfer aus, das du kennst.

Doch bereits zu diesem Zeitpunkt spürte der Schatten, dass etwas anders war als sonst.

Konnte es Yasmin sein?

Zumindest entsprach die Frau, die der Schatten gesehen hatte, seiner Fantasie von Yasmin, wie sie heute aussehen mochte: Mitte zwanzig, mittelgroß, zierlich schlank, mit schmalen Schultern, über die Wellen dunkelbraunen Haares fielen. Ein rundliches Gesicht mit abgrundtief schwarzen Augen und olivfarbenem Teint. Sportlich-schicke Markenkleidung bis hin zu den weißen Sneakers, die nicht älter als eine oder zwei Wochen sein konnten.

Sie sah fast genauso aus wie vor zehn Jahren.

War es schon so lange her?

Der Schatten nannte sie Yasmin. Ob das ihr richtiger Name war oder nicht, spielte für ihn keine Rolle.

Er warf einen vorerst letzten Blick durch das Treppenhaus hinauf, ehe er seine Werkzeugtasche schulterte und das Apartmenthaus verließ.

Der Schatten freute sich schon darauf, Yasmin bald wiederzusehen.

- 2 -

Endlich ließen wir den Kampf beginnen. Der erste der vier Angreifer löste sich aus der Reihe und stürmte auf mich zu. Er versuchte es mit einem Schlag, aber ich verkürzte blitzschnell die Distanz, blockte seinen Arm ab, hämmerte ihm den Ellbogen gegen die Schläfe und versenkte gleich darauf meine Faust in seinem Solarplexus. Als er ächzend zu Boden ging, stürzte er vor die Füße des zweiten Mannes und brachte dessen Attacke ins Stocken. Ein wuchtiger Tritt in die Körpermitte ließ ihn zurücktaumeln, straucheln, stürzen.

Ich wartete auf den dritten Angreifer, der ein Messer in der Hand hielt. Er schwang die Waffe zweimal bogenförmig vor sich. Ich sprang zurück. Als er zustach, wich ich seitlich aus und bekam die Messerhand zu fassen. Ich nutzte seinen Schwung aus, zog den Angreifer um mich herum und hebelte ihn mit einer Wurftechnik aus, sodass er krachend auf die Bodenmatten schlug. Mit dem Unterschenkel fixierte ich seinen Kopf, nahm ich ihm das Messer ab und schleuderte es zur Seite.

Der Vierte griff erst an, als ich wieder aufrecht stand. Das war mein Glück. Bei einer abgestimmten, gemeinsamen Attacke wären meine Chancen deutlich geschrumpft. So aber ließ ich ihn bis auf Armeslänge herankommen. Zwar war er mit einem Schlagstock bewaffnet, aber offensichtlich wenig geübt im Umgang damit. Ich verpasste ihm zwei Jabs ins Gesicht und deckte ihn danach mit einer Serie von

Körper- und Kopftreffern ein. Als der Kerl einknickte, entwand ich ihm mit einer schnellen Bewegung den Schlagstock.

Angreifer Nummer zwei hielt in einer erneuten Attacke abrupt inne, als ich die Waffe drohend erhob.

Das Klatschen zweier Hände löste die Spannung.

»Bravo! Sehr gut!« Martin Buchheister trat zu uns in den Trainingskreis. Mit breitem Grinsen spendete er uns einen kurzen Applaus.

Ich ließ den Schlagstock sinken und beobachtete, wie sich die übrigen drei Angreifer wieder auf die Beine rappelten. Nummer eins, der als Einziger keine Rumpfpolsterung trug, japste noch immer nach Luft. Der dritte rieb seine Schulter. Der vierte nahm die Kopfpolster ab und schüttelte benommen den Kopf. Ich war noch nicht einmal ins Schwitzen gekommen und streifte gemächlich meine Grappling-Handschuhe ab.

»Das war sehr beeindruckend, Lukas.« Buchheister klopfte mir mit seiner pfannengroßen Hand anerkennend auf die Schulter. Überhaupt erschien alles an ihm eine Nummer größer als normal. Er überragte mich um einige Zentimeter und wog sicherlich achtzig Pfund mehr als ich.

Wir befanden uns in einem Trainingsraum in der Konzernzentrale von Vendorff Richter International, meinem neuen Arbeitgeber. Die vier Mitglieder des Sicherheitsdienstes vor mir hatten sich nicht mit Ruhm bekleckert. Allerdings verspürte ich weder ein schlechtes Gewissen noch Genugtuung. Ich hatte erst eine Handvoll der Mitarbeiterinnen und Mitarbeiter kennengelernt. Ihre Aus- und Weiterbildung war quasi Teil meiner Stellenbeschreibung.

»Okay, Anmerkungen?« Buchheister, Leiter der Sicherheitsabteilung von Vendorff Richter, wandte sich an seine Leute. »Was hättet ihr anders machen können? Malinsky?«

»Wir hätten ihn gleich erschießen sollen«, murmelte der vormalige Messerträger, ohne den Blick von den Bodenmatten zu heben.

Das entlockte seinem Chef ein Lachen. Er strich durch sein grau meliertes Haar. »Den Gedanken kann ich nachvollziehen. Aber tatsächlich ist in einer Nahkampfsituation, wie wir sie gerade simuliert haben, derjenige mit dem Messer eher im Vorteil. Es sei denn, es ist bereits eine geladene und entsicherte Waffe auf ihn gerichtet.«

»Davon hab ich nichts gemerkt«, meinte Malinsky.

»Sie hätten ruhig etwas weniger hart zuschlagen können«, maulte Nummer vier, dessen griechischen Namen ich mir noch nicht hatte merken können. »Mir dröhnt der Schädel. Ich glaub, ich muss mich morgen krankschreiben lassen.«

»Ein echter Gegner wird Sie auch nicht mit Samthandschuhen anfassen«, entgegnete ich. »Nehmen Sie sich einen Eisbeutel.«

»War ich zu grob zu den Männern?«, fragte ich Martin Buchheister, als wir den Trainingsraum verließen, während die anderen hinter uns aufräumen durften.

Er schüttelte den Kopf und antwortete in leichtem, gemütlich klingendem sächsischen Dialekt. »Die werden sich schon dran gewöhnen, dass jetzt ein rauerer Wind weht. Immerhin ist es erst Ihre zweite Woche bei uns. Aber die Jungs und Mädels sind in Ordnung, Sie werden sehen. Morgen beim Schießtraining werden Sie noch ein paar von ihnen kennenlernen.«

Dem sah ich mit gemischten Gefühlen entgegen, aber das behielt ich für mich. Es war fast genau zwölf Monate her, dass ich zuletzt eine Feuerwaffe in den Händen gehalten – und benutzt – hatte.

Buchheister klopfte mir lachend auf die Schulter. »Sie sind wahrscheinlich mehr Action als das hier gewöhnt, kann ich mir vorstellen. Aus Ihrer Zeit beim Kommando. Richtig?«

Er machte Small Talk ohne bösartige Hintergedanken, dessen war ich mir sicher. Aber mit seiner Frage rührte er an Dinge, die ich zu vergessen suchte. Ich kämpfte die Bilder nieder, die aus der Tiefe meiner Erinnerung an die Oberfläche strebten. Darin hatte ich inzwischen reichlich Übung. Manchmal klappte es sogar.

Buchheister winkte ab, als er keine Antwort erhielt. »Sie brauchen nichts zu sagen, Lukas. Bestimmt haben Sie mehr als eine Verschwiegenheitsklausel unterschrieben. Entschuldigen Sie.«

»Ist schon in Ordnung«, log ich.

- 3 -

Eine Stunde später bat mich Martin Buchheister in sein Büro. Die Zwischenzeit hatte ich genutzt, um an den Kraftmaschinen im Trainingsraum überschüssige Energie abzubauen. Und angestaute Aggressionen. Die Sicherheitsabteilung verfügte über eine solide Ausstattung an Trainings- und Einsatzmaterialien und konnte auf zusätzliche Ressourcen und ein flexibles Budget zurückgreifen. Was auch sinnvoll war, da sie dem Schutz der Mitarbeiter und der Liegenschaften von Vendorff Richter diente, die über den gesamten Globus verstreut waren.

Frisch geduscht und wieder in Zivilkleidung lief ich in die Sicherheitszentrale in der zweiten Etage des Hauptgebäudes. Buchheisters Büro war ein länglicher, kleiner Kasten mit einem Schreibtisch, einer Sitzgruppe und einem Regal voller Aktenordner an der Rückwand. Das einzige Fenster wies zum Korridor hinaus, zur Hälfte von einer Plastikjalousie verdeckt.

Durch eine Handvoll gerahmter Fotos, die willkürlich an die freie Wand geworfen wirkten, vermittelte der Raum die Idee einer persönlichen Note: Erinnerungen an Buchheisters Dienstzeit im Feldjäger-Bataillon, seine Hochzeit, seine Kollegen der Kriminalpolizei in Dresden. Eines zeigte ihn beim Händedruck mit dem sächsischen Innenminister wenige Wochen vor seinem Ausscheiden aus dem Polizeidienst.

An seinem Schreibtisch saß Buchheister eine junge Frau gegenüber. Beide wandten ihre Köpfe zur Tür. Ich stoppte irritiert.

»Kommen Sie nur herein, Lukas! Nehmen Sie sich einen Sessel. Das ist Frau Ghani.« Er wandte sich wieder ihr zu. »Herr Keller ist der neue Sicherheitsberater unserer Abteilung. Sie können ganz offen vor ihm sprechen.«

Sie streckte mir ihre kleine und weiche Hand entgegen, und ich achtete darauf, sie nicht zu fest zu drücken.

»Zahra.« Ihre Stimme klang leise, eingeschüchtert.

»Frau Ghani ist mit einem eher persönlichen Problem zu mir gekommen«, erklärte Buchheister, während ich mir einen der kleinen Loungesessel heranzog und mich neben die junge Frau setzte.

»Aha?«

»Sie befürchtet, einen Stalker zu haben.«

»Einen Stalker«, wiederholte ich.

Sie nickte.

»Erzählen Sie noch einmal, wie Sie zu diesem Verdacht gekommen sind«, bat Buchheister sie.

Zahra Ghani räusperte sich und rieb ihre Hände an den Hosenbeinen. Ich schätzte ihr Alter auf Anfang bis Mitte zwanzig. Das dunkelbraune Haar und der olivfarbene Teint ließen ihre Herkunft im Nahen bis Mittleren Osten vermuten. Aber sie trug westliche Kleidung – beigefarbene Leinenhose und einen leichten, cremefarbenen Strickpullover – und die Haare unverhüllt zu einem kurzen Pferdeschwanz zusammengebunden.

»Es ist verständlich, wenn Sie nervös sind, Zahra. Aber Sie können uns vertrauen. Und wir werden in jedem Fall versuchen, Ihnen zu helfen.« Buchheisters Stimme entfaltete ein Timbre, das selbst mich beruhigt hätte – dank seines voluminösen Resonanzkörpers und, wie ich vermutete, langjähriger Erfahrung in Gesprächsführung, die er während seiner Tätigkeit als Kriminalbeamter entwickelt hatte.

»Also, da war dieser Typ«, berichtete sie. »Ich habe ihn selbst nur zweimal gesehen. Beim ersten Mal war ich shoppen mit einer Freundin. Sie lästerte noch, was ein Kerl alleine in der Damenabteilung macht. Ich hab mir zuerst gar nichts dabei gedacht.«

Der leichte Akzent in ihren Worten war kaum auszumachen.

»Wann genau war das?«

»Vor genau einer Woche. Letzten Dienstag.«

»Und dann?«

»Nichts weiter. Wie schon gesagt, ich hab mir nichts dabei gedacht. Hab den Typen einfach wieder vergessen.«

»Aber dann haben Sie ihn wiedergesehen«, sagte Buchheister.

Zahra nickte. »Letzten Freitag. Ich hatte mir einen halben Tag freigenommen. Als ich mittags nach Hause kam und die Haustür aufschließen wollte, stand er plötzlich ein paar Meter weiter auf dem Gehweg.«

»Was genau hat er getan?«

»Nichts. Er stand einfach nur da. Und er starrte mich an.«

»Er starrte Sie an?«, wiederholte ich.

»Ja. Sonst hätte ich ihn wahrscheinlich gar nicht wahrgenommen.«

»Hat er sonst irgendetwas getan?«, fragte Buchheister. »Hat er vielleicht versucht Sie anzusprechen? Gewunken? Gezwinkert? Irgendwas?«

Sie schüttelte den Kopf. »Nichts dergleichen. Bloß geguckt.«

»Sie haben sich angesehen?«, hakte Buchheister nach.

»Na ja ... ja.«

»Für wie lange?«, fragten Buchheister und ich unisono.

»Nicht lange. Ein paar Sekunden vielleicht. Dann hab ich schnell aufgeschlossen und bin rein.« Sie rieb mit der Hand über ihren Unterarm, als bekäme sie bei der Erinnerung Gänsehaut.

Buchheister und ich wechselten einen kurzen Blick. »Hat der Mann versucht, Ihnen zu folgen?«, fragte er.

»Nein. Jedenfalls glaube ich das nicht. Ich bin rauf in meine Wohnung und hab mich nicht mehr umgesehen.«

»Das hat Ihnen Angst gemacht«, stellte Buchheister fest.

Sie nickte. »Wie er so dastand und mich ansah ... Das war irgendwie ... total gruselig.«

»Das glaube ich Ihnen, Zahra«, sagte Buchheister verständnisvoll.

»Und Sie kennen den Mann nicht?«, fragte ich.

Sie schüttelte den Kopf. »Ich hab ihn noch nie vorher gesehen. Jedenfalls nicht, dass ich mich erinnern könnte. Und ich hab inzwischen viel darüber nachgedacht.«

»Können Sie ihn beschreiben?«, fragte ich.

Sie hob die Schultern. »Keine Ahnung ... Er war jung, nicht viel älter als ich, würde ich sagen. Er sah deutsch aus. Normale Figur. Kurze Haare. Er trug einen Kapuzenpullover.« Sie zuckte abermals die Achseln. »Unauffällig eben.«

»Und wenn es bloß Zufall war, dass Sie ihm nochmals über den Weg gelaufen sind?«, warf ich ein.

»Das glaube ich nicht, Herr Keller.« Zum ersten Mal seit unserer Begrüßung bedachte sie mich mit einem langen Blick.

»Ich übrigens auch nicht«, sagte Buchheister. »Und meiner Erfahrung nach sollte man in solchen Fällen auf sein Bauchgefühl hören.«

»Na gut, Sie sind zweimal einem unbekannten jungen Mann begegnet«, resümierte ich. »Aber das macht ihn noch nicht zu einem Stalker, oder? Vielleicht wohnt er in Ihrer Nachbarschaft, und beim nächsten Mal traut er sich, Sie anzusprechen und zu einem Kaffee einzuladen?«

Zahra sah mich an, als hätte ich etwas völlig Undenkbares ausgesprochen – oder meinen Verstand verloren. Martin Buchheister stützte das Kinn in die Hand und schüttelte kaum sichtbar den Kopf.

»Wieso habe ich plötzlich das Gefühl, dass Sie beide mehr wissen als ich?«, fragte ich.

»Jemand war in meiner Wohnung«, sagte die junge Frau.

In dem kleinen Büro war es schlagartig so still, als wäre die Luft durch ein Vakuum ersetzt worden.

»Jemand ist also in Ihre Wohnung eingebrochen?«, fragte ich.

»Nein, nicht direkt.«

»Sondern?«

Zahra rieb wieder ihren Unterarm. »Es war nichts kaputt oder so. Ich kann es nicht genau erklären, aber ich hatte sofort das Gefühl, dass etwas nicht stimmt.«

Ich wechselte einen Blick mit Buchheister. Als ehemaliger Kriminalbeamter verfügte er zweifellos über mehr Expertise in derartigen Dingen als ich.

»Das hört man oft von Leuten nach einem Einbruch«, sagte er. »Genauso schildern sie häufig ein Gefühl verlorener Sicherheit in den eigenen vier Wänden.«

»Wann war das?«, wollte ich wissen.

»Es muss am Samstag passiert sein, irgendwann spätabends. Ich war mit ein paar Freundinnen unterwegs und bin um halb acht aus der Wohnung. Als ich Sonntagfrüh wiederkam, hab ich es gleich gemerkt.«

»Wenn nicht eingebrochen wurde, woher können Sie wissen, dass jemand in Ihrer Wohnung war?«, fragte ich.

Zahra hob die Schultern. »Es waren einfach nur Kleinigkeiten. Der Blumenstrauß, der ein bisschen anders dastand. Das Buch auf meinem Nachtschrank war ein paar Millimeter verrückt, und das Lesezeichen auch.«

»Finden Sie das nicht etwas dürftig?«

»Ich verstehe Ihre Skepsis, Lukas«, sagte Buchheister. »Aber manchmal reichen ganz subtile Veränderungen aus, um registriert zu werden. Das dürfen wir nicht unterschätzen.« Er wandte sich an Ghani. »Hat denn irgendetwas gefehlt?«

»Bisher ist mir jedenfalls nichts aufgefallen.«

»Sie sollten das unbedingt noch mal überprüfen. Das ist wichtig. Denken Sie an alles: Wäsche, Fotos, Kleinkram.«

»Okay, das mache ich.«

»Waren Sie allein?«, fragte ich.

»Was?«

»Als Sie Sonntagfrüh nach Hause kamen, waren Sie allein, oder war jemand bei Ihnen?«

Sie starrte mich einen Moment lang an, ehe sie antwortete: »Ich wüsste zwar nicht, was Sie das angeht, Herr Keller – und was es zur Sache tut –, aber nein, es war niemand bei mir.«

Ich hielt ihrem Blick stand, bis sie ihn abwandte.

Buchheister unterbrach das Schweigen. »Waren Sie schon bei der Polizei?«

»Na sicher, gleich gestern.«

»Was haben die gesagt?«

»Die haben jemanden vorbeigeschickt, der sich meine Wohnung und die Wohnungstür angeguckt hat. Er hat aber nichts entdecken können und hat gesagt, dass es keine Einbruchspuren gibt.«

Buchheister runzelte die Stirn. »Gibt es jemanden, der einen Zweitschlüssel hat und in Ihrer Wohnung gewesen sein könnte? Eine Freundin oder ein Freund vielleicht?«

Zahra schüttelte den Kopf. »Nur der Hausverwalter hat noch einen Schlüssel. Aber ich kann mir nicht vorstellen, dass der heimlich meine Wohnung betreten hat.«

»Okay, nehmen wir das erst mal so hin. Was hat die Polizei denn noch gesagt?«

»Dass sie erst mal nichts tun können, solange es keine eindeutigen Hinweise auf einen Einbruch oder einen Diebstahl gibt.«

»Na ja, das stand zu befürchten. Aber ich habe Ihnen versprochen, dass wir Ihnen helfen. Und das werden wir auch tun.«

»Und was genau wollen Sie tun?«

Buchheister lehnte sich in seinem Bürosessel zurück. »Einfach ausgedrückt? Wir finden Ihren Unbekannten.«

»Und dann?«, fragte sie zögerlich.

»Die meisten Stalker, die ich über die Jahre kennengelernt habe, waren am Ende harmlos. Wenn wir wissen, wer er ist, können wir mit ihm reden. Oder falls nötig juristische Wege gehen.« Er lächelte zuversichtlich, aber das Lächeln gefror, als sein Blick meinen traf.

»Können wir mal unter vier Augen sprechen?«, fragte ich.

Der Höflichkeit halber überließen wir das Büro Zahra Ghani und liefen den Korridor hinunter.

Buchheister runzelte die Stirn. »Wo ist das Problem, Lukas?«

»Sollten wir diese Sache nicht der Polizei überlassen?«

»Sie haben doch gehört: Im Moment kann die Polizei nichts für Frau Ghani tun.«

»Ich bin der Neue in der Truppe, ich weiß. Aber ist es tatsächlich unsere Aufgabe, uns um die privaten Probleme von Mitarbeiterinnen zu kümmern?«

Meine Frage entlockte ihm ein Lächeln. »Das ist es durchaus. Sie haben ja recht, die Sache ist etwas ungewöhnlich, aber ich denke, es ist eine ausgezeichnete Gelegenheit.«

»Gelegenheit wofür?«

»Für Training und Ausbildung.« Er legte seinen Arm um meine Schulter. Dass sich meine Haltung unwillkürlich versteifte, schien er nicht zu bemerken. Ich ließ ihn gewähren – für den Moment. »In den nächsten Tagen stehen keine größeren Aktionen an, um die wir uns kümmern müssten. Warum also nicht die Zeit nutzen? Stellen Sie ein Team zusammen, briefen Sie es. Die notwendige Ausrüstung dürften wir haben. Sämtliche Ressourcen der Sicherheitsabteilung stehen uns zur Verfügung. Schnappen wir diesen Stalker, bevor er Frau Ghani noch mehr Ärger bereitet.«

Ich ahnte, worauf Buchheister hinauswollte. »Ein Team.«

»Die beste Chance, Ihre Mitarbeiter näher kennenzulernen«, gab er mit einem Grinsen zurück.

- 4 -

Die Vorbereitungen für Buchheisters Plan nahmen den restlichen Arbeitstag in Anspruch und würden ihren Abschluss erst mit einer Einsatzbesprechung am nächsten Morgen finden. Ich verließ die Zentrale von Vendorff Richter gegen 1600 Uhr, weil ich einer privaten Verpflichtung nachkommen musste.

Eine der Annehmlichkeiten meines Jobs bei Vendorff Richter war ein Dienstwagen. Ich hatte mich für einen Range Rover Evoque entschieden und war nun mit damit unterwegs. Der Verkehr nervte, aber immerhin fand ich eine Parklücke am Straßenrand nur hundertfünfzig Meter von meinem Ziel entfernt, beschattet von einer Eiche, deren Blätter sich in der Hitze kräuselten.

Ich nahm die Einkaufstüte vom Beifahrersitz. Die Eingangstür des Hauses war wie üblich nur angelehnt und knarzte altersschwach. Ich ignorierte den Fahrstuhl und stieg die gefliesten Stufen hinauf in den dritten Stock des Achtparteienhauses, das in den 1970er Jahren erbaut worden war. Schon auf halber Strecke hämmerten mir Bässe entgegen. Auf dem Treppenabsatz sah ich mich einer geschlossenen Wohnungstür gegenüber, hinter der sich die Lärmquelle verbarg.

Schon öffnete sich die Tür der zweiten Etagenwohnung, und das von hellgrauem Haar umrahmte Gesicht einer älteren Frau erschien.

»Hallo, Frau Schöller«, sagte ich.

»Guten Tag, Herr Keller«, grüßte sie, deutete mit dem Kinn auf die Wohnungstür und verzog das Gesicht. »Das geht schon über zwei Stunden so. Wir haben mehrfach geschellt, aber er reagiert überhaupt nicht.«

Natürlich nicht, weil er für sich sein will, dachte ich und nickte verständnisvoll. »Ich werde mich darum kümmern.«

Hinter ihrem gebeugten Rücken erschien das Gesicht von Herrn Schöller. »Noch zehn Minuten länger und wir hätten schon wieder die Polizei rufen müssen«, krähte er. Seine heisere Stimme klang wie ein Flüstern unter der aggressiven Musik.

»Ich sagte doch, ich kümmere mich darum«, wiederholte ich.

Frau Schöller zögerte noch einen Moment, dann wandte sie sich ab und scheuchte ihren Ehemann zurück in die Wohnung. Die Tür fiel ins Schloss.

Ich atmete tief durch und hämmerte mit der Faust gegen die gegenüberliegende Tür. Die Schöllers waren stets sehr nett und äußerst verständnisvoll, aber ihr Nachbar übertrieb es manchmal.

Nach ein paar Sekunden hämmerte ich wieder und da niemand reagierte noch ein weiteres Mal. Die Türklingel war sicher abgestellt, also versuchte ich sie gar nicht erst, sondern angelte meinen Zweitschlüssel aus der Hosentasche. Ich machte mir keine Mühe, leise zu sein, auch nicht, als ich die Tür hinter mir zuwarf.

Zwischen einem winzigen Badezimmer und einem Einbauschrank hindurch gelangte ich mit zwei großen Schritten in das kombinierte Wohn- und Schlafzimmer, von dem eine Nische mit einer Kochzeile abgetrennt war. Im hellen Tageslicht, das durch zwei große, nebeneinanderliegende Fenster in das Apartment fiel, waberten Schwaden von Zigarettenrauch. Vor dem linken Fenster, den Blick nach draußen gerichtet, saß Stefan Bach in seinem einfachen Rollstuhl. Kopf und Oberkörper wippten im Takt des dröhnenden Schlagzeugs und der wummernden E- und Bassgitarren. Keine Reaktion von ihm verriet, ob er mich bemerkt hatte.

Ich stellte die Einkaufstüte auf den schmalen Esstisch zwischen Wohnzimmer und Küchenzeile. Dann ging ich zu dem einzelnen Regal, in dem nur die Stereoanlage stand, und drehte die Lautstärke herunter. Der kreischende Lärm der Death-Metal-Band fiel zu einem insektenartigen Surren zusammen.

Stefans Kopf schnellte in meine Richtung. »Hey, ich wollte das hören!«

»Wenn du das so laut aufdrehst, hörst du bald gar nichts mehr, Stevie. Oder die Bullen treten dir die Tür ein.«

»Mit denen werde ich schon fertig. Oder traust du mir das nicht mehr zu?«

Er wendete den Rollstuhl und rollte mit einem kleinen Schwung auf mich zu. Ein Kloß bildete sich in meinem Hals. Stefan schien noch mehr abgenommen zu haben. Er trug nur ein T-Shirt und eine Unterhose, sein rosiger Oberschenkelstumpf zuckte in meine Richtung.

»Was soll die Frage?« Ich zwang mich zu einem realitätsverdrängenden Grinsen.

Der frühere Hauptfeldwebel des Kommandos Spezialkräfte, einen Meter neunzig groß, einhundertfünf Kilogramm schwer, mit der Statur und dem Trainingszustand eines Zehnkämpfers, war heute nur noch ein Schatten seiner selbst. Nachdem er sein rechtes Bein, Teile seines Darms und seiner Lunge verloren hatte, hatten die vergangenen Monate unerbittlich an ihm genagt wie bösartige Parasiten. Wenn es so weiterging, fürchtete ich, würde er irgendwann aufhören zu existieren.

Stefan hustete rasselnd und sog anschließend pfeifend Luft in seine malträtierte Lunge. Dann rollte er an mir vorbei in die Küche und reckte sich, um in die Einkaufstüte zu spähen.

»Hast du mir Kippen mitgebracht?«

»Muss ich wohl vergessen haben.«

»Mann, Keller! Du weißt, ich brauch was zu Rauchen.«

»Wozu, Stevie? Um deine Lungen zu teeren? Fahr doch mal raus auf die Straße, da kriegst du mehr als genug Abgase und das auch noch umsonst.«

»Mann, du bist und bleibst ein beschissener Besserwisser.«

»Ich war schon immer ein bisschen schlauer als du, vergiss das nicht.«

Stefan schnaubte. »Jaja, das hättest du wohl gerne.«

Ich packte die mitgebrachten Einkäufe aus. Brot, Wurst, Käse, Milch, Salatgurke, Kohlrabi, Tomaten, Äpfel, Nudeln, Nudelsoße, Eier. Stefan betrachtete alles, dann sah er mich stirnrunzelnd an.

»Hast du schon mal ein Karnickel im Rollstuhl gesehen?«

»Nein«, sagte ich zögernd. »Wieso?«

»Warum schleppst du mir dann dieses ganze Grünzeug an?«

»Damit du deinem Körper auch mal was Gesundes zuführst, Kumpel.«

Er breitete die Arme aus und präsentierte sich mir in seiner ausgemergelten, vernachlässigten Erscheinung. Prompt nahm ich mir wieder einmal vor, ihn häufiger zu besuchen.

»Meinst du, das bringt noch was?«

Ich ignorierte die aufkommende Diskussion. »Warst du gestern bei Dr. Zimmermann?«

»Muss ich wohl vergessen haben.«

Mir entging die Retourkutsche nicht. »Die Termine sind wichtig, Stevie.«

»Ja, für ihn vielleicht.«

»Er versucht bloß, uns zu helfen. Das ist sein Job.«

»Funktioniert es?«

»Kann es nicht, wenn du dich nicht darauf einlässt.«

Stefan winkte ab. »Ich komme schon klar.« Er lenkte den Rollstuhl an mir vorbei zurück zum Fenster und klopfte eine Zigarette aus der halb leeren Schachtel, die auf dem Fensterbrett lag.

»Das sehe ich.«

Er stieß eine Qualmwolke aus und hustete. »Was willst du, Keller?«

»Wann hast du das letzte Mal geduscht?«

Er zuckte die Achseln. »Ist schon ein paar Tage her.«

»Soll ich dir helfen?«

»Vergiss es!«

»Soll ich mit dir zum Friseur fahren?«

Er grunzte verächtlich.

»Was ist mit der Orthopädietechnik? Hast du dich um einen Termin gekümmert?«

»Wozu denn?«

Ich seufzte tief und schluckte dann meinen aufwallenden Ärger zusammen mit einer Erwiderung herunter. Seit Monaten ignorierte Stefan die Option, endlich eine Beinprothese angepasst zu bekommen, mit der er nicht mehr auf den Rollstuhl und – das entsprechende Training vorausgesetzt – auch nicht mehr auf Gehhilfen angewiesen wäre. Eigentlich ignorierte er alles.

Aber ich wollte auch nicht aufgeben.

Ich ließ mich auf ein Knie hinunter und drehte Stefans Rollstuhl zu mir herum. Als er mich anblickte, sah ich die

33

Tränen in seinen hellblauen Augen. Mein Ärger verflog auf der Stelle.

»Hey, Mann, was ist denn los?«, fragte ich leise und fasste meinen Freund an der Schulter.

Sein Mund verzog sich zu einer Grimasse, als er gegen die Tränen ankämpfte. Ein kurzes, aussichtsloses Gefecht. Kaum hörbar sagte er: »Heute ist Paulinas Geburtstag.«

Ich blieb bei Stefan auf dem Boden hocken, bis sein Weinkrampf verebbt war. Es gab nichts zu sagen. Wir waren Freunde, Kameraden, Brüder, und er brauchte meinen Beistand. Er hätte dasselbe für mich getan, ohne zu zögern. Was uns als Soldaten verbunden hatte, bestand weiterhin.

Nach einer Weile beruhigte er sich.

Ich hatte inzwischen im Kopf nachgerechnet, war mir bei dem Ergebnis aber nicht ganz sicher. »Ist es der Vierte oder schon der Fünfte?«

»Der Fünfte.«

»Hast du sie angerufen?«

Er schüttelte den Kopf.

»Wieso nicht?«

»Diana hätte was dagegen.«

»Was sollte sie dagegen haben?« Diana hatte ihn verlassen, als er noch in der Klinik war, gerade einmal zwei Monate nach unserer Rückkehr aus Afghanistan. »Paulina ist deine Tochter. Du solltest sie an ihrem Geburtstag wenigstens anrufen. Sie wird sich freuen, von ihrem Vater zu hören.«

Stefan sah mich skeptisch an. Sein Blick verriet mir aber auch, dass er selbst schon darüber nachgedacht hatte.

»Ich weiß nicht.«

»Ich kann dableiben und dir helfen, wenn du willst.«

Stefan überlegte kurz, inhalierte einen letzten Zug und stopfte die Kippe in den reichlich gefüllten Ascher. Dann strich er die Haare mit beiden Händen zurück und holte tief Luft.

»Gehen wir's an.«

Ich schob ihm sein Handy über die Tischplatte hin. Dianas Nummer war die zweite von dreien in Stefans Kontaktliste. Er zögerte eine Sekunde – dann tippte er auf das Wählsymbol. Ich schaltete die Freisprechfunktion ein, und wir lauschten den Wahltönen.

Es klingelte dreimal, ehe Diana Bach abnahm.

»Hallo.« Ihre Stimme klang sogar aus dem kleinen Lautsprecher reserviert.

Stefans unschlüssigen Blick beantwortete ich mit einem aufmunternden Nicken.

»Hallo, ich bin es. Stefan.«

»Was willst du?«

»Ist Paulina da? Ich würde gerne mit ihr sprechen.«

»Das geht nicht.«

»Was – was soll das heißen?«

»Es geht nicht, Stefan. Und das weißt du auch.«

»Warum soll das nicht gehen? Paulina hat Geburtstag. Ich will nur mit ihr reden, verdammt noch mal!« Seit Atmen beschleunigte sich zu einem hektischen Japsen, während er sprach.

Ich legte beruhigend die Hand auf seinen Unterarm.

»Du hättest eine Karte schreiben können«, sagte Diana nüchtern.

»Eine Karte?« Stefan schnaubte. »Ich möchte meiner Tochter gerne persönlich zu ihrem Geburtstag gratulieren. Kannst du sie jetzt bitte ans Telefon holen?«

Diana schwieg für einige lange Sekunden. »Du weißt, dass ich das nicht tun kann, Stefan.«

»Aber wieso denn nicht? Bitte! Ich will wirklich nur ganz kurz mit ihr sprechen. Bitte!«

»Nein, Stefan. Das würde Paulina nur verwirren.«

»Es würde sie verwirren? Was zum Teufel redest du denn da?« Hilfesuchend sah er mich an.

»Es tut mir leid«, fügte sie hinzu.

»Es tut dir leid?« Stefan brauste auf. »Scheißdreck!«

»Sprich nicht so mit mir!«, entgegnete Diana scharf.

Erneut musste ich meinen Freund mit einer Berührung stoppen.

»Diana, hier ist Lukas«, sagte ich. »Es würde Stevie wirklich sehr viel bedeuten, verstehst du? Paulina ist seine Tochter. Er will sie nicht einmal besuchen, er möchte nur ein paar Worte mit ihr reden. Glaubst du –«

»Es ist gut, dass du da bist, Lukas«, unterbrach sie mich. »Bei Stefan. Aber ich kann es wirklich nicht erlauben. Paulina feiert gerade mit ihren Freundinnen und –«

»Wer ist denn da?«, meldete sich gedämpft eine männliche Stimme im Hintergrund. Stefans Miene versteinerte.

Diana schien der Stimme etwas zu antworten, was wir aber nicht verstehen konnten. »Ich muss jetzt auflegen«, sagte sie zu uns.

»Kannst du Paulina wenigstens sagen, dass ich angerufen habe?«, fragte Stefan beinahe flehentlich. Er war erneut den Tränen nah.

Schmerzhaft mahlten meine Kiefer. Hätte Diana nicht mit Paulina in Köln gelebt, sondern hier in Berlin, hätte ich Stefan in meinen Wagen gepackt und ihn persönlich zu seiner Tochter gebracht.

»Ich glaube, das wäre keine gute Idee«, sagte sie und legte auf.

Stevie starrte das Mobiltelefon eine Weile ein. Dann fegte er es mit einer Handbewegung vom Tisch, dass es scheppernd bis zur Wohnungstür flog.

- 5 -

Aus den Aufzeichnungen des Schattens

Der Schatten erblickte Yasmin auf der breiten Eingangstreppe, obwohl sie sich in einem Pulk von Kollegen verbergen wollte, die das Gebäude verließen. Aber das gelang ihr nicht. Der Schatten war ein geübter Beobachter. Überaus geübt sogar.

Auf dem Weg zur U-Bahn-Station bewunderte der Schatten Yasmins Gang. Zielstrebig. Selbstbewusstsein ausstrahlend. Das dunkelbraune Haar hatte sie zu einem langen Pferdeschwanz gebunden. Der Schatten stellte sich vor, wie ihr Haar duftete. Er wusste, welches Shampoo sie benutzte, und erinnerte sich an dessen Geruch.

Der Schatten wusste bereits sehr viel über Yasmin. Vor drei Tagen war er ja zu Gast in ihrer Wohnung gewesen. Er fand es sehr entgegenkommend von Yasmin, ihn einzuladen, obwohl er sich ihr erst einmal zu erkennen gegeben hatte.

Der Schatten hoffte, dass es nicht zu schnell gehen würde. Das Spiel benötigte eine gewisse Zeit, um richtig Spaß zu machen. Nur eine Schlampe würde sich zu schnell darauf einlassen.

Und dann bereitete es keinen Spaß.

Dann machte es den Schatten wütend.

Wütend zu sein, in einem kontrollierten Ausmaß, konnte gleichsam zu einer erfüllenden Erfahrung werden. Das wusste der Schatten. Aber es war wichtig, die Wut zu zügeln.

Es war wichtig, die Regeln einzuhalten.

Ohne sie glitt das Leben ins Chaos.

Der Schatten sah dergleichen überall. An jeder Straßenecke. Junkies, die nur danach strebten, ihren Trieb zu erfüllen. Heimatlose, die auf der Straße lebten, sich auf Pappkartons in Ladeneingängen betteten und von einem Tag zum nächsten existierten.

Am schlimmsten fand er die Nutten auf den Straßenstrichen, an denen er gelegentlich auf- und abfuhr, um die Angebote zu sichten. Junge, sehr junge und weniger junge Frauen, die dort bei Wind und Wetter ihr Fleisch billig feilboten. Niemals im Leben hätte der Schatten sich mit einer von ihnen eingelassen, nicht einmal, wenn sie ihm Geld dafür geboten hätte. Aber hin und wieder genoss er das Spektakel, um sich das Elend in Erinnerung zu rufen und sich seiner Position in der Welt bewusst zu werden.

Manchmal machte er sich einen kleinen Spaß daraus, einen der Wagen vor ihm in der Kolonne zu verfolgen, in den eine der Nutten eingestiegen war. Der Sex – oder was für Geschäfte auch immer darin vonstattengingen – interessierte ihn nicht, der Gedanke daran stieß ihn sogar ab. Vielmehr faszinierte ihn, wohin der Weg die Freier anschließend führte. Häufig nach Hause, in ihre Wohnungen, Doppelhaushälften oder Bungalows, zu ihren Familien und Ehefrauen, zurück in ihre triste bürgerliche Existenz.

So wie es der Schatten auch zu tun pflegte, trugen diese Männer eine Maske.

Die Frauen ebenso.

Hinter Yasmins Fassade hatte der Schatten bereits mehrere tiefschürfende Blicke geworfen. Der Gedanke ließ ein Schmunzeln auf seinen Zügen entstehen, als er mit Yasmin zusammen den U-Bahn-Wagen bestieg und in ihrem Rücken stehen blieb. So konnte er beobachten, wie ihr dunkelbrauner Pferdeschwanz hin- und herschwang, wenn Yasmin den Kopf bewegte.

Der Schatten fragte sich, ob sie nach anderen Männern Ausschau hielt. In den Tagen, über die er Yasmin inzwischen beobachtete, hatte er sie nie zusammen mit einem Mann gesehen.

An der U-Bahn-Station Zoologischer Garten stiegen Yasmin und der Schatten in eine andere Bahn um. Hier fand er einen Sitzplatz mehrere Reihen hinter ihr.

Nach einigen Minuten fühlte sich der Schatten bestätigt. Yasmin schaute nicht nach Männern. Vielleicht brauchte sie im Moment keinen. Und falls sie eine sexuelle Lust überkam, würde Yasmin sich bestimmt zu behelfen wissen.

In den Schubladen der Nachtschränke anderer Frauen fand er häufig entsprechende Spielzeuge, Vibratoren oder andere Gerätschaften, deren Funktion sich ihm häufig nicht sofort erschloss. Nicht allerdings bei Yasmin, was ihn verwundert hatte.

Ein anderes Thema war das Buch auf ihrem Nachtschrank. Ein ›Romantischer Roman‹, wie es auf dem Cover hieß. Der Schatten hatte ein paar Seiten gelesen, dort, wo Yasmins Lesezeichen eingelegt war. Er fand es trivial, pubertär und unrealistisch. Aber er widerstand dem Impuls, das Taschenbuch im Müll zu entsorgen. Yasmin wäre das Fehlen des Buches aufgefallen.

Die andere wichtige Regel besagte, niemals Spuren zu hinterlassen.

Der Schatten sah aus dem Fenster nach draußen. Drei Haltestellen weiter würden Yasmin und er aussteigen. Heute fuhr sie nach der Arbeit in ihre Wohnung.

Und der Schatten kehrte mit ihr zurück.

Er schmunzelte wieder.

Der Schatten blieb sitzen, als Yasmin aufstand, und achtete darauf, dass sie ihn nicht sah. Als die U-Bahn anhielt und sich die Türen öffneten, beobachtete er, wie sie ausstieg.

Dann folgte er ihr.

»Sie sind spät dran heute«, stellte Dr. Zimmermann fest.

»Termin ist Termin«, entgegnete ich achselzuckend.

»Nehmen Sie Platz.«

Wir setzten uns auf zwei kleine, dunkelbraune Ledersessel. Dr. Zimmermann schlug die dünnen Beine übereinander und rückte seine dezent gemusterte Krawatte zurecht. Dann heftete sich sein wacher Blick auf mich. Der Psychiater sah wie immer tadellos aus, das schütter werdende, schlohweiße Haupthaar ordentlich frisiert, der weiße Vollbart sauber gestutzt.

»Ich begrüße, dass Sie Ihre Termine außerhalb Ihrer Arbeitszeit legen«, sagte er. »Sie haben Ihren neuen Arbeitsplatz angetreten, oder?«

Ich nickte.

»Ein neuer Schritt für Sie, Lukas. Endlich – wenn Sie mir erlauben, das zu sagen. Wie fühlt sich das an?«

Ich zuckte die Achseln.

»Gesprächig wie immer«, konstatierte Zimmermann in einem Versuch, mich aus der Reserve zu locken.

Ich ließ meinen Blick durch das große Fenster in den Garten schweifen, der von üppigen Ahornbäumen umringt war und von einer alten Kastanie beherrscht wurde.

»Nun gut«, sagte der Psychiater. »Worüber möchten Sie heute sprechen, Lukas?«

Wir wussten beide, dass die Frage rhetorisch gemeint war. Ich wollte nicht hier sein, sondern sehnte mich eher nach einer Stunde Lauftraining. Oder auch zwei.

»Ich weiß nicht«, sagte ich mit einem neuerlichen Achselzucken. »Sie sind der Profi, Doktor. Schlagen Sie etwas vor.«

Er faltete die Hände vor dem Bauch. »Nun gut. Dann erzählen Sie mir von Ihrem ersten Arbeitstag. Wie war es für Sie, Ihren neuen Job anzutreten? Was haben Sie gedacht? Gefühlt?«

Ich ließ mich in den Sessel zurücksinken. Erinnerte mich an das erste Mal, als ich auf dem weiten, geometrisch begrünten Platz gestanden hatte, den die Konzernzentrale von Vendorff Richter International mit ihrem Hauptgebäude und den zwei Seitenflügeln wie ein titanisches U einfasste. Ein einschüchternder Anblick. Dann den Weg die breite Eingangstreppe hinauf zum gläsernen Portal. Zum Empfangstresen in dem riesigen Foyer. Weiter bis in die Sicherheitszentrale im zweiten Stock, wo ein informelles Vorstellungs- und Kennenlerngespräch stattfinden sollte.

»Mein Chef scheint ganz nett zu sein«, sagte ich.

»Das ist doch ein guter Anfang, oder?«

»Ja, scheint so.«

Dr. Zimmermann lachte leise und schüttelte den Kopf. »An unsere zähen Gespräche habe ich mich immer noch nicht gewöhnt, Lukas. Wie geht Ihnen das?«

»Ich komme klar«, sagte ich und konnte mir ein kurzes Grinsen nicht verkneifen.

»Vielleicht ist es noch zu früh, über Ihren neuen Job und Ihre Gefühle dafür zu sprechen. Das ist in Ordnung. Ich sehe das aber wie gesagt als weiteren Schritt in einer positiven Entwicklung.«

»So?«, sagte ich, unsicher ob ich Zimmermanns optimistische Einschätzung teilte.

»Ich halte eine geregelte Arbeit auf jeden Fall für sinnvoll. Sie wird Sie davon abhalten, sich mit zu viel Sport umzubringen. Oder zu viel über die Vergangenheit nachzudenken.«

»Eine provokante Äußerung, Dr. Zimmermann.«

»Ja, nicht wahr?« Er sah mich mit einem Lächeln an, das gütig und authentisch war. »Inzwischen kann ich Ihnen das zumuten, oder?«

»Ist das etwa auch eine positive Entwicklung?«

»Ganz recht.«

»Okay.« Ich seufzte. »Und wann hören die Flashbacks auf? Die Intrusionen? Die Albträume? Das wäre, was ich als positive Entwicklung bezeichnen würde.«

»Sie wissen, dass ich Ihnen diese Fragen nicht beantworten kann.«

»Natürlich nicht.«

»Möglicherweise bleiben diese Phänomene noch eine Zeit lang. Sie sind jetzt ein Teil von Ihnen.«

»Darauf könnte ich verzichten.«

»Ich bin nicht mit allen Details Ihrer Einsätze vertraut, Lukas. Aber Sie sind nicht der erste Veteran, den ich betreue. Auch nicht er erste ehemalige Kommandosoldat. Und wie die anderen auch, wissen Sie selbst am besten, dass derartige Erfahrungen ihre Spuren hinterlassen.« Er lehnte sich vor. »Ich kenne Sie jetzt schon eine Weile, Lukas – und sparen Sie sich den gewohnten defätistischen Kommentar. Sie wissen, wie ich das meine. Ich schätze Sie als jemanden ein, der über eine gehörige Portion Resilienz verfügt. Ohne die hätten sie es vermutlich nie ins KSK geschafft. Deswegen glaube ich auch, dass die Chancen gut stehen, dass Sie ihre Traumata bewältigen können.«

»Irgendwann vielleicht.«

»Irgendwann«, bestätigte er. »Aber das bedeutet nicht, dass dann keine Symptome mehr auftreten.«

»Nur, dass ich besser damit klarkomme«, beendete ich seinen Satz mit einem Nicken. Ich hatte denselben Text schon einige Male gehört. Tief im Inneren wünschte – oder hoffte – ein Teil von mir, dass Zimmermann recht behielte.

Zwangsläufig dachte ich zurück an meinen heutigen, frustrierenden Besuch bei Stefan. Ihm hatte das Leben bedeutend übler mitgespielt als mir oder Roland. Er hätte mehr Hilfe gebraucht – wenn er denn imstande gewesen wäre, sie anzunehmen.

Ich war versucht, Dr. Zimmermann auf Stefans Situation anzusprechen, aber ich wusste, dass er mit mir nicht über einen anderen seiner Patienten sprechen würde. Auch nicht, wenn es sich um einen Freund von mir handelte.

»Nun denn«, sagte der Psychiater seufzend. »Lassen Sie uns etwas arbeiten. Ich werde nicht nur fürs Quatschen bezahlt.«

- 7 -

Für das Überwachungsteam waren acht Personen eingeteilt, zwei Frauen und sechs Männer aus der Security-Abteilung. Martin Buchheister und ich hatten den Vormittag genutzt, um alle ins Bild zu setzen und unseren Plan zu erläutern. Außerdem machten wir sie mit Zahra Ghani bekannt.

Die junge Frau ließ es sich nicht nehmen, unsere Gruppe durch die drei Büroräume zu führen, die Vendorff Richter für die Oromo Foundation zur Verfügung stellte. Dabei stellte sie uns auch Abraham Bekele vor, den Büroleiter, einen Äthiopier, der die Organisation vor einigen Jahren für ein Hilfsprojekt in seinem Heimatland gegründet hatte. Bei der knappen Einführung in ihre Arbeit schien Zahra förmlich aufzublühen. Es fiel mir zu, sie wieder auf den Boden der Tatsachen zurückzuholen.

Was wir vorhatten, klang denkbar einfach: Das Team sollte Zahra unauffällig observieren, wenn sie nach Feierabend eine Shoppingtour unternahm, sich mit einer Freundin traf und den Abend in einem Café ausklingen ließ. Alle, auch Zahra, waren mit Handys und zusätzlich einem Funkgerät ausgestattet. Sobald sie ihren Verfolger entdeckte, sollte sie uns ein Signal geben, sodass wir ihn identifizieren konnten. Ein Teil des Teams würde sich sodann an seine Fersen heften, bis wir wüssten, wer er war und wo er wohnte.

Mit diesen Informationen konnten wir uns weitere Schritte überlegen.

Die Rollen waren klar verteilt, und die Kolleginnen und Kollegen zeigten sich hoch motiviert. Eine Observation gehörte nicht zu ihrem alltäglichen Aufgabenbereich und versprach daher eine willkommene Abwechslung. Und eine Reihe bezahlter Überstunden. Im Gegenzug wurde das für heute angesetzte Schießtraining für alle Beteiligten abgesagt.

»Und wenn er nicht auftaucht?«, fragte ich Buchheister, als wir nach der Besprechungspause wieder unter uns waren.

»Dann machen wir weiter«, meinte er achselzuckend.

»Und wie lange?«

»So lange, wie es dauert.«

Ich sah ihn fragend an.

»Sie sollten sich eine andere Frage stellen, Lukas: Was, wenn er da ist, wir ihn aber nicht erkennen?«

»Hm. Denken Sie, er wird sich Frau Ghani noch mal zu erkennen geben?«

Buchheister hob die Schultern. »Schwer zu sagen. Früher oder später wird er das tun, es sei denn, er zieht vorher den Schwanz ein.«

»Dafür sind wir ja wohl da.«

Buchheister lächelte. »Wenn alles gut läuft, reicht unsere Aktion vielleicht wirklich.«

»Und wenn nicht?«

»Das lässt sich erst sagen, wenn wir wissen, wer er ist.«

Ich schwieg. Jetzt hieß es warten, bis die Aktion startete, sprich bis zu Zahra Ghanis Feierabend. Um keinen Verdacht zu erregen, sollte sie ihre Tagesabläufe möglichst normal gestalten. Dennoch hatten wir sie überreden müssen, heute ausnahmsweise keine Überstunden einzulegen.

»Wie kommt es eigentlich«, fragte ich Martin Buchheister, »dass sich unter dem Dach von Vendorff Richter eine kleine Hilfsorganisation wie die Oromo Foundation findet?«

Er schmunzelte, lehnte sich zurück und faltete die Hände über dem Bauch. »Die Anzahl der Tochterfirmen, die zu VRI gehören, bewegt sich im dreistelligen Bereich, Lukas. Es gibt sie praktisch überall auf diesem Planeten. Einige betreiben Agrarforschung, einige produzieren Solaranlagen.«

»Eine stellt sogar Hundefutter in Aserbaidschan her, habe ich gelesen.« Als ich den Posten angeboten bekam, hatte ich mich zwangsläufig über meinen neuen Arbeitgeber informiert.

»Ja, und eine andere dafür Antriebsmodule für Raketentriebwerke und Torpedos.«

»Ziemlich breit aufgestellt ...«

Buchheister lachte kurz auf. »So kann man es auch sagen. Ich habe keine Ahnung, ob überhaupt irgendwer das alles überblickt. Es gibt kaum einen Bereich, in dem Vendorff Richter seine Hände nicht im Spiel hat. Darunter auch einige, die durchaus kritisch beäugt werden – gerade wenn es um sensible Themen wie Menschenrechte und Umweltschutz geht.«

»Und da kommt Oromo ins Spiel?«, vermutete ich.

»Die Oromo Foundation ist bei weitem nicht die einzige Nicht-Regierungs- beziehungsweise Non-Profit-Organisation, die Vendorff Richter unterstützt. Aber sie alle haben eins gemeinsam: Sie bringen einiges an Prestige ein.«

»Sie meinen, Vendorff Richter nutzt diese kleinen Organisationen als Kompensation für, sagen wir, weniger populäre Geschäftszweige?«

Buchheister lächelte sphinxhaft, ließ sich aber nicht zu einer Antwort hinreißen.

Unser Einsatz sollte um Punkt 1600 Uhr beginnen. Aber Zahra Ghani ließ auf sich warten. Erst mit vierzig Minuten Verspätung – und nach einem Anruf, mit dem ich sie an unser Vorhaben erinnerte – verließ sie die Büroräume im A-Flügel des Komplexes.

Vom Zeitpunkt meines Anrufes an folgte Zahra dem zuvor mehrfach besprochenen Plan. Abgesehen davon, dass wir kontinuierlichen Handykontakt zu ihr hielten, ließen wir sie nicht merken, dass wir da waren.

Eine Hälfte des Teams bildete die Vorhut und wartete bereits vor Ort auf unser Eintreffen. Die zweite Hälfte und ich begleiteten Zahra von der Vendorff-Richter-Zentrale aus. Die aufgrund des allgemeinen Feierabends belebten Straßen machten es unkompliziert, nicht aufzufallen. Wir mischten uns unter die Menge an der U-Bahn-Station Wittenbergplatz und verteilten uns auf die Waggons, um eine Haltestelle weiter mitzufahren bis zum Kurfürstendamm. Zahra fuhr mit der Rolltreppe zurück an die Oberfläche. Mit ihrem Handy in der Hand und dem angeschlossenen Kopfhörerkabel im Ohr fiel sie in der Masse nicht auf.

»Sind Sie eigentlich wirklich da?«, tönte ihre Stimme über die Konferenzschaltung.

»Wir sind ganz in Ihrer Nähe, Zahra, machen Sie sich keine Sorgen«, antwortete ich. Ich trug selbst zwei Ohrhörer, einen vom Handy und einen von einem digitalen

Funkgerät, über welches wir innerhalb des Security-Teams kommunizierten.

»Und warum sehe ich dann keinen von Ihnen?«, fragte sie.

»Weil Sie uns nicht sehen sollen, Zahra. So ist es geplant, wissen Sie noch? Aber seien Sie versichert, unsere Leute sind die ganze Zeit über bei Ihnen«, erklärte ich ihr ein weiteres Mal.

»Ich weiß. Ich bin nur etwas nervös. Sorry!«

»Sie brauchen sich nicht zu entschuldigen. Denken Sie am besten gar nicht an uns. Und suchen Sie auch nicht nach dem Kerl, das könnte auffällig wirken, falls er Sie beobachtet. Sagen Sie uns einfach Bescheid, wenn Sie ihn wiedererkennen.«

»Okay«, sagte sie.

Sie hatte das alles schon ein paarmal gehört, aber die Repetition war wichtig, damit sie die Maßgaben verinnerlichte.

»Also, gehen wir's an«, sagte ich.

Zahra wandte sich zuerst nach Osten und schlenderte in die Tauentzienstraße hinein. Dort steuerte sie in aller Seelenruhe das KaDeWe an, wo sie fast zwei Stunden lang die Abteilungen für Damenbekleidung durchstöberte. Wir hielten uns in Bereitschaft, und ich beschloss, dass es ausreichte, wenn jeweils eine oder zwei Personen in unmittelbarer Nähe blieben. Turnusmäßig sprach ich alle acht Einsatzkräfte der Reihe nach an, um ihre Position und Einsatzbereitschaft zu prüfen.

Nach dem KaDeWe kehrte Zahra Ghani auf den Ku'damm zurück, streifte an Schaufenstern vorbei und durchstöberte hier und da eine Boutique oder ein Geschäft. Ich wies die Security-Leute an, die ihr folgen sollten, während die anderen und ich auf der Straße blieben. Die glü-

hende Sonne ließ die Temperaturen heute fast bis auf dreißig Grad steigen.

»Terbeck, Rehers, ihr seid wieder dran«, sagte ich, als
Ghani in einem Dessous-Geschäft verschwand. Die beiden
arbeiteten als Pärchen zusammen und würden weniger auffallen als ein einzelner männlicher Kunde.

»Aber behalt deine Augen im Kopf, Terbeck!«, schaltete
sich Aslan Sevinc ein, der sich längst als Witzbold der
Truppe herausgestellt hatte. Sein Spruch provozierte
Gelächter von zwei anderen Teammitgliedern.

»Sehr witzig, Aslan«, erwiderte Terbeck.

»Nicht zu flapsig werden«, mahnte ich sie über Funk.
Eine gewisse Lockerheit vereinfachte den Auftrag und war
erlaubt. Aber da der Einsatz als Trainingseinheit dienen
sollte, wollte ich unter anderem testen, ob und wie lange
alle Mitglieder des Teams ihre Aufmerksamkeit und
Konzentration aufrechterhalten konnten.

Zwanzig Minuten später traf Zahra ihre Freundin und
setzte ihren Einkaufsbummel mit ihr gemeinsam fort. Wir
blieben am Ball und das für die nächsten vier Stunden.
Dann entließ ich die eine Hälfte des Teams in den wohlverdienten Feierabend.

»Gute Arbeit, Leute«, sagte ich. »Jetzt macht, dass ihr
nach Hause und unter die Dusche kommt. Morgen geht es
weiter. Der Dienstbeginn ist hiermit auf zwölf Uhr mittags
verschoben.«

Rehers und Terbeck folgten Zahra und ihrer Begleitung
in ein Café. Die beiden mimten weiter ein junges Pärchen.
Zahra hatte, wie besprochen, die Handyverbindung vor
einiger Zeit unterbrochen. Die weitere Kommunikation
erfolgte mittels Textnachrichten.

Hier drin ist er nicht, meldete sie zehn Minuten später.

»Unser Mann ist nicht in dem Café«, gab ich an Rehers und Terbeck durch. »Bleibt trotzdem aufmerksam.«

Der Abend zog sich über weitere zweieinhalb Stunden hin, ehe Zahra uns erlöste, sich von ihrer Freundin verabschiedete und mit einem Taxi nach Hause zurückkehrte.

Schauen Sie sich den Taxifahrer an, textete ich ihr.

Ist ne Frau, antwortete sie knapp.

Sevinc und ein anderer Kollege erwarteten Zahras Ankunft vor ihrem Wohnhaus. Sie beobachteten, wie sie darin verschwand.

Kurz darauf klingelte mein Handy. Der Anruf war zwar abgesprochen, dennoch fühlte ich mich einen Moment lang alarmiert.

»Ich bin zu Hause. Hier ist alles in Ordnung«, sagte sie.

»Okay, dann wünsche ich Ihnen für heute eine gute Nacht. Wir sehen uns morgen wieder.«

»Bis morgen, Keller.«

Das Ergebnis des Tages schien mir eher ernüchternd. Wir hatten großen Aufwand betrieben, am Ende aber nichts aufzuweisen. Unseren Mann hatten wir nicht gefunden.

Und auch am nächsten Tag sollte er nicht auftauchen.

- 9 -

Aus den Aufzeichnungen des Schattens

Der Schatten spürte Faszination und Ekel zugleich.

Um in Yasmins Nähe zu sein, war er gezwungen, sich unter zig anderen Menschen aufzuhalten. Ihre Geräusche, ihre Gerüche, ihre Körper, das alles stieß ihn ab. Wegen der hohen Temperaturen trugen die Leute lockere, kurz geschnittene Kleidung, und mehr als einmal kam es im Gedränge zu kurzen Berührungen, obwohl er das zu vermeiden versuchte.

Nackte Arme und Schultern streiften den Schatten.

Die warme, verschwitzte Haut der Menschen.

Die Menge engte ihn ein.

Andererseits verbarg sie den Schatten in ihren Wogen, ließ ihn mit der Masse verschmelzen. Yasmin zu beobachten, verschaffte dem Schatten so einen besonderen Reiz.

Er wartete eine ganze Weile, ehe er es wagte. Aber dann näherte sich der Schatten Yasmin behutsam, blieb einen kurzen Moment in ihrer Nähe und ließ sich dann wieder zurückfallen. Erst einmal, etwas später erneut, dann noch ein drittes Mal kam er so dicht an ihr vorbei, dass er nur den Arm hätte ausstrecken müssen, um sie zu berühren, die Fingerspitzen über ihr weiches Haar wandern zu lassen.

Aber so weit ging er nicht.

Jetzt noch nicht.

Als der Schatten Yasmin passierte, sog er einen langen Atemzug in die Lungen. Seine Nase registrierte einen Hauch ihres Parfums, das er sofort wiedererkannte.

In seiner heutigen Mittagspause war er in Yasmins Wohnung zurückgekehrt. Er war sicher, dass sie nichts davon bemerken würde, wenn sie am Abend heimkehrte.

Nichts davon, dass er fast eine Stunde lang auf ihrem Bett gelegen hatte. Genug Zeit, um ihren feinen Duft in sich aufzunehmen und ihn seine Fantasien befeuern zu lassen.

Nach einer Weile fragte der Schatten sich, ob Yasmin es in ihrem Bett schon einmal mit einem Mann getrieben hatte. Oder wie oft. Oder mit wie vielen Männern.

Der Gedanke schreckte ihn ab und erregte ihn zugleich, entfachte aber auch seinen Zorn.

Yasmin war stets eine Blenderin gewesen, eine Person, die viel Wert auf Äußerlichkeiten legte. Was der Schatten innerhalb der vergangenen Tage beobachtet hatte, bestätigte, dass sich daran nichts geändert hatte.

Mochte die Oberfläche glatt und glänzend sein – darunter schwelte eine verruchte und verkommene Seele.

So war es früher gewesen.

So war es immer.

Der Schatten fragte sich, ob er sich Yasmin ein weiteres Mal zeigen sollte. Aber er bewahrte Zurückhaltung und Vorsicht. Denn sich zu zeigen bedeutete auch, sich zu erkennen zu geben. Es bedeutete Offenbarung.

Das wiederum stellte für den Schatten einen Konflikt dar.

Wähle niemals ein Opfer aus, das du kennst.

Früher oder später würde er es tun. Dann musste er sich dem Konflikt stellen.

Aber jetzt noch nicht.

Eine andere Frage beschäftigte den Schatten seit Tagen: Sollte er seinem Vater von Yasmin berichten?

Die Vorstellung, den Alten einzuweihen, versetzte seine Eingeweide in Aufruhr. Wie würde er reagieren, wenn er von Yasmin erfuhr?

Er kannte Yasmin von früher.

Kannte ihr finsteres Geheimnis.

Es war irgendwo in seinem kaputten Gehirn vergraben.

Der Schatten entschied sich dagegen, den Alten einzuweihen. Die Zeit war noch nicht reif dafür. Und zudem bestand das Risiko, dass er es nicht erfassen und wertschätzen konnte.

Außerdem wollte der Schatten seine Zeit auskosten.

Yasmin gehörte nur ihm allein.

Das Ende des zweiten Tages der Observation nahte. Zahra Ghani saß gemeinsam mit zwei Freundinnen im Außenbereich eines Cafés zwischen Dutzenden weiterer Gäste. Gegen 2100 Uhr lagen die Temperaturen nach einem heißen Tag immer noch deutlich über zwanzig Grad, und auch die umgebenden Lokale waren gut besucht.

Wir hatten die Aktion vereinfacht. Neben dem Zweierteam, das sich auf dem Weg zu Ghanis Wohnung befand, hielt ich allein die Stellung in der Nähe der jungen Frau. Martin Buchheisters anfängliche Euphorie hatte einen deutlichen Dämpfer erlitten. »Länger als zwei oder drei Tage werden wir das nicht machen können«, hatte er gesagt, als er sich wie die anderen in den wohlverdienten Feierabend verabschiedet hatte.

Ich dagegen war nicht darauf erpicht, in meine Wohnung zurückzukehren, denn dort warteten nur ein paar Bücher auf mich, ein Boxsack an der Wohnzimmerdecke und die Dämonen, die mich in der Nacht in meinen Träumen heimsuchen würden. Das taten sie mit hartnäckiger Vehemenz. Deshalb war ich seit kurz nach 0400 Uhr auf, hatte zwölf Kilometer Lauftraining und zwei Stunden Box- und Gewichtstraining hinter mir, ehe ich mittags meinen Dienst angetreten hatte.

So bekam ich den Kopf frei.

Auf der dem Café gegenüberliegenden Straßenseite lag eine kleine Kneipe mit drei billigen Klapptischen und den dazugehörigen Stühlen draußen auf dem Bürgersteig. Dort fand ich mühelos einen freien Platz – keiner der Tische war besetzt. Ich holte mir von drinnen ein Bier und setzte mich mit dem Rücken zur Außenwand, sodass ich die Straße und das Café im Blick hatte.

Zahras letzte Textnachricht lag zwei Stunden zurück. Weiterhin gab es keine Sichtung eines Verdächtigen.

Mit dem Bier ließ ich mir Zeit. Es war noch ein Fingerbreit übrig, als ich den Mann bemerkte, der sich von der nächsten Straßenecke her näherte. Er war hochgewachsen, breitschultrig, trug eine Baseballkappe und trotz der sommerlichen Witterung einen olivgrünen Parka. Sein Gang wirkte leicht ungleichmäßig, was an einem angedeuteten Hinken des linken Beines lag.

Ein Andenken an unseren Abschied aus Afghanistan.

»Hey, Mann«, sagte Roland Leithauser, ohne die Hände aus den Jackentaschen zu nehmen. Immerhin trug er den Parka geöffnet.

»Hey«, sagte ich und nickte zu dem anderen freien Stuhl.

»Wollen wir nicht lieber reingehen?«

Ich schüttelte den Kopf. »Geht nicht. Muss noch arbeiten.«

Er sah mich einen Moment lang an. Sein Gesicht lag unter einem verwilderten Vollbart verborgen, der reichlich Grau zeigte. Unter seiner Baseballkappe mit dem Logo der New York Yankees lugten halblange Haarsträhnen hervor.

»Dann hole ich uns mal noch was zu trinken«, sagte er.

Als Roland mit zwei frischen Flaschen zurückkehrte, zog er den Stuhl herum und setzte sich schräg neben mich, um die Straße im Auge behalten zu können. Alte Gewohnheiten sterben nie. Wir prosteten uns zu.

»Was arbeitest du denn hier, Mann?«, fragte er.

»Hab ein Auge auf eine junge Frau, die da drüben sitzt.«

»Also wirklich, wenn du eine Frau brauchst, solltest du rüber gehen und sie ansprechen. Sonst wird das nie was, wenn du einfach nur hier rumsitzt.«

Er grinste mich an und ich berichtete ihm von meinem Auftrag, während er eine Zigarette aus der Schachtel klopfte und sie anzündete.

»Ein Stalker?« Er hob die breiten Schultern. »Ist auf jeden Fall ein paar Hausnummern kleiner als unsere früheren Jobs.«

»Und darauf trinke ich«, sagte ich und hob mein Bier.

»Aber der Kerl taucht nicht auf?«

»Bis jetzt nicht.«

»Vielleicht hat er dich gesehen und das Weite gesucht?«

»Glaub ich nicht.«

»Na dann.« Er lehnte sich in dem Stuhl zurück, der bedrohlich unter seinem Gewicht knarrte. Weder Mütze noch Jacke hatte er abgelegt.

»Ist dir nicht zu warm?«, fragte ich.

»Nö.« Zufrieden blies er eine großvolumige Rauchwolke aus seiner Brust.

»Ist dein Rasierer kaputt?«

»Nö.«

Schweigend beobachteten wir die Fußgänger, die an uns vorüber schwadronierten, und die wenigen Fahrzeuge, die auf der Straße unterwegs waren. Immer wieder sah ich zu Zahra hinüber, die mit ihren Freundinnen zusammen lachte.

»Wann warst du zuletzt bei Stevie?«, fragte Roland nach einer Weile.

»Vorgestern.«

»Ich gestern. Er war total am Boden. Es wird immer schlimmer mit ihm. So eine Scheiße.«

Ich erzählte ihm, was passiert war.

»Was bitte hat diese blöde Kuh gesagt?« Wütend richtete Roland sich im Stuhl auf und schnippte den Zigarettenstummel im hohen Bogen auf die Straße. Seine Hand schloss sich so kraftvoll um die Pilsflasche, dass ich Sorge hatte, er könnte sie zerdrücken.

»Reg dich wieder ab, Roland, das bringt nichts.«

»Das ist wirklich das Allerletzte«, schimpfte er. »Was bildet diese Tusse sich eigentlich ein? Stevie kann echt froh sein, dass er die Tante los ist. Sie hätte ihn sowieso verlassen, selbst wenn er nicht als Krüppel nach Hause gekommen wäre.«

»Hey!«, fuhr ich ihn an. »Sprich nicht so von Stevie! Das hat er nicht verdient.«

»Er hat vieles nicht verdient«, sagte Roland. Er stieß sich einen weiteren Glimmstängel zwischen die Lippen und zündete ihn an. »Man bekommt diese ganze Scheiße einfach nicht aus seinem Kopf. Stevie auch nicht. Deshalb hat Diana auch Schluss gemacht. Stevie hatte diese Gedanken. Fantasien.«

»Ich weiß«, sagte ich.

Er hatte auch mir davon erzählt.

Es war anderthalb Jahre her, als wir nebeneinander am Ende unserer halbprovisorischen Theke im Camp Marmal gesessen und ein Zwiegespräch unter Freunden geführt hatten. Stefan hatte mir gebeichtet, dass es zwischen Diana und ihm Schwierigkeiten gab. Sie hatten wiederholt gestritten, über Nichtigkeiten, aber auch über Stefans Job. Im Feld, im Einsatz, beim Training war er einer der konzentriertesten, präzisesten und zuverlässigsten Männer, die ich kannte. Nun aber war er ratlos, verwirrt und verzweifelt.

Seine Hände bewegten sich unablässig, sein Blick flackerte unstet.

»Was ist passiert?«, fragte ich.

»Wir hatten Streit. Ich weiß nicht mal mehr, worum es ging. Ich weiß auch nicht genau, was passiert ist. Ich wollte nicht mit ihr streiten, aber sie ließ einfach nicht locker. Dabei wollte ich einfach nur, dass sie aufhört. Dass sie still ist.« Er nahm einen Schluck Bier und wich meinem Blick aus. »Ich hab genau gespürt, als es passiert ist. Und sie auch. Ich glaube, sie hat es in meinen Augen gesehen. Sie stürmte aus dem Zimmer, beschimpfte mich, schlug die Tür hinter sich zu und ich hinterher. Meine Faust ... ist glatt durch die Tür durch. Mann, Lukas, kannst du dir das vorstellen?« Seine Augen glänzten feucht. »Verstehst du, was mit mir los war? Mir ist nicht einfach die Hand ausgerutscht. Ich hab die beschissene Tür *zerlegt*! Ich stand total neben mir. Alle Sicherungen durchgebrannt.«

Ich schluckte.

»Diana stand einfach da im Flur, an die Wand gepresst, mit großen Augen wie ein Reh im Scheinwerferlicht. Ich packte sie, packte sie an der Kehle ...« Die Stimme versagte ihm, seine Hand verkrampfte sich über der Theke.

Mir fiel nichts Gescheites ein, das ich hätte sagen können, also schwieg ich. In meiner Kehle hatte sich ein zäher Klumpen gebildet.

Stefan wischte sich mit dem Ärmel über das Gesicht. Seine Stimme zitterte immer noch, fast erstickt von Tränen. »Und dann sah ich ... die Angst. Nackte Angst in ihren Augen, in den Augen meiner Frau! Blanker Terror! Meine Frau, verstehst du, Lukas?«

»Was ist dann passiert?«

»Ich ... ich ... Wir waren beide wie gelähmt. Ich meine, ich hatte sie an der Kehle gepackt, die andere Faust schon in der Luft. Meine Frau, Lukas! Die Mutter meiner Tochter! Die Frau, die ich liebe!« Er atmete geräuschvoll ein. »Dann bin raus aus der Wohnung, an die frische Luft, bin gelaufen ... Vielleicht eine Stunde oder so.«

»Wie hast du dich gefühlt?«

»Was glaubst du wohl? Beschissen natürlich.«

Ich schwieg einen Moment lang, ehe ich mich zu fragen traute: »Wie oft ist sowas passiert?«

»Nur dieses eine Mal ...«

»Hey, was soll's, ihr habt gestritten. Paare streiten, das kommt vor.« Was für ein kläglicher Versuch, ihn aufzumuntern.

»Als ob du Ahnung davon hättest.« Er grinste mich müde an. »Vielleicht hast du recht.« Gleichzeitig verdüsterte sich seine Miene. »Aber dann dachte ich: Was, wenn ich sie getötet hätte?«

Ich verschluckte mich fast an meinem Bier. »Diana?«

»Sei doch mal ehrlich, Lukas. Ist das nicht, was wir gelernt haben in all den Jahren? Leute umlegen? Erschießen, erstechen, erschlagen, im Nahkampf, aus der Ferne, mit Sprengstoff ...«

»Jetzt mach aber mal halblang«, fiel ich Stefan ins Wort. »Du sprichst gerade von deiner Ehefrau.«

»Ja, genau«, sagte er. »Und Eheleute streiten. Hast du eben selbst gesagt. Ehemänner bringen ihre Frauen um. Und die meisten davon sind bestimmt nicht darauf trainiert, einen Menschen zu töten.«

»Hey!« Ich packte ihn an der Schulter. »Aber doch nicht du! Sowas würde dir nie passieren.«

Stefan sah mir in die Augen und kam mit dem Gesicht ganz nah an meins heran. Ich roch den Alkohol in seinem Atem – und das Waffenöl an seinen Händen.

»Es ist doch schon passiert, Lukas. Es ist real, sehr real sogar.« Traurigkeit, Qual und Wut vermischten sich in seinem Blick. Aber sein Geständnis war noch nicht zu Ende. »Als wir letztes Mal vögeln wollten, da ... da ging es nicht. Ich konnte nicht. Wenn ich die Augen aufmachte, sah ich Diana sterben, durch meine Hand. *Ich* tötete sie! Und wenn ich die Augen zumachte, sah ich andere Leute. Tote. Ich konnte einfach nicht.«

Eine Weile saßen wir schweigend nebeneinander und nippten an unseren Pilsgläsern. Dann sagte Stefan: »Es ist dieser Job, Lukas. Dieser Job macht irgendwas mit uns. Er verändert uns.«

»Das ist echt zynisch, Mann«, sagte ich. »Was ist los mit dir?«

»Ich habe Angst. Angst, ich könnte meine Frau verlieren. Und Paulina.«

Keiner von uns ahnte an diesem Tag, dass Stevies Angst sich bewahrheiten würde.

Ein paar Tage später sollte unser letzter Einsatz in Afghanistan beginnen.

- 11 -

»Ist dir eigentlich der Van da drüben aufgefallen?«, fragte Roland nach der zweiten Flasche Bier.

Ich folgte seinem Blick. Ein Stück links von uns parkte zwischen anderen Fahrzeugen ein Ford-Kleintransporter mit der bunten Werbung eines Innenausstatters auf der Seite am Straßenrand. Ich sah zurück auf die andere Straßenseite.

»Ich hab ihn gesehen. Was soll damit sein?«

»Weißt du, seit wann er dort steht?«

»Er kam kurz nach uns an.«

»Es ist noch jemand dort drin«, erklärte Roland. »Hinten auf der Ladefläche.«

»Woraus schließt du das?«

»Es ist ziemlich heiß. Als ich eben an dem Van vorbeilief, war die Hecktür einen kleinen Spalt geöffnet. Auch die Seitenscheiben sind ein Stück geöffnet. Und außerdem ...« Er trank einen Schluck Bier und genoss es sichtlich, mich auf die Folter zu spannen. Grinsend fügte er hinzu: »Außerdem bewegt der Wagen sich ab und zu.«

Ich wusste, worauf er hinauswollte. Fahrzeuge dieser Bauweise konnten sehr gut als Überwachungszentralen genutzt werden. Eine oder zwei Personen konnten sich ohne größere Probleme längere Zeit im Inneren aufhalten. Der Trick dabei war, sich möglichst still und ruhig zu verhalten, um keine Aufmerksamkeit zu erregen.

»Vermutlich ist das reiner Zufall«, sagte er mit einem provozierenden Unterton. »Immerhin sind wir in Berlin. Wer weiß, wie viele Observationen in dieser Stadt jeden Tag stattfinden? Und aus welchem Grund sollte jemand deine kleine Afghanin beschatten?«

»Eben«, sagte ich seufzend. Mir fiel kein nachvollziehbarer Grund ein. Außer ein Stalker zu sein.

Ich nahm mein Handy auf und textete Zahra eine Nachricht: *Nicht weggehen. Muss was überprüfen.*

»Wie willst du es angehen?«, fragte Roland.

»Frontal.« Eine ausführliche Zielaufklärung würde heute ausfallen müssen. Ich ließ mein halbleeres Bier auf dem kleinen Tisch stehen und stand auf.

Roland hielt seine Flasche lässig am Hals und folgte mir.

Der Ford-Transporter ging mit seiner hellgrauen Grundlackierung und den farbigen Flächen an den Seiten noch als unauffällig durch. Fahrer- und Beifahrersitz waren leer, die Seitenscheiben halb heruntergelassen. Zwischen den Sitzen gestattete ein Gitter zwar Luftzirkulation, aber keinen ausreichenden Einblick.

Als ich durch das halboffene Beifahrerfenster spähte, schwankte der Wagen leicht wie bei der Verlagerung eines größeren Gewichtes im Inneren.

Ich tauschte einen schnellen Blick mit Roland aus, der kaum sichtbar nickte.

Wenn die Leute, die sich in dem Ford aufhielten, wussten, was sie taten, entging ihnen unsere Annäherung nicht. Wenn es Zahras Stalker war, würden wir es bald wissen. Wenn es ein Observationsteam der Polizei war oder Drogendealer auch. Oder was auch immer.

Ich trat neben das Heck des Wagens und spähte zu der Doppeltür, die drei Zentimeter weit aufstand, wie Roland es gesagt hatte. Automatisch griff meine Hand nach dem Beinholster, das nicht vorhanden war. Wen immer wir in ein paar Sekunden aufschreckten – ich hoffte, keine Waffe zu benötigen.

Roland deckte mich aus zwei Metern Entfernung, bereit, sofort einzugreifen. Ich behielt die Hecktür im Blick und hämmerte mit der flachen Hand dreimal gegen das Seitenblech des Transporters und dann gleich noch mal. Im Inneren bewegte sich etwas. Eine Hand drückte die Tür weiter auf.

»Was zum Teufel soll das?«, zischte eine männliche Stimme.

»Kiezpatrouille«, antwortete ich mit strenger Stimme. »Was tun Sie hier?«

Ein schmales, bebrilltes Gesicht erschien in dem Türspalt. »Lassen Sie uns in Ruhe.«

Damit war zumindest geklärt, dass er nicht allein war.

»Was treiben Sie hier? Sollen wir die Polizei rufen?«

Der Brillenträger stieg aus dem Transporter und drückte die Hecktür hinter sich zu, aber nicht ins Schloss, ehe Roland oder ich einen Blick in den Wagen werfen konnten. Er war in meinem Alter, mit schütterem blondem Haar und durchgeschwitztem Leinenhemd.

»Für wen halten Sie sich eigentlich?«, zischte er, während er von mir zu Roland blickte und dann wieder zu mir. »Verschwinden Sie, und zwar sofort!«

»Sicher nicht bevor Sie uns verraten, wer Sie sind und warum Sie sich in diesem Transporter verstecken.«

Hektisch und unentschlossen blickte er zwischen uns hin und her.

»Wir sind nur zwei aufrechte Bürger«, erklärte ich ihm, »die sichergehen wollen, dass in ihrer Straße keine Drogen verkauft werden.«

Der Brillenträger schüttelte, jetzt sichtbar ärgerlich, den Kopf. Er trat einen Schritt auch mich zu und flüsterte, damit ihn sicher niemand außer Roland und mir verstehen konnte: »Okay, hören Sie mir zu. Dies hier ist ein verdeckter Polizeieinsatz, und Sie sind kurz davor ihn zu vermasseln. Ich verlange, dass Sie sich jetzt verpissen und uns in Ruhe lassen.«

»Ein Polizeieinsatz«, wiederholte ich ungerührt. »Dann können Sie sich ja ausweisen, um das zu belegen.«

Er stemmte die Hände in die Hüften und schüttelte den Kopf. »Einen Teufel werde ich tun. Sehen Sie jetzt zu, dass Sie Land gewinnen!« Er legte die Hand an den Türgriff, um zurück in den Transporter zu klettern.

Ich schüttelte den Kopf. »Wir können auch Ihre Kollegen antraben lassen, um die Situation aufzuklären.«

Die Zeit drängte, denn ich wollte Zahra Ghani nicht länger als unbedingt nötig aus den Augen lassen.

Ich hoffte, dass der Brillenträger sich für den einfachen Weg entschied, aber er zögerte, rang mit sich selbst. Ich suchte bereits nach einem weiteren Argument. Dann öffnete sich die Hecktür des Transporters, und ein rundes, vollbärtiges Gesicht schaute heraus.

»Jetzt komm schon!«, herrschte der Bärtige seinen Kollegen an.

Der Brillenträger rückte seine Gläser auf der Nase zurecht und studierte mich einige Sekunden lang.

»Observieren Sie hier jemanden?«, erkundigte ich mich freundlich.

Aber der Typ grunzte nur leise und kletterte zurück in den Transporter, wobei er darauf achtete, dass ich keinen Blick ins Innere werfen konnte. Er schlug die Tür hinter sich zu, ohne mir eine Antwort zu gönnen.

Hätte mich auch gewundert.

Roland und ich kehrten an unser Tischchen vor der Kneipe zurück. Während er uns zwei frische Pils besorgen ging, warf ich einen Blick über die Straße und entdeckte Zahra Ghani mit ihren beiden Freundinnen noch immer an ihrem Tisch sitzend. Ich schrieb ihr eine kurze Nachricht: *Alles ok?*

Alles ok, antwortete sie prompt.

Keine Minute später startete der Motor des Ford-Transporters. Er scherte vom Straßenrand aus und rollte langsam an uns vorbei, als Roland soeben wieder aus der Kneipe nach draußen trat. Der Brillenträger saß auf dem Beifahrersitz und zeigte uns durch das offene Fenster den Mittelfinger.

»Haben wir sie doch verscheucht«, sagte Roland und ließ sich auf seinen Stuhl fallen.

Ich zuckte die Achseln. Wir stießen an und tranken. Das Bier war eiskalt.

»Ich glaub nicht, dass das Bullen waren«, sinnierte er.

Ich stimmte ihm mit einem Nicken zu. »Dealer aber auch nicht. Eine private Detektei vielleicht?«

»Möglich«, sagte Roland und ließ seine Blicke über die Fassaden der umliegenden Häuser wandern. »Wie viele weitere Teams mögen die hier stationiert haben?«

Für eine ernsthaft verfolgte Beschattung einer Zielperson benötigte es mehr Personal, als in einem Kleintransporter Platz hatte. Unser Security-Team exerzierte das seit gestern mit Zahra – und verglichen mit einer geheimdienstlichen Operation kam unser Einsatz eher einer Fingerübung gleich.

Ich zuckte die Achseln. Auch wenn es mich interessierte, wieso wir hier auf ein Observationsteam gestoßen waren – jetzt musste ich mich wieder auf meinen eigenen Job konzentrieren.

- 12 -

Auf dem Leipziger Platz schlug mir eine drückende Hitze entgegen, die mich sogleich in Schweiß ausbrechen ließ. Auf den Rasenflächen innerhalb des weiten, von zehnstöckigen Bauten fast nahtlos umgebenen Achtecks saßen und lagen Menschen in der Sonne oder den Schatten der Bäume und gaben sich dem Müßiggang hin.

Es war der dritte Tag unserer Observation, und wir waren Zahra Ghani in die Mall of Berlin gefolgt. Sie und der Rest des Teams hielten sich im Inneren auf und lauerten auf den sprichwörtlichen großen Unbekannten.

Mir lagen Martin Buchheisters Worte im Ohr: »Länger als zwei oder drei Tage werden wir das nicht machen können.« Jeder hoffte, dass wir heute Erfolg hätten.

Ich hatte mich kurz ausgeklinkt, um frische Luft zu schnappen. Sozusagen. Menschenmassen zählten nicht zu meinen liebsten Aufenthaltsorten. Ein riesiges Einkaufszentrum in der Mitte Berlins, an die dreihundert Geschäfte auf vier Etagen, täglich gefüllt mit tausenden, sich unablässig bewegenden Besuchern – aus der Sicht des Personenschützers stellte die Mall of Berlin einen Albtraum dar. Aus der Perspektive eines Attentäters ein lohnendes sogenanntes »weiches Ziel«.

Als Atmung und Puls sich wieder normalisiert hatten, wandte ich mich zurück zur Mall, und da sah ich sie: eine Frau gekleidet in ein weites, gemustertes Gewand und einen weißen Hidschab mit einem Kind an jeder Hand. Das Mädchen mochte fünf Jahre alt sein, den Jungen schätzte ich auf drei, beide hüpften lachend an der Seite ihrer Mutter.

Der Anblick weckte eine düstere Erinnerung in mir: Das Bild eines ganz ähnlichen Trios, das den Markt in Kandahar im März 2014 besucht hatte. Ein Selbstmordattentäter hatte die drei und zwei Dutzend andere Unschuldige in den Tod gerissen.

Als ich die drei entdeckt hatte, hatten sie auf den Bäuchen in ihrem Blut gelegen. Die Frau hatte die Arme um ihre Kinder gelegt in einem vergeblichen Versuch, sie vor der Druckwelle der Explosion und dem Splitterregen zu beschützen. Ihr Tod war völlig sinnlos gewesen.

Wie der so vieler anderer.

Der Marktplatz war mit Leichen, Blut und Trümmern übersät gewesen, zwischen denen Verletzte weinend und schreiend nach ihren Anverwandten gesucht hatten. Wie gerne hätten wir geholfen, aber unser Job war ein anderer gewesen. Wir hatten die Augen offenhalten und verhindern müssen, dass ein zweiter Anschlag die Rettungskräfte und die herbeiströmenden Helfer zum Ziel nahm.

An jenem Tag hatten wir vergeblich gewartet.

So wie heute.

Mit einem großen Becher eisgekühlter Coke kehrte ich auf meinen Posten im ersten Obergeschoss zurück. Während mich die Rolltreppe hinaufbeförderte, ließ ich mir die Positionen von Zahra Ghani und den anderen durchgeben. Sie bewegten sich gerade ebenfalls aufwärts mit dem Food Court im zweiten Obergeschoss als Ziel.

Ich ließ meinen Blick von der Galerie über die weite Piazza schweifen, die die Mall in zwei Flügel teilte. Die Temperaturen unter dem hohen, gewölbten Glasdach lagen einige Grad niedriger als draußen in der prall glühenden

Sonne. Blickte ich nach rechts, in Richtung Süden, konnte ich auf den Bundesrat sehen.

Im Food Court kaufte Zahra Ghani eine Portion Falafel und suchte sich einen Sitzplatz. Das Team verteilte sich unauffällig. Ich blieb auf meiner Position, saugte gelegentlich an meinem Trinkhalm und beobachtete ungefähr tausend Menschen durch mein Blickfeld ziehen.

Dann drang Zahras bebende Stimme über die Telefon-Konferenzschaltung:

»Da ist er! Scheiße! Da ist er!«

»Okay, Leute«, sagte ich ruhig ins Mikro. »Alle bleiben auf ihren Posten. Haltet die Augen offen. Zahra, bleiben Sie ruhig. Denken Sie daran, sich nichts anmerken zu lassen. Am besten, Sie setzen sich hin und essen ihre Falafel.«

»Woher wissen Sie, was ich –?« Sie unterbrach ihre Frage auf halbem Weg. Ob sie vergessen hatte, dass wir sie observierten?

Ich widerstand dem Drang, mich selbst auf den Weg in die nächste Etage zu begeben. Wenn alles nach Plan abliefe, würde ich Zahras Verfolger auf dem Weg nach unten zu Gesicht bekommen. »Okay, Zahra, sehen Sie den Kerl noch?«

»Er hat mir zugezwinkert.« Sie klang, als wäre sie einer Panik nahe. »Und ich glaube, er hat Fotos von mir mit seinem Handy gemacht.«

Die sich als Beweise nützlich erweisen könnten, dachte ich. »Können Sie ihn sehen?«, wiederholte ich.

»Ja, ich sehe ihn.«

»Sieht er gerade in Ihre Richtung?«

»Nein.«

»Okay, Zahra. Vermeiden Sie Blickkontakt mit ihm. Und jetzt sagen Sie uns, wo er sich gerade aufhält.«

»Er sitzt an einem Tisch und isst. Vielleicht zwanzig Meter von mir entfernt.« Sie nannte zwei Imbissbetriebe, die seiner Position am nächsten lagen.

»Können Sie sehen, was er anhat?«, fragte ich.

»Ja, ein dunkelblaues Kapuzenshirt. Die Ärmel hochgeschoben. Er isst einen Burger und Pommes.«

»Ich glaub, ich sehe ihn«, sagte Ptolemaios »Pluto« Stavianopoulos. »Blasser Typ? Kurze dunkle Haare? Mitte zwanzig vielleicht?«

»Ja, das ist er. Das ist er!«

Ich ermahnte Zahra nochmals, Ruhe zu bewahren. »Und vergessen Sie Ihr Essen nicht.«

»Ich hab gar keinen Hunger mehr.«

»Essen Sie trotzdem«, sagte ich. »Sie dürfen keinen Verdacht erregen, wenn er Sie beobachtet.«

Einige Sekunden später kündigte mein Handy mit einem Ping den Eingang einer Nachricht an. Ich rief sie auf und sah zum ersten Mal ein Bild unseres Unbekannten.

Der Fisch hatte angebissen. Es wurde Zeit für den nächsten Schritt in unserem Plan.

Als Erstes dirigierte ich mein Team an verschiedene Positionen. Zwei sollten sich an die Fersen des Unbekannten heften, Sven Malinsky in Zahra Ghanis Nähe bleiben. Alle anderen zogen sich ins Erdgeschoss zurück, um uns dort in Empfang zu nehmen.

Als Zweites musste Zahra ihre Rolle als Köder weiterspielen.

»Zahra, hören Sie mich?«, fragte ich.

»Na klar. Sie sind das Männchen in meinem Ohr.« Sie sprach mit vollem Mund.

»Wie sind die Falafel?«

»Gut, glaube ich. Aber eigentlich ist mir schlecht. Mein Puls ist bei hundertachtzig oder so. Soll ich Ihnen die Reste mitbringen, Keller?«

»Ein andermal vielleicht. Okay, hören Sie mir zu. Sie machen das ganz toll bisher. Wir beenden unseren Ausflug gleich. Wir begleiten Sie nach draußen und dann bis nach Hause. So wie wir es besprochen haben.«

»Okay.«

»Die anderen beziehen gerade ihre Positionen und sind in ein paar Minuten so weit. Sie warten bitte auf mein Kommando, Zahra. Ich möchte, dass Sie dann eine der südlichen Rolltreppen benutzen, um nach unten ins Erdgeschoss zu fahren, und zwar diejenige, die näher zur Piazza liegt. Klar, welche ich meine?«

»Ich bin ja nicht blöd.«

- 13 -

Zahra wählte die falsche Rolltreppe.

Statt einer der südlichen steuerte sie die im Nordteil des Food Courts an, die ihrer Position am nächsten lag.

Und die Handyverbindung war unterbrochen.

Wir mussten kurzfristig umdisponieren – und hoffen, dass Ghani nicht ein weiteres Mal den falschen Weg einschlug.

»Wir sitzen noch hier und beobachten unseren Mann«, meldete sich Pluto. »Er futtert ganz in Ruhe ... Nein, jetzt steht er auf. Er geht Ghani hinterher. Wir hängen uns dran.«

»Okay, aber bleiben Sie auf Abstand.«

Ich bewegte mich schnellen Schrittes auf der Galerie über der Piazza nach Norden. Den halbleeren Coke-Becher ließ ich in einen Abfalleimer fallen. Gleichzeitig wählte ich Zahras Nummer. Es klingelte ewig, bis ich auf die Mailbox weitergeleitet wurde. Ich versuchte es gleich noch einmal. Eine Gruppe von etwa zwanzig Mädchen im Teenageralter schob sich lautstark vor mir vorbei. Als ich endlich nach links um die Ecke biegen konnte, erschien die nördliche Rolltreppe wenige Meter vor mir.

Ghani meldete sich mit einem entnervten »Ja!«

»Sie sind auf der falschen Rolltreppe.« Mein Blick suchte die Kunden ab, die an mir vorbei nach unten befördert wurden.

»Was?«

»Wir haben Sie auf der südlichen erwartet. Sie sind auf der nördlichen.«

»Echt? Tut mir leid!«

»Halb so wild. Ich sehe Sie. Fahren Sie einfach weiter.«

»Was sollte ich wohl sonst tun?«

»Was ich Ihnen sage.«

Unsere Blicke trafen sich kurz, als sie vorüberfuhr.

»Ich bin halt nervös.«

»Umso wichtiger, dass Sie sich konzentrieren.« Ich bremste mich selbst. Vorwürfe waren jetzt nicht sinnvoll. »Okay, wenn Sie unten sind, gehen Sie nicht zur Piazza. Nehmen Sie den anderen Weg. Der führt Sie direkt zum westlichen Ausgang. Drei unserer Leute werden Sie dort in Empfang nehmen und weiter begleiten.«

»Zur U-Bahn.«

»Genau.«

»Und wo werden Sie sein?«

Jetzt entdeckte ich den Unbekannten zwischen den Menschen auf der Rolltreppe.

»Gleich hinter Ihnen. Lassen Sie sich Zeit, keiner hetzt Sie. Aber bleiben Sie empfangsbereit. Okay?«

»Okay.«

Der Mann fuhr an mir vorbei. Er wirkte arglos, sah weder mich, noch schien er die vielen anderen Menschen um sich herum wahrzunehmen. Sein Blick war auch nicht auf Zahra gerichtet, fünfzehn Meter vor ihm, sondern auf ein anderes Ziel, das wahrscheinlich allein er wahrnahm. Er sah blässlich aus, glattrasiert, mit einem kantig-kräftigen Kiefer und kurzem, dunklem Haar, das Ansätze von Geheimratsecken zeigte. Er trug hellblaue Jeans, ein dunkelblaues Kapuzenshirt und einen Rucksack über den Schultern.

Ich nutzte die paar Sekunden, in denen er an mir vorbeifuhr, um mir sein Gesicht einzuprägen.

Dann lief ich los.

Die Fahrt mit der U-Bahn verlief ohne weitere Komplikationen. Wir hielten Zahra und ihren Verfolger locker eingebettet in unser Team, das sich unter die übrigen Fahrgäste mischte.

Die Luft im Untergrund erwies sich als noch heißer und stickiger als draußen. In dem vollen Waggon fühlte ich mich so beengt wie in einem Sarg. Shirt und Hose klebten mir unangenehm auf der Haut. Alle paar Sekunden streifte mein Blick unseren Schützling. Und den Unbekannten, der eine halbe Wagenlänge von ihr entfernt saß.

Falls er sie beobachtete, verhielt er sich dabei ausgesprochen unauffällig.

Nach fünf Zwischenstopps erreichten wir den Bahnhof Zoologischer Garten, wo wir die U-Bahn-Linie wechseln mussten. Hier herrschte noch mehr Betrieb als am Potsdamer Platz. Das erleichterte es uns zwar, in der Menge unterzutauchen, allerdings erschwerte es uns, die beiden Zielpersonen im Blick zu behalten.

Wir nutzten den Wechsel zum anderen Gleis, um unsere Positionen zu tauschen. Ich stieg in den Nachbarwaggon ein, wo ich zwar keinen Sichtkontakt mehr zu Zahra oder dem Unbekannten hatte, aber ich kannte natürlich unseren verabredeten Zielbahnhof: Turmstraße.

Ich stand am Ende des Waggons und ließ meinen Blick unwillkürlich über die anderen Fahrgäste schweifen: ein türkisches Elternpaar mit einem Kleinkind im Kinderwagen und zwei weiteren Sprösslingen. Ein Pärchen im Teenageralter, innig Händchen haltend. Vier schlaksige Halbstarke am anderen Ende des Wagens, die über ein Mobiltelefon Rapmusik laufen ließen. Und noch einige andere einzeln fahrende Männer und Frauen.

Zwangsläufig suchte ich nach der einen verdächtigen Person. Demjenigen, der einen Rucksack voller Nägel und Sprengstoff bei sich trug. Oder der gleich ein Messer zücken und wahllos auf seine Nachbarn einstechen würde.

Ich schüttelte den Kopf, um die paranoiden Gedanken loszuwerden. Nicht dass Paranoia per se schlecht war: Ein gesundes Maß davon konnte einem das Leben retten.

An der Haltestelle Hansaplatz beobachtete ich das Kommen und Gehen der Leute und wartete dann weiter ab, bis wir unsere Zielhaltestelle Turmstraße erreichten.

Zahra Ghani führte ihren Tross zurück in die Gluthitze der Oberwelt. Der Unbekannte blieb etwa zehn Meter hinter ihr, im gleichen Abstand folgte ihm unser Team. Ich bildete die Nachhut.

Draußen wandte Zahra sich nach Osten, und ihr Verfolger ließ sich etwas zurückfallen. Wir mussten die Turmstraße überqueren, deren zentraler Grünstreifen mit wenig Grün, stattdessen staubig und mit vertrocknenden Bäumen und Gras vor uns lag. Ich wies die anderen an, sich etwas weitläufiger zu verteilen.

Der Unbekannte bewegte sich indirekt, folgte Zahra nicht auf Schritt und Tritt, so als kenne er ihr Ziel bereits.

Ein Stück voraus bog Zahra Ghani an der Kreuzung links in die Lübecker Straße ein. Von dort tauchten zwei weitere Männer auf.

- 14 -

Sie kamen aus der Straße auf sie zu. Zahra erblickte sie, als sie noch zehn Meter entfernt waren, und stoppte.

»Da stimmt was nicht!«, bemerkte Pluto.

»Wer sind die Kerle?«

»Könnten Afghanen sein oder sowas.«

Ich bewegte mich bereits auf die Turmstraße zu. Sah Zahras Verfolger, der am Rande des Grünstreifens die Lübecker Straße passierte und das Geschehen aus sicherem Abstand, aber gewiss mit Interesse verfolgte.

»Behaltet unseren Mann im Auge! Bleibt an ihm dran, wenn er verschwinden will.«

Ich passte eine Lücke zwischen zwei Autos ab und lief schräg über die Straße. Unsere erste Zielperson stand dreißig Meter entfernt und nahm mich nicht wahr, weil sie gebannt in die andere Richtung starrte.

Die zwei Unbekannten hatten Zahra fast erreicht. Der eine war eineinhalb Köpfe größer als sie und breitschultrig, der andere schlank gebaut. Zahra sah ihnen entgegen, die schmalen Schultern verkrampft, dann machte sie einen, zwei Schritte rückwärts.

»Scheiße!«, rief Pluto über Funk. »Was ist da los? Was machen wir jetzt?«

»Ihr kümmert euch um euren Job. Und sonst haltet ihr euch zurück«, befahl ich. »Ich kümmere mich um die zwei anderen Kerle.«

Diese hatten Zahra inzwischen erreicht. Der Schmale sprach mit ihr. Der Große fasste nach ihrer Schulter, aber sie streifte seine Hand sogleich ab. Sie keifte ihm irgendwas ins Gesicht, das ich nicht verstehen konnte.

Eine Passantin auf der anderen Straßenseite zögerte im Vorbeigehen kurz, setzte ihren Weg dann aber fort. Ich drängte mich an ihr vorbei und lief über die Straße, stopfte unterdessen den Ohrstecker in die Hosentasche.

Der Schmale redete mit Händen und Füßen. Sein hohlwangiges Gesicht mit den tiefliegenden Augen zierte ein ordentlich getrimmter schwarzer Vollbart. Zahras Antwort fiel hitzig aus. Ich verstand nichts von ihren Worten, meinte aber, einige Brocken Dari herauszuhören.

Der Große verfolgte das Gespräch der beiden stumm. Sein massiger Oberkörper steckte in einem langärmligen weißen Stehkragenhemd. Seinen schwarzen Bart durchzogen silbrige Fäden.

Mein Auftauchen irritierte die beiden Männer und lenkte ihre Aufmerksamkeit kurz von Zahra ab. Ich stellte mich an ihre Seite.

»Ist alles in Ordnung, Zahra?«, fragte ich, ohne die beiden Unbekannten aus den Augen zu lassen, und nickte ihnen dann betont höflich zu. »Salaam.«

Der Schmale fixierte mich und deutete eine Verbeugung an. »Salaam«, grüßte er zurück.

»Sind das Freunde von Ihnen?«, fragte ich.

Aus dem Augenwinkel sah ich Zahras Kopfschütteln. Sie atmete gepresst, hielt ihre Handtasche mit einer Hand umklammert. Mit der anderen rieb sie über ihren Unterarm.

»Ich kenne diese Männer nicht«, antwortete sie.

Der Große schleuderte ihr einen Mundvoll Wörter entgegen, deren Tonfall durchaus abfällig klang. Auch der

Schmale sprach Zahra wieder in Dari an. Inzwischen war ich mir sicher, dass es sich, genau wie bei Zahra, um Afghanen handelte.

»Entschuldigt mal, Leute«, sagte ich und hob beschwichtigend die Hände. »Mein Dari ist nicht besonders gut. Wenn es etwas zu besprechen gibt, seid doch so höflich und benutzt eine Sprache, die ich auch verstehe.«

Die beiden Männer bedachten mich mit kurzen, abschätzigen Blicken und wandten sich dann wieder Zahra zu. So viel zum Thema Höflichkeit. Ich hörte mir einen weiteren Redeschwall des Schmalen an, dann beschloss ich, das Ansinnen der Männer zu ignorieren. Mir lag daran, die Situation möglichst schnell aufzulösen. Ich hatte nicht vergessen, dass wir beobachtet wurden.

Sacht fasste ich Zahra am Oberarm. »Kommen Sie, wir gehen«, sagte ich und hoffte, dass sie mitspielte.

Wer nicht mitspielte, war der Große, denn der stellte sich in unseren Weg und stoppte mich mit der ausgestreckten Hand auf meiner Brust. Der Schmale schnatterte ungestört weiter.

Der Afghane war ein paar Zentimeter größer, als ich vermutet hatte. Und er trug reichlich Muskeln zur Schau – gut verpackt unter einer dicken Speckschicht. Die Masse machte ihn schwerfällig. Über Kampferfahrung verfügte er nicht. Ich verspürte den dunklen Impuls, den Kerl einfach aus dem Weg zu räumen, besann mich aber eines Besseren. Das Gebot der Stunde lautete Deeskalation.

»Komm mal runter, Großer«, sagte ich zu ihm. »Ich will keinen Ärger, und du bestimmt auch nicht. Lass uns einfach vorbei. Okay?«

Er hatte mich verstanden. Ein Lächeln huschte über sein verschwitztes, bärtiges Gesicht. Er ließ die Hand sinken.

»Gehen wir«, sagte ich und zog Zahra mit mir.

Mit einem schnellen Schritt stellte sich der Große erneut in meinen Weg. Gleichzeitig griff der Schmale nach Zahras freiem Handgelenk. Sie widersetzte sich, aber er ließ nicht locker.

»Ihr Typen solltet wirklich mal an euren Umgangsformen arbeiten«, sagte ich und fixierte die dunklen Augen des Großen direkt vor mir.

Seine Hand bewegte sich auf meine Brust zu. Ich stieß ihm mein Knie zwischen die Beine, packte seine erhobene Hand und verdrehte das Handgelenk in einem Hebelgriff, der ihn ächzend zu Boden zwang. Ehe er begriff, was geschehen war, kniete er prustend und schnaufend auf dem Pflaster des Gehsteigs.

Der Schmale starrte mich aus aufgerissenen Augen an.

»Du lässt sie sofort los«, wies ich ihn an, »oder ich breche dir jeden Finger einzeln, sobald ich mit deinem Kumpel fertig bin.«

Er löste seinen Griff, als hätte er eine glühende Kohle umfasst. Offensichtlich war der Schmale der schlauere der beiden Afghanen. Der Große musste mit schmerzverzerrtem Gesicht zu mir aufsehen. Dicke Schweißtropfen versickerten in seinem Bart. Ich verstärkte den Hebeldruck um eine weitere Nuance und spürte, wie der Kerl sich wand.

Zahra machte ein paar schnelle Schritte zwischen den beiden Männern hindurch. Ich gab den Großen frei und trat an ihre Seite. Für ein paar Sekunden hockte er noch schnaubend auf seinem Knie, dann stemmte er sich hoch. Ich sah die Wut in seinen Augen. Sein Freund fasste ihn am Arm, als befürchtete er eine augenblickliche Vergeltung.

Er adressierte noch ein paar Worte an Zahra. Die schwieg.

»Wir sehen uns wieder«, presste der Große zwischen den Lippen hervor, den Blick auf mich gerichtet. Dann entfernte er sich rückwärts von uns, als der Schmale ihn am Arm zog.

»Ich freue mich jetzt schon«, sagte ich.

- 15 -

Aus den Aufzeichnungen des Schattens

Genugtuung.

Tiefe Befriedigung.

Das war, was der Schatten empfand.

Den ganzen Nachmittag über war er in Yasmins Nähe gewesen. Hatte sie begleitet. Mit ihr gegessen – und dreihundert anderen Leuten.

Und er hatte sich ihr zu erkennen gegeben. Hatte es gewagt. Sich ganz kurz ins Licht getraut.

Dann war er Yasmin nach Hause gefolgt.

Und jetzt saß er in der Turmstraße auf einer Bank im Grünstreifen und beobachtete aus zweiter Reihe den Streit zwischen Yasmin, zwei nahöstlich aussehenden Männern und einem dritten, unbekannten Mann.

Dieser war wie aus dem Nichts aufgetaucht, um Yasmin zu verteidigen.

Das versprach interessant zu werden.

Der Schatten richtete sich auf und wagte nicht, zu blinzeln. Mit einem kaum hörbaren Pfeifen glitt der Atem durch seine leicht geöffneten Lippen.

Das Grüppchen diskutierte hitzig, wie es aussah. Plötzlich brach der große, gefährlich aussehende Mann in die Knie. Yasmins Beschützer machte irgendwas mit seiner Hand.

Der Schatten fühlte ein kleines, schadenfrohes Lächeln auf dem Gesicht.

Und die Sonne, die auf seine Stirn brannte.

Unbewegt auf seiner Position verharrend, verfolgte der Schatten, wie der unbekannte Mann Yasmin bei der Hand nahm und weiterzog. Sie warfen lange Blicke zurück auf die beiden Männer, die ihnen nicht folgten. Der Schmalere von beiden redete mit besänftigenden Gesten auf seinen Freund ein.

Auch der Schatten brauchte Yasmin nicht zu folgen. Er wusste, wo sie wohnte. Und dass er in ihre Wohnung gehen konnte, wann immer er wollte.

In diesem Moment wünschte er das nicht.

Der Schatten blieb ein paar Minuten lang auf seiner Bank sitzen. Er beobachtete, wie die beiden Männer – vielleicht Syrer, vielleicht Iraker, vielleicht Afghanen, das vermochte er nicht zu unterscheiden – in einen alten Opel Escort stiegen und wegfuhren. Dann stand er auf und schlenderte ein Stück weit in die Lübecker Straße hinein. Vor Yasmins Wohnhaus blieb er stehen und blickte sich um. Mehr Wohngebäude, direkt gegenüber ein Hostel.

Er kannte die Umgebung längst.

Er dachte an den anderen Mann, der Yasmin geholfen hatte. Den Unbekannten. Den Beschützer. Etwa ihr Freund?

Der Schatten musste das herausfinden.

Er wandte sich um und machte sich auf zur U-Bahn-Station. Der blaue BMW, der auf der anderen Straßenseite parkte, entging ihm nicht. Auch nicht die beiden Männer darin, die versuchten, möglichst unauffällig Yasmins Wohnhaus im Auge zu behalten.

Immerhin war der Schatten selbst ein geübter Beobachter.

Ich warf die Wohnungstür mit einem Knall ins Schloss.
»Was war das denn, bitte?«

»Was– Was meinen Sie?«

»Ich will wissen, wer die beiden Typen war, die eben fast unsere Operation gesprengt hätten.« Ich klang wütender als beabsichtigt.

Zahras Blick flackerte. »Das weiß ich nicht, Keller.«

»Die schienen Sie jedenfalls zu kennen.«

Mein Mobiltelefon klingelte, also gönnte ich Zahra eine kurze Pause und nahm den Anruf entgegen.

»Was ist passiert?«, fragte Martin Buchheister.

»Wir sind in Frau Ghanis Wohnung. Alles im grünen Bereich.«

Ich vernahm ein erleichtertes Seufzen. Er war erwartungsgemäß über die Ereignisse im Bilde. »Wer waren die Männer auf der Straße?«

»Das versuche ich gerade herauszufinden.« Die junge Frau wich meinem Blick weiterhin aus. Sie ging hinüber ins Wohnzimmer und setzte sich auf ein Ende einer schlichten, hellgrauen Couch. Ich folgte ihr, während ich weiter mit Buchheister sprach. »Wie ist die Lage draußen? Wo ist unser Mann?«

»Abgehauen.«

»Abgehauen?«

»Er hat die Show genossen und abgewartet, bis sich alles beruhigt hat. Dann ist er zurück zur U-Bahn. Unsere Leute sind an ihm dran.«

»Halten Sie mich auf dem Laufenden?«

»Klar«, versprach er und legte auf.

Ich setzte mich seufzend auf das andere Ende der Couch.

»Haben Sie den Kerl?«, fragte Zahra hoffnungsvoll. Ihre Hände lagen auf den Knien. Sie zitterten.

»Nein, aber unsere Leute beschatten ihn jetzt. Das heißt, wir werden bald wissen, wer er ist.«

Sie atmete tief durch. »Das hoffe ich.«

»Jetzt sind Sie dran, Zahra. Also? Was wollten die beiden Afghanen von Ihnen?«

»Ich weiß es nicht«, wiederholte sie.

Ich sah sie fragend an.

»Was haben sie zu Ihnen gesagt? Sollten Sie mit ihnen gehen?«

Sie schüttelte den Kopf, senkte aber den Blick.

»Kannten Sie einen von ihnen?«

Kopfschütteln.

»Kommen Sie, Zahra«, sagte ich seufzend. »Wenn ich Ihnen helfen soll, müssen Sie mir auch helfen.«

Sie sah mich aus großen, dunklen Augen an und hob die Schultern. »Was wollen Sie hören, Keller? Ich habe Ihnen doch gesagt, dass ich diese Männer nicht kannte.«

Mein Bauchgefühl verriet mir das Offensichtliche: dass Zahra nicht offen zu mir war. Andererseits spielte es für meine Aufgabe vermutlich keine Rolle.

»Warum sind Sie dann so verstört?«, fragte ich.

Sie verdrehte die Augen. »Ich bin überhaupt nicht verstört. Es war ein stressiger Tag. Ich will endlich diesen Stalker loswerden.« Das klang in meinen Ohren aufrichtig. »Alles andere ist nicht wichtig«, fügte Zahra hinzu.

17

Für den Beschattungsjob galt ich als verbrannt: Die Gefahr, dass Zahra Ghanis Stalker mich bei nächster Gelegenheit wiedererkannte, war schlichtweg zu groß. Also hielt ich mich zwei Tage lang im Hintergrund. Genau dieses Zeitfenster stand uns für eine lückenlose Überwachung unseres Unbekannten zur Verfügung, der rasch kein gänzlich Unbekannter mehr blieb.

Den Sonntagmorgen nutzte ich für einen Besuch bei Stefan. Als ich um 1018 Uhr seine Wohnung betrat, lag er noch im Bett, und die Bude stank wie ein Raubtierkäfig. Als Erstes riss ich sämtliche Fenster auf, um durchzulüften.

»Spinnst du jetzt? Willst du mich umbringen, oder was?«, brüllte Stefan unter seiner Decke.

»Frische Luft hat noch niemandem geschadet«, gab ich nüchtern zurück. »Und wir haben achtundzwanzig Grad.«

Als Nächstes brachte ich die Kaffeemaschine in Gang. Dann holte ich Stefan aus dem Bett und bugsierte ihn im Rollstuhl in das kleine Bad. Sein Protest blieb halbherzig, denn tief im Inneren wusste auch er, was ich wusste – dass er es nötig hatte. Er ließ sich von mir in die Badewanne helfen, die mit einem Sitz ausgestattet war.

Mühsam schluckte ich den Kloß in meiner Kehle herunter, als ich seinen blassen, abgemagerten Körper sah. Der Anblick erschütterte mich jedes Mal tiefer, als ich es Stefan oder irgendwem sonst gegenüber je zugegeben hätte. Wulstige, rosafarbene Narben zogen sich längs über seinen

Bauch und in einem weiten Schwung zwischen den Rippen über die rechte Flanke.

Für den Bruchteil einer Sekunde wollten sich andere Bilder in mein Gehirn drängen. Blutige, grausame Erinnerungen, aber ein energisches Kopfschütteln drängte sie zurück. Diesmal.

Stefans rechter Oberschenkel endete auf halber Länge in einem Stumpf, der an zusammengenähtes Leder erinnerte. Die Muskeln darin arbeiteten noch und ließen ihn zucken, jedoch gab es kein Bein mehr, das sie bewegen konnten.

»Was gibt's denn zu glotzen?«

Stefans Stimme riss mich aus meinen Gedanken.

»Sorry.« Ich wandte meine Aufmerksamkeit der Handbrause und der Armatur zu, um den Duschstrahl vernünftig zu temperieren.

»Nicht so heiß, okay?«

»Okay, ich pass auf.«

»Das andere schaff ich allein.«

»Ist gut«, sagte ich und hoffte, dass meine Erleichterung nicht allzu offensichtlich war. Ich versuchte sie mit einem aufmunternden Lächeln zu überspielen.

»Du könntest dich wenigstens umdrehen«, sagte Stefan, nachdem ich ihm die Shampoo-Flasche gereicht hatte. »Im Gegensatz zu dir habe ich noch sowas wie Schamgefühl.«

»Seit wann denn das?«, entgegnete ich und setzte mich auf eine überquellende Wäschetonne neben dem Waschbecken.

Etwas später rollte ich ihn in die Küche. Stefan schlang das Frühstück in sich hinein wie ein ausgehungerter Löwe. Man konnte ihm ansehen, wie ein Funke Lebensenergie in ihn zurückkehrte. Ich begnügte mich mit einem Becher Kaffee.

»Und?«, fragte ich irgendwann. »Hast du Pläne für den Tag?«

Stefan schüttelte den Kopf, ohne von seinem Teller aufzusehen. »Nichts Konkretes«, antwortete er mit vollem Mund. »Überleben vielleicht.«

»Ist doch ein Anfang.«

Er hob den Kopf und sah mich kauend an. »Was ist mit dir, Keller?«

»Ich muss gleich los. Muss noch zur Arbeit.«

»Es ist Sonntag.«

»Ich weiß.«

»Bist ja ein richtiger Spießer geworden.« Sein Lachen löste einen Hustenanfall aus.

»Jaja, mach dich nur lustig über mich.«

»Tue ich doch«, sagte er grinsend. »Welcher Job kann so wichtig sein?«

Ich berichtete ihm knapp von Zahra Ghani und ihrem Problem. Er runzelte die Stirn.

»Sie ist Afghanin, sagst du? Und arbeitet bei einem Verein namens Oromo Foundation?«

Ich sah ihn fragend an. Und stellte mit gewisser Verblüffung fest, dass Stefans müder Verstand plötzlich wieder hellwach war. Er lehnte sich im Rollstuhl zurück und zündete eine Zigarette an.

»Die Oromo Foundation war zeitgleich mit uns im Land.«

Ich zuckte die Achseln. »Viele waren dort.«

»Aber Oromo war in Darang, Keller. Und sie haben unsere dortigen Ortskräfte unterstützt. Erinnerst du dich nicht?«

Ich schüttelte den Kopf. Stefan sprach von einem Teil unserer Vergangenheit, den ich bewusst nicht zu erinnern versuchte.

»Es gab einen Anschlag in der Provinz, kurz nachdem wir ... weg waren. Es gab zahlreiche Opfer.«

»Woher weißt du das?«, fragte ich.

»Hab mich informiert. Was soll ich tun, wenn ich gerade nicht für den Berlin-Marathon trainiere?«

Ich sog scharf die Luft ein, enthielt mich aber eines Kommentars. »Wir können nicht ändern, was passiert ist. Ist es nicht das, was du immer sagst?«

»Ändern nicht. Aber vielleicht können wir es irgendwann verstehen.«

»Den Teil überlasse ich gerne dir, Stevie. Und wenn du dahinter gekommen bist, kannst du es mir vielleicht erklären.«

Er grinste. »Das wird aber hart.«

Ich grinste zurück, leerte meinen Becher, stand auf und stellte ihn in die Spülmaschine.

»Mach's gut, Stevie«, sagte ich.

»Du auch, Mann!«

Einen Moment sahen wir uns etwas unschlüssig an. Dann beugte ich mich zu ihm hinunter, sodass wir uns zum Abschied umarmen konnten. Seit Stefan im Rollstuhl saß, passierte das nicht mehr so oft wie früher.

»Hey, du riechst, als hättest du geduscht.«

Er grinste breit. »Hau endlich ab, du Penner! Und wenn du das nächste Mal herkommst, vergiss nicht wieder meine Zigaretten!«

»Mal sehen, was ich tun kann. Bis dann!«

»Keller!«, rief Stefan, als ich schon halb an der Wohnungstür war.

Ich drehte mich noch einmal um. »Was denn?«

Stefan saß sehr aufrecht in seinem Rollstuhl und sah mich mit festem, ernstem Blick an. »Danke«, sagte er.

Am späten Sonntagabend hockte ich mehrere Stunden lang neben Aslan Sevinc in einer BMW-Limousine mit getönten Scheiben auf einem Parkplatz gegenüber dem Wohnhaus unserer Zielperson. Auf der Rückbank war ein Laser-Richtmikrofon aufgebaut, das durch die geöffnete Seitenscheibe auf ein Fenster der Wohnung in fünfundvierzig Metern Entfernung gerichtet war. Der Winkel erwies sich als günstig, wir hatten kaum Interferenzen durch den Straßenverkehr.

Aber das Gerät schwieg.

»Ist es immer so ruhig da drin?«, fragte ich meinen Kollegen, der schon die vergangene Nacht hier verbracht hatte.

Sevinc brummte bejahend. »Immer. Der Typ hört keine Musik, sieht nicht fern, telefoniert nicht. Zumindest nicht laut. Er benutzt Kaffeemaschine und Mikrowelle, Dusche und Toilette. Aber das war es auch.« Seine Stimme klang nicht nur humor-, sondern auch völlig tonlos. Wir versuchten, alle überflüssigen Bewegungen im Wagen zu vermeiden. Zum einen verursachten sie selbst Interferenzen durch die Schwingungen des Laser-Mikrofons. Zum anderen konnte ein sich bewegendes Fahrzeug, das verlassen sein sollte, unerwünschte Aufmerksamkeit auf sich ziehen.

»Klingt nach einer ruhigen Kugel, die Sie hier schieben«, sagte ich leise.

Er grinste. »Jedenfalls ruhiger, als sich von Ihnen im Trainingsraum vermöbeln zu lassen.«

»So etwas würde ich nie tun.«

»Höchstens zu Ausbildungszwecken.«

»Genau.«

»Für mich ist das in Ordnung«, sagte er. »Ich lasse mir lieber im Training in den Arsch treten als im Ernstfall.«

»Gute Einstellung.«

»Man weiß ja nie, was einen plötzlich erwartet.«
Wie recht er hatte.

18

Wir versammelten uns am Mittwochmorgen in einem Besprechungsraum in der Sicherheitszentrale von Vendorff Richter. Martin Buchheister und Zahra Ghani waren da und drei Mitglieder unseres Observationsteams. Außerdem eine Frau, die ich nicht kannte: Anfang fünfzig, gepflegt, mit kostspieligem Kostüm und ebensolcher Frisur.

Die letzten zwei Tage waren ohne besondere Vorkommnisse verlaufen. Unser Team hatte Zahra auf ihren Arbeitswegen begleitet, ansonsten hatte sie sich in ihrer Wohnung aufgehalten. Weitere afghanische Bekannte von ihr waren nicht aufgetaucht.

Buchheister saß am Kopfende des Konferenztisches und trank dampfenden Kaffee aus einem Becher mit Firmenlogo. Er lächelte zuversichtlich. Hinter ihm war eine Stellwand aufgebaut, die linke Hälfte zugepflastert mit Fotos von unserem Stalker in unterschiedlichen Situationen, die rechte mit DIN-A4-Blättern voller Daten und Informationen.

»Dann lassen Sie uns mal loslegen«, sagte Buchheister, als alle ihre Plätze eingenommen hatten. »Als Erstes möchte ich Ihnen Frau Dr. Schmitt-Fislage vorstellen. Ich habe sie als juristischen Beistand dazu gebeten.«

Die Juristin grüßte mit einem knappen Nicken in die Runde. Falten kräuselten sich strahlenkranzartig um ihren Mund, als sie ein schmallippiges Lächeln produzierte.

»Okay!«, rief Buchheister. »Wer möchte uns etwas berichten? Malinsky?«

Der Angesprochene blickte in die Runde, strich mit der Hand über seinen fast kahlen Schädel. »Warum nicht?«, sagte er achselzuckend, erhob sich und trat an die Stellwand.

Da ich die Details schon kannte, lehnte ich mich zurück und verschränkte die Arme vor der Brust.

»Also, der Mann, den wir als Verfolger von Frau Ghani identifiziert haben, heißt Mirko Witte. Er ist fünfundzwanzig Jahre alt, ledig, ohne feste Beziehung, soweit wir bisher wissen.«

»Und auch ohne lockere Beziehung«, warf Aslan Sevinc ein. »Zumindest in den letzten Tagen.« Außer ihm grinste niemand darüber.

Zahra hatte die Arme um ihren Oberkörper geschlungen und rieb mit den Händen über ihre Oberarme, als fröstelte sie.

»Witte bewohnt eine Drei-Zimmer-Wohnung in Wilmersdorf für neunhundertachtzig Euro Warmmiete im Monat, die er stets pünktlich zahlt.« Malinsky zeigte auf ein Foto eines sechsstöckigen Mietshauses. Dann auf eines von Witte in einer beige-grauen Arbeitshose auf dem Weg zu einem Pritschenwagen. »Er arbeitet als Angestellter bei einer Sanitärinstallationsfirma. Kommt jeden Morgen pünktlich zur Arbeit. Fährt dann mit einem Kollegen auf Tour. Scheint bei denen ganz beliebt zu sein, unseren Beobachtungen nach zu urteilen. Auch bei den Kunden übrigens.«

»Gibt es vielleicht eine Stellungnahme von seinem Arbeitgeber?«, hakte Buchheister nach.

»Von einer direkten Kontaktaufnahme haben wir bisher abgesehen«, antwortete ich. »Hätte uns verraten.«

»Verständlich«, sagte er und nickte Malinsky zu.

»Insgesamt verfolgt Witte offenbar einen sehr geregelten Tagesablauf. Aufstehen um fünf, Duschen, kurzes Frühstück, dann zu Fuß und mit der U-Bahn zur Arbeit. Acht Stunden unter der Woche, vier Stunden am Samstag. Am Wochenende hat Witte übrigens auch noch einen interessanten Nebenjob – bei einem Schlüsselnotdienst.«

»Tatsächlich«, sagte Buchheister nachdenklich.

»Er bekommt dann einen Kleinwagen geliehen, den er von Samstagabend bis Sonntagabend benutzen kann.« Malinsky deutete auf ein weiteres Foto, das einen schwarz-weißen Smart zeigte. »Letzten Samstag hatte er allerdings nur einen einzigen Einsatz.«

Mein Blick schweifte zurück zu Zahra Ghani. Ihre Haltung hatte sich nicht verändert, die gesamte Körpersprache verriet Unbehagen. Nachvollziehbar. Das Phantom, das sie in Angst versetzt hatte, erhielt gerade ein Gesicht – und damit Substanz.

»Und wie verbringt Herr Witte den Rest seiner Zeit?«, fragte Martin Buchheister.

»Da wird es leider wirklich ungemütlich«, sagte Malinsky mit einem kurzen Blick zu Zahra. »In seiner Freizeit treibt er sich vorwiegend in Frau Ghanis Nähe herum. Zur Feierabendzeit taucht er hier in der Gegend auf und folgt ihr dann bis nach Hause. Das Bild wurde Sonntagabend in der Lübecker Straße aufgenommen.« Er präsentierte ein Foto des schwarz-weißen Smart schräg gegenüber von Zahras Wohnhaus.

Die junge Frau machte einen hellen Laut, der unser aller Blicke auf sie zog, und sprang von ihrem Stuhl auf. »Was für ein … Psycho ist denn das?«, schrie sie mit tränenerstickter Stimme. »Was will der von mir? Und … und … und … warum ich?«

Martin Buchheister griff nach ihrer Hand, aber die zog sie brüsk weg.

»Beruhigen Sie sich, Zahra!«, sagte er. »Ich weiß, dass das aufwühlend für Sie sein muss. Aber genau deswegen sind wir hier versammelt – um das Problem zu lösen.«

»Das Problem lösen?« Sie sah entgeistert in die Runde. »Hören Sie sich eigentlich selbst mal zu? Sie sitzen hier und machen sich – was? – einen Spaß daraus, diesen Verrückten auszukundschaften, der mich seit Tagen verfolgt. Jetzt erzählen Sie mir, dass er die ganze Zeit hinter mir ist? Jedes Mal, wenn ich auf die Straße gehe? Wie soll ich das je wieder tun, ohne das Gefühl zu haben, beobachtet zu werden? Können Sie sich das eigentlich vorstellen?«

Als ihre Anklage verhallt war, herrschte plötzlich eine drückende Stille im Raum. Alle warteten auf Buchheister, etwas zu erwidern. Möglichst etwas Konstruktives. Aber auch er sah ratlos aus.

Zahra Ghanis Schluchzen beendete das Schweigen.

»Ich kann das nicht mehr«, rief sie und stürmte aus dem Raum.

Niemand verurteilte die junge Frau für ihren Ausbruch.

Keiner ließ einen blöden Spruch vom Stapel.

Alle verstanden, unter welch großem Druck sie stand, seit sie von ihrem Verfolger wusste.

»Okay, Leute, machen wir weiter. Ich will alles hören, was wir wissen«, sagte Martin Buchheister. »Hat dieser Witte ein Privatleben? Freunde? Familie?«

Sven Malinsky ergriff wieder das Wort. »Wir haben den Kerl jetzt fünf Tage lang observiert. Soweit wir wissen, pflegt er keine Beziehungen. Zumindest keine außerhalb seines Arbeitsplatzes. Er raucht nicht, trinkt nicht. Geht nicht auf Partys.«

»Soweit man das in dem kurzen Zeitraum beurteilen kann«, schränkte Buchheister ein. »Was ist mit Familie?«

»Wir wissen von einem Angehörigen, dem Vater. Pluto?«

Der Angesprochene richtete sich in seinem Stuhl auf. »Der Vater heißt Manfred Witte. Hatte früher eine eigene Metzgerei. Jetzt lebt er in einem Pflegeheim in Ludwigsfelde. Witte hat ihn am Sonntagnachmittag dort besucht. Er ist erst zweiundsechzig, hatte aber schon mehrere Schlaganfälle. Sitzt im Rollstuhl, kann nicht mehr sprechen, ist halbseitig gelähmt und so.«

»Woher haben wir diese Informationen?«, fragte Buchheister stirnrunzelnd.

»Äh ... Eine Cousine meiner Mutter arbeitet zufällig als Pflegerin in dem Heim«, erklärte Pluto mit einem unsicheren Seitenblick zu Frau Dr. Schmitt-Fislage. »Sie hat mich einen Blick in seine Bewohnerakte werfen lassen.«

»Was sie eigentlich nicht hätte tun dürfen«, bemerkte Buchheister. »Haben Sie noch mehr Nützliches dort erfahren?«

»Mirko Witte ist als einziger Angehöriger eingetragen. Die Ehefrau – beziehungsweise die Mutter – ist vor achtzehn Jahren verstorben. Da war Witte gerade sieben.«

»Klingt, als hätten wir es mit einem Einzelgänger zu tun.« Buchheister lehnte sich in seinem Stuhl zurück und verschränkte die Arme vor der fassförmigen Brust. Er hörte den Ausführungen von Malinsky und Pluto noch einige Minuten lang zu, bis sie nichts mehr zu sagen hatten.

»Ich danke Ihnen für Ihren Einsatz«, sagte er schließlich. »Es ist beeindruckend, was Sie alles zusammengetragen haben.«

Malinsky verließ seinen exponierten Posten an der Stellwand und kehrte an seinen Platz zurück.

»Und was können wir jetzt damit anfangen«, fragte ich, »damit Witte Frau Ghani wieder in Frieden lässt?«

»Wir wissen, wo er wohnt«, sagte Aslan Sevinc. »Wir könnten ihm mal einen Besuch abstatten.« Seinem Tonfall war nicht zu entnehmen, wie ernst er das tatsächlich meinte.

»Wir können noch mal zur Polizei gehen«, schlug Sven Malinsky vor.

»Und was soll die Polizei tun?«, entgegnete Pluto. »Witte ist vielleicht ein schräger Vogel, aber er hat bisher nichts Illegales getan und sich nicht strafbar gemacht.«

Die Juristin am Tisch räusperte sich. »Da haben Sie vermutlich recht. Es existieren keine Briefe oder andere Postsendungen, keine Anrufe, Textnachrichten oder Ähnliches von Herrn Witte an Frau Ghani. Damit bleibt Nachstellung das Einzige, was wir ihm nachweisen können. Aber sehr gut dokumentiert.«

»Was tun wir also konkret?«, fragte ich.

»Zwei Dinge sind entscheidend. Zum einen muss Frau Ghani ihrem Stalker klarmachen, dass sie seine Annäherungen nicht wünscht. Zum anderen sollte sie Anzeige gegen ihn erstatten. Das wäre auch die korrekte Vorgehensweise – sofern man sich nicht selbst in einen juristisch gefährlichen Bereich begeben will«, sagte sie mit einem langen Blick zu Aslan Sevinc in Erinnerung an dessen Vorschlag.

»Eine Anzeige macht dem Stalker zudem deutlich, dass er und sein Tun den Strafverfolgungsbehörden bekannt sind«, sagte Buchheister. »Manchmal reicht das schon aus, um einen Stalker zu vergraulen. Wie eine Art Warnschuss.«

Ich sprach aus, was allen durch den Kopf ging: »Und falls nicht?«

»Frau Ghani hätte außerdem die Möglichkeit, ein Näherungsverbot nach dem sogenannten Gewaltschutzgesetz zu erwirken«, erklärte Schmitt-Fislage. »Das wäre dann der zivilrechtliche Ansatz. Ein Verstoß dagegen würde ebenfalls eine Strafanzeige nach sich ziehen.«

»Würden Sie Frau Ghani bei so einem Antrag unterstützen, Frau Doktor?«, fragte Buchheister.

»Ich würde alles mit ihr besprechen und in die Wege leiten, sobald wir hier fertig sind.«

»Und was machen wir?«, fragte Pluto. »Bieten wir ihr Personenschutz an, bis die Sache erledigt ist?«

Buchheisters Miene trübte um eine Nuance ein. Ehe er antwortete, musste er tief Luft holen. »Das wird leider nicht möglich sein. Unsere Operation stellte eine Ausnahmesituation dar, aber jetzt liegen wieder andere Aufgaben vor uns. Ich kann daher leider kein Personal mehr für eine außerplanmäßige Überwachung bereitstellen. Oder anders gesagt: Unser Auftrag ist erfüllt.«

19

Wie zu befürchten, zeigte sich Zahra wenig begeistert von Buchheisters Entscheidung. Sie hatte ein langes Gespräch mit Frau Dr. Schmitt-Fislage geführt, und jetzt saßen wir an dem Ort zusammen, an dem alles begonnen hatte: in Martin Buchheisters Büro.

Prinzipiell gingen wir davon aus, dass Mirko Witte abgeschreckt wäre, wenn er erführe, dass wir seine Identität kannten. Und erst recht, sobald er von der Anzeige gegen sich Kenntnis erhielt.

»Mir fehlt die Erfahrung in solchen Sachen. Wie sicher können wir sein, dass das ausreichen wird?«, fragte ich Martin Buchheister.

»Schwer zu sagen. Wir kennen den Kerl zu wenig. Wenn wir Glück haben, ist er nur ein harmloser Spinner.«

»Und wenn mehr dahinterstecken sollte?«

»Dafür gibt es bisher gottlob keinen Anhalt. Aber Stalking ist ein dynamischer Prozess. Wir werden abwarten müssen, wie Witte reagiert.« Er wandte sich Zahra Ghani zu. »Entscheidend ist aber zunächst, wie Sie reagieren, Zahra. Glauben Sie, Sie schaffen es, Witte zu konfrontieren, wenn er das nächste Mal in Ihre Nähe kommt?«

Zahra hatte den Blick auf ihre krampfhaft ineinandergeschlungenen Finger gesenkt und hob resigniert die Schultern. »Weiß ich nicht.« Ihrer Stimme war anzuhören, dass sie geweint hatte.

Martin Buchheister sah mich an und dann wieder zu der jungen Frau. »Hören Sie, Zahra«, sagte er mit sanfter Stimme. »Wir haben getan, was wir konnten. Es ist wichtig, dass Sie den nächsten Schritt gehen.«

»Das heißt, Sie werden mir nicht mehr helfen.« Es war keine Frage, sondern eine nüchterne Feststellung. Zarah war in dem Besuchersessel zusammengesunken. In ihren Augen waren Enttäuschung und Ratlosigkeit zu lesen. Sie senkte den Blick.

Ich hörte Buchheisters nächste Worte, als er mit Zahra sprach, nahm sie aber nicht wahr. Die Umgebung verschwamm plötzlich um mich herum und verwandelte sich in einen sonnendurchfluteten Tag in einem kleinen, namenlosen afghanischen Bergdorf. Ein junges Mädchen, acht oder neun Jahre alt, hockte auf einem Felsen neben der Straße, Kleider und Haare von Staub bedeckt. Es blickte auf, Angst, Schmerz und eine unbeschreibliche Leere in seinen weiten, dunklen Augen. Tränen hatten zwei breite, senkrechte Streifen in seinem Gesicht sauber gespült.

Das Mädchen war allein. Aber es schreckte nicht zurück, als Stevie, unser einheimischer Begleiter und Sprachmittler Daoud und ich uns behutsam näherten und mit einem Lächeln auf den Lippen vor ihm in die Hocke gingen. Zwei Frauen eilten herbei, redeten auf das Mädchen ein und versuchten, es mit sich zu ziehen. Aber es weigerte sich, mit den Frauen zu gehen, starrte stattdessen uns Fremde an. Daoud sprach die beiden Frauen an. Was er uns dolmetschte, erzählte eine weitere Geschichte, wie wir sie in vergleichbarer Grausamkeit schon so oft gehört hatten.

Das Mädchen hieß Nila. Sie war neun. Ihre ältere Schwester Saira, gerade einmal dreizehn Jahre alt, war von einer Gruppe Taliban gesteinigt und verbrannt worden. Ihr Vergehen? Einer der Taliban hatte sie entdeckt, als sie über die Straße zum Nachbarhaus lief – unbedeckt nach Maßstäben der Taliban. Den verzweifelten Vater, der einzugreifen versucht hatte, hatten sie mit Salven aus zwei AK-47 niedergemäht, ebenso die Mutter der Mädchen. Die Überlebende hatten sie einfach sich selbst überlassen. Nila hatte den Taliban erzählt, dass sie erst sieben sei. Das hatte ihr das Leben gerettet.

Nilas Schicksal kümmerte sie nicht.

Wir Fremden – Soldaten aus dem Ausland – konnten nichts für sie tun. Also überließen wir die Kleine den Frauen, die sich ihrer annehmen wollten, zumindest für den Moment.

Nilas Gesicht war eines von denen, die sich tief in mein Gedächtnis eingebrannt hatten. Und jetzt sah ich es wieder vor mir, als ich Zahra Ghani ansah, und erkannte die gleiche Enttäuschung in ihrem Blick – wenn auch nicht im selben Ausmaß.

Ich bemerkte, dass Martin Buchheister mich mit gerunzelter Stirn anblickte.

»Was meinen Sie, Lukas?«, fragte er.

»Ich denke, wir sollten Frau Ghani eine Schutzperson an die Seite stellen«, hörte ich mich selbst sagen. »Zumindest so lange, bis Witte sich das nächste Mal zeigt.«

»Ich kann aber niemanden von meinen Leuten entbehren«, gab er zu bedenken.

»Doch, mich«, entgegnete ich. »Ich bin neu im Team. Sie werden zwei oder drei Tage auf mich verzichten können, denke ich.«

Zahra hob den Kopf und sah mich mit einer Mischung aus Argwohn und Erleichterung an. »Warum?«, fragte sie.

»Jemand sollte es tun, oder?«

- 20 -

Aus den Aufzeichnungen des Schattens

Der Schatten hatte einen Entschluss gefasst.
Heute würde er einen Schritt weiter gehen.
Er hatte alles gründlich durchdacht.
Der neue Schritt war logisch.

Bei dem Gedanken – der Vorfreude – breitete sich ein elektrisierendes Kribbeln in seinen Handflächen und auf der Kopfhaut aus.

Er war so gespannt auf Yasmins Reaktion.

Der Schatten begleitete Yasmin in der U-Bahn auf ihrem Heimweg von der Arbeit. Er hatte im U-Bahnhof auf sie gewartet, war dann aber in den ersten Wagen eingestiegen.

Der andere Mann war bei ihr. Der Beschützer.

Schon wieder.

Der Schatten hatte dies befürchtet.

Der Unbekannte stellte eine Variable dar, die er noch nicht recht einordnen konnte.

Eine Schlussfolgerung hatte der Schatten jedoch inzwischen gezogen: Der Mann schien ein Arbeitskollege von Yasmin zu sein. Warum sonst kam er mit ihr aus dem Firmengebäude?

Außerdem hieß es, dass die meisten Menschen eine Beziehung am Arbeitsplatz fanden.

Der Unbekannte war sportlich-athletisch gebaut. Er trug sehr kurz geschnittenes Haar, dessen Farbe irgendwo zwischen Dunkelblond und Dunkelbraun changierte. Er bewegte sich mit unverhohlener Selbstsicherheit. Sein Gesicht war ... geradezu unauffällig. Nicht das Antlitz eines Schönlings, auch nicht abstoßend, aber eines, das kaum im Gedächtnis blieb. Doch der Schatten sah das Dunkle hinter den Zügen und unsteten Augen. Eine unterschwellige Wut und Aggressivität, die ganz ähnlich in seinen Bewegungen mitschwang.

Vielleicht sogar so etwas wie Bosheit?

Er beobachtete den Mann an Yasmins Seite mit Argwohn.

War er tatsächlich ihr Freund?

Der Schatten hegte Zweifel. Ja, er sah sie zusammen. Sie gingen Seite an Seite, saßen in der U-Bahn nebeneinander, ihre Schultern berührten sich. Aber der Schatten hatte bisher nicht beobachtet, wie sie Händchen hielten. Oder sich küssten. Wenn sie sprachen, sahen sie einander selten an.

Der Schatten hatte genug verliebte Paare gesehen, um zu erkennen, dass bei Yasmin und dem Unbekannten etwas nicht stimmte. Um sicher zu sein, brauchte er aber mehr Informationen.

An seinem Entschluss änderte das nichts.

Der Unbekannte würde ihn nicht von dem abhalten, was er sich vorgenommen hatte.

Aus der Deckung zwischen den Bäumen, mitten auf der Turmstraße, trat er Yasmin und ihrem Begleiter in den Weg.

Yasmins stoppte abrupt, als sie ihn erblickte. Womöglich, weil sie ihn wiedererkannte? Nach all den Jahren?

Ihre weit aufgerissenen dunklen Augen sprachen Bände.

Der Unbekannte reagierte ebenfalls sofort und schob sich einen halben Schritt vor Yasmin, wie ein Schäferhund, der sein Frauchen verteidigen wollte.

Wie albern, dachte der Schatten.

Es half ihm, seinen rasenden Puls unter Kontrolle zu halten, der sein Herz und seinen Kopf zerspringen zu lassen drohte.

Yasmin endlich von Angesicht zu Angesicht gegenüber zu treten, entpuppte sich als aufregender, als der Schatten es sich ausgemalt hatte. Dennoch gelang es ihm – und darauf konnte er auch im Nachhinein stolz sein –, seiner Stimme eine anständige Portion Coolness zu verleihen.

»Hallo, Yasmin«, sagte der Schatten.

Ihr Gesichtsausdruck veränderte sich, zeigte Unsicherheit. Vielleicht rätselte sie über den Umstand, dass sie ihn erkannte.

»Wie geht es dir?«, fragte der Schatten sie.

Yasmins Augen weiteten sich noch mehr. Zugleich zogen sich ihre dunklen Augenbrauen zusammen. Ein Ausdruck, der Irritation verriet – und dann Freude.

Sie erkannte ihn wieder.

Ihre wahren Gefühle vermochte sie nicht zu verbergen.

Sie öffnete den Mund, als wollte sie ihm antworten. Die vollen, weichen Lippen zitterten. Sie schnappte nach Luft.

Wollte sie schreien?

Der Beschützer griff nach ihrer Hand.

Ein kurzes Zusammenzucken konnte der Schatten nicht unterdrücken, als er von Emotionen übermannt wurde.

Dennoch war der Schatten einen Moment lang unsicher, welche die beste Antwort wäre.

Zeit genug für Yasmins Begleiter, ihm einen Schritt entgegenzutreten, die Hand warnend ausgestreckt. Was er mit schneidender Stimme von sich gab, vermochte den Schatten abermals zu überraschen: »Wir haben Anzeige gegen Sie erstattet. Und wenn Sie Frau −«, den Namen konnte der Schatten nicht recht verstehen, »− nicht in Ruhe lassen, werden Sie von der Polizei hören. Wir wissen, wer Sie sind. Wir wissen, wo Sie wohnen, wo Sie arbeiten. Ihr Name ist Mirko Witte. Wir wissen alles über Sie.«

Der Schatten erstarrte.

Er vermochte weder zu sprechen noch auch nur zu atmen.

Reglos beobachtete er, wie er von Yasmin und ihrem Begleiter fort driftete wie ein Ertrinkender von einer Rettungsboje. Seine Wahrnehmung trog ihn, denn natürlich entfernten sie sich von ihm und nicht umgekehrt.

Der Mann schob Yasmin vor sich her, während er selbst rückwärts lief und den Schatten nicht aus den Augen ließ.

Der Schatten verfolgte sie mit seinem Blick, bis sie verschwunden waren. Dann blinzelte er endlich und entließ mit einem leisen Keuchen die Luft aus seinen Lungen.

Tief in ihm rumorte etwas, das er sonst nicht kannte. Ein interessantes Gefühl.

»Wir wissen alles über Sie«, hatte Yasmins Beschützer gesagt.

Aber das stimmte nicht.

Sie wussten nicht das Geringste über ihn.

ZWEITER TEIL

Der Schatten

- 21 -

Die Musik – es fiel mir noch immer schwer, sie als künstlerisches Produkt anzuerkennen – dröhnte schon im Treppenhaus ohrenbetäubend. Kopfschüttelnd versenkte ich den Klingelknopf in der Wand. Stefan schien die Geduld seiner Nachbarn bis aufs Äußerste strapazieren zu wollen.

Meiner Meinung nach rief er um Hilfe. Aber weder er noch Roland wollten das hören. Roland meinte, dass er einfach seine Zeit brauchte, um »mit allem fertig zu werden«.

Was immer er darunter verstand.

Er behauptete auch, dass jeder von uns seine eigene Methode dazu entwickeln musste.

Ich fragte mich, ob er das von Dr. Zimmermann hatte.

Und ob es ihm so leichtfiel, »mit allem fertig zu werden«, wie es für mich so häufig den Anschein hatte.

Instinktiv sah ich mich nochmals im Treppenhaus um, ehe ich den Schlüssel im Türschloss drehte. Es war niemand zu sehen. Ich betrat Stefans Wohnung, kämpfte mich durch die Schallwellen bis zur Stereoanlage und schaltete sie ab.

In der plötzlichen Stille hielt sich ein Echo der Musik wie ein dumpfer Tinnitus in meinen Ohren.

»Stevie?«, rief ich. Er war nirgend zu sehen. Nicht im Wohnzimmer, nicht in der Küchenzeile.

Auf dem Boden lag eine fast leere Flasche Jack Daniels, unweit von zwei Pfützen einer klebrigen, gelblichen Flüssigkeit.

Ich fand ihn im Bad. Die Tür ließ sich nur einen Spaltbreit öffnen und wurde dann von dem umgestürzten Rollstuhl blockiert. Ein Anflug von Panik erfasste mich. Ich konnte Stefan noch immer nicht sehen.

»Stevie!« Ich zwängte meinen Arm durch den Türspalt, um den Rollstuhl zu fassen zu bekommen und irgendwie aus dem Weg zu räumen. »Stevie!«, rief ich noch lauter.

Keine Reaktion.

Meine Hand umklammerte das oben liegende Rad und krallte sich in die Speichen. So konnte ich den Rollstuhl ein Stück anheben und die Tür mit der Schulter weiter aufdrücken.

Stefan lag am Boden vor der Badewanne auf der Seite, halb unter dem Waschbecken und dem Toilettensitz. Er bewegte sich nicht.

Ich rammte meinen Körper durch die Tür und schleuderte den Rollstuhl hinaus. Fiel neben Stefan auf die Knie.

Sein Beinstumpf zuckte, als ich ihn berührte. Stefan holte röchelnd tief Luft. Er stank nach Hochprozentigem und Erbrochenem. In der Toilette stand Urin, dessen Odeur zur Mischung beitrug.

»Stevie! Wach auf!«, rief ich und rüttelte ihn. Sein Arm schwebte träge in die Luft. »Komm hoch, Kumpel!« Ich half ihm sich aufzusetzen. Dabei musste ich aufpassen, dass er sich den Kopf nicht am Waschbecken stieß, aber der baumelte schlaff an seinem Hals herunter. Das Unterhemd und die Hose waren voller sauer riechender Kotze.

Ich hob sein Kinn an. Jetzt sah ich das Blut. Es stammte aus einer Platzwunde am Kopf, wo die Stirn in die Schläfe überging. Und es war längst geronnen, verklebte die Haare und das Ohr.

Auf dem Fußboden, wo Stefans Kopf gelegen hatte, fand ich eine Blutlache von der Größe zweier Handflächen.

»Hey, werd mal wach!«, herrschte ich ihn an. »Komm zu dir!« Aber er war nicht imstande zu antworten. Seine Augen rollten in den Höhlen. Ein Speichelfaden lief aus seinem Mundwinkel.

Er war weit weg.

Jack sei Dank.

Kurzen Prozess zu machen, schien mir die beste Lösung. Ich hob ihn mit mäßiger Anstrengung in die Badewanne und brauste ihn mit kaltem Wasser ab, um den gröbsten Schmutz von Hose und Unterhemd zu spülen und gleichzeitig Stefans Lebensgeister zu wecken.

Seine Abwehrversuche waren halbherzig, er murrte und murmelte irgendetwas Unverständliches. Vermutlich beschwerte er sich über das kalte Wasser.

»Stell dich nicht so an, du Warmduscher«, gab ich zurück. Er hatte schon weitaus widrigere Umstände durchgestanden. Dann zerrte ich die nassen und verschmutzten Kleider von seinem Leib und warf sie in das Waschbecken hinter mir. Anschließend half ich ihm beim Duschen, was bedeutete, dass ich fast alles selbst erledigen musste.

Sauber, trocken und wieder halbwegs wohlriechend brachte ich Stefan ins Bett und reichte ihm eine Flasche Wasser, die er mir prompt aus der Hand schlug. Ich hob sie auf, wischte die Pfütze auf und versuchte es ein paar Minuten später noch einmal. Diesmal trank er mit gierigen Schlucken.

Danach schlief er wieder ein.

Ich rief Roland an und berichtete ihm, was geschehen war.

»Wie geht es ihm jetzt?«, erkundigte er sich mit düsterer Stimme.

»Er schläft. Wird morgen bestimmt mit einem monströsen Kater aufwachen.«

Roland grunzte. »Geschieht ihm ganz recht.«

»Du bist fies.«

»Kennst mich doch. Hast du Stevie den Fusel besorgt?«

»Nein. Ich dachte du.«

»Keller! Du bist von uns der gute Samariter. Ich kaufe nie was für ihn ein. Höchstens mal eine Schachtel Fluppen. Er soll selbst losrollen, wenn er was braucht.«

Mein Blick fiel auf die leere Flasche Jack Daniels, die ich in die Küche gestellt hatte. »Tja, das hat er dann wohl getan.«

»Was hast du jetzt vor?«, fragte Roland.

»Schätze, ich bleibe hier bei Stevie.«

Es war 2142 Uhr.

»Hast wahrscheinlich sowieso nichts Besseres vorgehabt«, sagte Roland.

»Stimmt.«

»Nett von dir.« Er schwieg einen Moment. »Sag einfach Bescheid, wenn du mich doch noch brauchst.«

»Danke, Roland.«

»Kein Ding«, sagte er und legte auf.

- 22 -

»Warst du echt die ganze Nacht hier?«, fragte Stefan am Morgen.

»Jepp.«

Er rieb sich die Augen. »Wieso denn?«

»Weil du sturzbesoffen warst, Stevie. Du hast dir den Kopf aufgeschlagen.«

»Das könnte meinen Brummschädel erklären.« Er betastete das Pflaster an seiner Schläfe.

»Unter anderem. Warum machst du so einen Scheiß? Und wie viel hattest du getrunken? Die ganze Flasche?«

»Nee, die war schon angebrochen.« Er bemerkte meinen Blick und sank in sich zusammen. Dann sagte er: »Ich musste an Paulina denken.«

»Und? Hat der Fusel geholfen?«

»Ich hab zumindest geschlafen wie ein Toter«, sagte er mit einem schiefen Grinsen.

Ich teilte seinen Sarkasmus nicht. »Na, herzlichen Glückwunsch.«

Stefan kippte einen großen Schluck Kaffee in sich hinein. »Auf jeden Fall geht es mir jetzt schon viel besser.«

Ich sah ihn prüfend an und fragte mich, inwieweit ich ihm glauben konnte.

»Manchmal träume ich«, sagte er nach einer Weile. »Keine Albträume. Keine Erinnerungen an Darang oder sonstwo. Keine Träume von Tod und Gewalt. Okay, das kommt beides auch vor. Du kennst das ja. Aber das meine ich nicht. Ich träume von Paulina und Diana, und in meinen Träumen sind wir zusammen, und wir sind glücklich. Es ist ein Traum von einem anderen Leben – in einer besseren Welt als der Wirklichkeit.«

Ich sah Stefan an und versuchte zu ergründen, ob es wahrhaftig Neid war, den seine Worte in mir auslösten. Mit den Träumen, die mich nachts heimsuchten, brauchte ich nicht zu prahlen.

»Das freut mich für dich«, sagte ich. Etwas Besseres fiel mir nicht ein.

Er grinste müde. »Ich freue mich auch. Ich zehre von den Gefühlen, die diese Träume in mir wecken. Freude. Stolz. Liebe ... Und dann wache ich auf.« Sein Grinsen erstarb. »Und alles ist vorbei. Ich bin wieder hier. Was von mir übrig ist.« Er klopfte mit der Hand auf seinen amputierten Oberschenkel.

Ich schwieg.

»Paulina ist ein tolles Mädchen, weißt du? Das macht mich glücklich und stolz. Eine ganz andere Art von Stolz als auf das, was du, ich und die anderen über die Jahre geleistet haben.« Er schüttelte den Kopf. »Schade, dass du das nicht verstehen kannst, Mann. Das kann wohl keiner, der selbst keine Kinder hat.«

In meiner Magengrube krampfte sich ein Knoten schmerzhaft zusammen.

»Weißt du, Keller, das hier«, sagte er und klopfte erneut auf seinen Beinstumpf, »das hier und all das andere, das ist nichts verglichen mit dem Schmerz hier drin.« Diesmal tippte er auf seine Brust. »Gar nichts. Ein Scheißdreck.«

Ich hatte nichts zu entgegnen.

»Erinnerst du dich, wie wir alle geflucht haben? Damals während der Ausbildung? Wie wir auf dem Zahnfleisch gekrochen sind, mehr als einmal? Meine Güte, wie oft mussten wir an unsere Grenzen gehen – physisch wie psychisch – und sie überschreiten.«

»Ich erinnere mich.«

»Und es wäre so leicht gewesen, aufzuhören. So einfach. Aber wir haben weitergemacht. Verstehst du, was ich meine?«

Ich nickte, obwohl ich nicht sicher war.

»Und jetzt sieh dir an, was aus uns geworden ist. Verstehst du, Keller? Ich dachte, wir entscheiden selbst – aber das ist nicht richtig. Nur bis zu einem bestimmten Punkt. Afghanistan hat mich das gelehrt. Und Diana auch.«

Afghanistan. Keiner von uns dreien würde je vergessen, was uns dort widerfahren war. Was wir dort verloren hatten.

Ich atmete schwer ein. Stefan hatte sich im Rollstuhl zu mir vorgebeugt.

»Und genau das ist das Problem, Lukas. Wir haben keine Wahl. Wir können es nicht ändern. Nicht selbst entscheiden. Diese Hilflosigkeit ist, was mich so fertig macht.« Plötzlich stiegen Tränen in seine Augen. »Gott, wie sehr wünschte ich mir, ich könnte irgendetwas tun.«

Ich beobachtete, wie mein Freund das Gesicht in den Händen vergrub und weinte. Der Schmerz war nie weit entfernt.

»Es ist nicht richtig, was dir passiert ist, Stevie«, sagte ich, wusste aber selbst nicht genau, wovon ich sprach. »Was Diana dir angetan hat. Ich kann gut verstehen, wenn du sie dafür hasst.«

Stefan rieb mit den Händen durch sein Gesicht. Schlagartig erschien sein Blick wieder klarer.

»Sie hassen? Ich hasse Diana nicht. Und auch nicht die Typen, die uns da drüben fertiggemacht haben. Hass bringt uns nicht weiter, Keller. Das hab ich inzwischen verstanden.«

»Okay«, sagte ich vage.

»Hass tötet. Die anderen und dich selbst.«

»Manchmal hilft er auch.«

»Das glaubst du jetzt vielleicht«, sagte er. »Aber irgendwann wirst du es verstehen.«

»Wenn du meinst, Stevie ...«

»In meinen Träumen, weißt du, da gibt es keinen Hass. Da ist alles gut. Hass ist das Schlimmste, das wir uns antun können. Den anderen – und uns selbst auch.«

Der Drang, das Gespräch zu beenden und aus Stefans Wohnung zu flüchten, nahm fast überhand.

»Versprich mir, dass du auf dich aufpasst«, sagte er.

»Das tue ich doch immer«, sagte ich.

Der Anruf ging am Montagmorgen ein, nach drei ereignislosen Tagen.

»Er ist wieder da!«, stieß Zahra Ghani atemlos hervor.

Mein verfluchter Nachtschlaf hatte sein Ende um 0432 Uhr gefunden, und so lag bereits eine Stunde Lauftraining hinter mir, als ich gegen 0600 Uhr duschte und mich anzog. Das Diensthandy klingelte in der Sekunde, in der ich nach der Türklinke griff, um mich auf den Weg zu Vendorff Richter zu machen.

»Zahra?«, vergewisserte ich mich.

»Ja, Keller! Haben Sie gehört, was ich gesagt habe? Er ist wieder da!«

»Wer? Witte?«

»Ja! Was denken Sie denn?«

Ich zog die Wohnungstür hinter mir zu und lief die Stufen hinab. »Wo sind Sie? Zu Hause?«

»Ja.« Sie schien sich wieder zu fassen.

»Wo haben Sie Witte gesehen?«

»Draußen auf der Straße.«

»Aus dem Fenster?«

»Ja.«

»Wo genau?«

»Er ... er stand auf der anderen Straßenseite. Hat zu mir hochgesehen. Ich bin sicher, dass er es war.«

Das bezweifelte ich erst einmal nicht. »Ist er immer noch vor Ihrem Haus?«, fragte ich, während ich die Haustür öffnete und raus auf die Straße zu meinem Wagen lief.

»Ich ... Das weiß ich nicht.«

»Können Sie nachsehen?«

Ich hörte sie scharf einatmen. »Und wenn Witte mich sieht?«

»Er weiß, dass Sie zu Hause sind, Zahra. Wenn er Sie jetzt sieht, weiß er also nicht mehr als vorher.«

»Soll ich nicht die Polizei rufen?«, fragte sie.

Ich überlegte kurz, aber die Skepsis überwog. »Ich bin praktisch schon auf dem Weg zu Ihnen. Bleiben Sie in der Leitung, okay? Und verlassen Sie die Wohnung nicht! Ich komme zu Ihnen rauf.«

Ich schloss den Wagen auf und stieg ein. Es dauerte ein paar Sekunden, bis die Freisprechanlage des Fahrzeugs mein Telefon registriert und eine Verbindung hergestellt hatte. Da war ich bereits losgefahren.

»Sind Sie noch da, Zahra? Erzählen Sie mir, was Sie sehen.«

»Ich ...«, sagte sie stockend. »Ich glaube, er ist weg.«

»Sind Sie sicher?«

»Ich weiß nicht. Ich ... ich sehe ihn nicht mehr.«

»Lassen Sie sich Zeit«, sagte ich.

Ich hörte das Rascheln ihrer Kleidung und ein Geräusch, als würden Stirn und Handy beim Telefonieren gegen das Fensterglas stoßen.

»Und?«

»Ich kann ihn nicht mehr sehen. Er ist nicht mehr da.« Und nach einer kurzen Pause: »Scheiße, vielleicht ist er schon im Haus?«

»Werden Sie jetzt nicht paranoid, Zahra.« Sollte ich ihr doch raten, die Polizei zu rufen? Aber was konnte die unternehmen? Das gerichtliche Annäherungsverbot lag noch nicht vor.

»Sie haben gut reden, Keller.«

»Ist Ihnen irgendetwas an ihm aufgefallen?«

»Ich glaube nicht, nein.«

Ich beließ es dabei. Meinem Eindruck nach würde ich nicht mehr Stichhaltiges aus ihr herausbekommen.

»Okay, Zahra«, sagte ich. »Ich bin auf dem Weg. Gehen Sie nicht an die Tür, bis ich da bin. Okay?«

»Ganz bestimmt nicht«, sagte sie.

Kurz vor der Lübecker Straße hielt ich die Augen offen. Ich fuhr bewusst etwas langsamer, um beide Straßenseiten absuchen zu können. Mirko Witte konnte ich nirgends entdecken.

Vor Zahra Ghanis Wohnhaus parkte ich in zweiter Reihe und schaltete den Warnblinker an, bevor ich ausstieg. Auf dem Weg zur Haustür sah ich mich erneut um, aber unter den wenigen Personen auf der Straße war Witte nicht. Dabei achtete ich auch auf Hauseingänge, Mauerecken und Nischen.

Die Eingangstür war verriegelt. Das war erfreulich, denn es minimierte das Risiko, dass Witte ins Haus gelangt sein konnte, wie Zahra es befürchtet hatte. Obwohl selbstverständlich mehr als genug Methoden existierten, um das zu bewerkstelligen.

Ich drückte die Klingeltaste und wartete darauf, dass Zahra die Haustür entriegelte. Währenddessen sah ich mich erneut um.

Nichts.

»Er ist weg«, sagte ich, als Zahra die Wohnungstür öffnete und mich einließ. »Sie haben recht.«

»Sind Sie sicher?«, fragte sie. »Ich meine, wirklich sicher?«

In der Welt gab es nur eine absolute Sicherheit: dass wir sie irgendwann verlassen mussten. Aber der jungen Frau mit dieser Binsenweisheit zu kommen, wäre kontraproduktiv gewesen.

»Draußen war keine Spur von ihm zu sehen.«

Ihr Blick verriet, dass meine Aussage sie nicht so sehr erleichterte, wie sie es sich gewünscht hatte.

»Es tut mir leid, dass ich Sie noch einmal belästigen musste«, sagte sie.

Eigentlich galt unsere Operation als abgeschlossen. Aber wenn Witte wider Erwarten weitermachte, bedeutete das, dass wir ihn nicht vertrieben hatten.

»Kein Problem, Zahra. Sind Sie fertig? Dann bringe ich Sie zur Arbeit.«

Sie nickte. »Ich muss noch meine Tasche holen.«

»Ich warte.«

Sie zögerte und runzelte die Stirn, als ihr Blick auf eine schlanke Deko-Blumenvase auf einem Wandbord fiel. Sie griff danach und drehte die Vase leicht nach links, sodass das Rosenmuster darauf in einem gering anderen Winkel zu sehen war.

»Alles in Ordnung?«, fragte ich.

»Ja«, sagte sie und schüttelte irritiert den Kopf. »Ich ... Ich glaube, ich sehe manchmal schon Gespenster.«

- 24 -

Aus den Aufzeichnungen des Schattens

In der vergangenen Nacht hatte der Schatten Yasmin besucht. Dazu hatte er sich erneut Zugang zu ihrer Wohnung verschafft. Dort existierte kein Versteck, das ihn sicher und lange genug verborgen hätte. Kein Wandschrank, kein unbenutztes Nebenzimmer, kein Abstellraum. Derartige Orte hatte er früher benutzt. Hatte manchmal stundenlang gewartet, das Heimkommen der Frauen belauscht und ausgeharrt, bis es Nacht war.

In Yasmins Wohnung war das leider nicht möglich.

Aber der Schatten konnte sich anpassen.

Lebhaft erinnerte er sich an jede Wahrnehmung, als er neben ihrem Bett im Schlafzimmer gestanden hatte. Er hatte die schlafende Yasmin beobachtet, ihre Umrisse unter der dünnen Bettdecke waren nur schemenhaft zu erkennen gewesen, der Kopf zur Seite gedreht, eine Hand neben dem Gesicht. Ihren gleichmäßigen, entspannten Atemzügen gelauscht.

Völlig ahnungslos hatte sie vor ihm gelegen. Sich in Sicherheit wähnend.

Wie jedes Mal eine elektrisierende Erfahrung für den Schatten.

Als der Schatten nun verfolgte, wie Yasmin ihre Wohnung verließ, breitete sich ein erregendes Kribbeln von der Stelle zwischen seinen Schulterblättern aus. Er spürte noch immer die Wärme, die Yasmins Körper in der Nacht abgestrahlt hatte. Roch den Duft, den Haut und Haar verströmten.

Der andere Mann war wieder bei ihr.

Der Schatten verbarg sich im Treppenhaus oberhalb von Yasmins Wohnung. Seine feinen Ohren nahmen das verräterische Flüstern wahr, das zwischen Yasmin und ihrem Begleiter schwebte. Leider war er nicht imstande, die Worte mit ausreichender Gewissheit zu erkennen. Er konnte nur vermuten, dass sie ihm galten.

Der Schatten hörte, wie Yasmin und der Mann nach unten und aus dem Haus liefen. Hier und da erblickte er durch den Schacht des Treppenhauses einen Ausschnitt von ihnen, der wie in einem Spiegelkabinett aufblitzten: einen Schuh auf einer Stufe, eine Hand auf dem Treppengeländer, einige Falten von Yasmins blumigem Rock. Fast schien es ihm, als flohen sie vor ihm.

Der Schatten ließ sie entkommen.

Er wusste, dass er sich nicht von seinem Schmerz übermannen lassen durfte. Oder seinem Zorn.

Er bestimmte die Regeln.

Yasmin gehörte ihm allein.

Und bald würde er ihr das zeigen.

- 25 -

Der dunkelblaue 5er BMW war kein Gespenst. Ich sah ihn, als wir losfuhren. Er löste sich fünfzig Meter hinter uns als nächstes Fahrzeug vom Straßenrand und blieb auf Abstand, während ich die Lübecker Straße hinauffuhr. Er folgte uns, als wir scharf nach links in die Perleberger Straße abbogen. Im dichten Verkehr auf der Stromstraße verlor ich ihn kurzzeitig aus den Augen. Aber als wir in Richtung Tiergarten abbogen, war er wieder da. Ich ging auf Nummer sicher und legte zweimal kleine Umwege durch Seitenstraßen ein, aber danach bestand kein Zweifel mehr.

Wir wurden verfolgt.

»Was ist denn?«, fragte Zahra Ghani irritiert, der unsere diversen Richtungswechsel nicht entgangen waren.

»Nicht umdrehen«, sagte ich. »Jemand folgt uns.«

»Wer? Witte?«

»Glaube ich nicht. Soweit wir wissen, verfügt der nur am Wochenende über ein Auto. Und er ist Einzelgänger. In dem Wagen hinter uns sitzen aber zwei Leute.«

Ich bemerkte ihren bedeutungsvollen Blick.

»Ihre zwei Freunde von neulich vielleicht?«, fragte ich.

Sie schüttelte den Kopf, den Blick nach vorne gerichtet. Aber ich sah, dass ihre Hand sich um den Türgriff verkrampft hatte.

»Wovor haben Sie dann Angst?«, fragte ich.

»Ich ... ich ... Das ist alles ziemlich viel für mich.«

Ich erwog unsere Möglichkeiten. Durchfahren zu Vendorff Richter? Die Polizei hinzurufen? Eine Option lautete, die Verfolger abzuschütteln. Dadurch wäre aber die entscheidende Frage unbeantwortet geblieben.

»Sie werden heute zu spät zur Arbeit kommen, Zahra«, erklärte ich ihr.

»Warum?«

»Weil ich Sie vorher zu jemandem bringen möchte. Er freut sich schon darauf, Sie kennenzulernen.«

Wir trafen Stefan in der Küche neben der zischenden und blubbernden Kaffeemaschine an. Er saß in seinem Rollstuhl, trug eine Jogginghose, das Bein unter dem Oberschenkelstumpf verknotet, und ein kariertes Hemd, das drei Kleidergrößen zu groß an ihm wirkte. Die Stereoanlage schwieg.

»Hey, Mann«, sagte er zur Begrüßung.

»Danke für deine Zeit, Stevie.«

»Klar doch.« Er streckte Zahra seine Hand entgegen, die sie ergriff. »Sie sind also die junge Dame von der Oromo Foundation.«

Ich stellte die beiden einander vor. Zahra zuckte mit keiner Wimper, als sie meinen versehrten Freund musterte. Als er ihr eine Frage auf Dari stellte, lächelte sie sogar und verbeugte sich leicht vor ihm. Auf ihre Antwort reagierte er allerdings mit einem verständnislosen Gesichtsausdruck. Er hatte mit seinen rudimentären Sprachkenntnissen angeben wollen, aber sie hatte ihn sofort durchschaut. Beide lachten.

Es tat gut, Stevie mal wieder so gelöst zu erleben.

In Dari konnte ich nicht einmal mit Stefan mithalten. Sein Gehirn war für Fremdsprachen prädestiniert. Er beherrschte Englisch und Spanisch fließend, und ich wusste, dass er sogar in Arabisch, Russisch und Französisch ganz gut klarkam. Von unzähligen anderen Sprachen kannte er immerhin einige Brocken.

»Ich sehe schon, ihr werdet euch verstehen«, sagte ich.

»Werden wir«, versicherte Stefan.

Ich blickte zu Zahra. »Sie sind bei ihm in guten Händen. Ich bin bald wieder zurück – höchstens dreißig Minuten.«

»Verrätst du mir, worum es bei der ganzen Aktion geht?«, fragte Stefan.

Ich trat vorsichtig neben eines der Wohnzimmerfenster und spähte hinunter auf die Straße. Der dunkelblaue BMW parkte auf der anderen Straßenseite, circa zwanzig Meter die Straße runter und vier Etagen tiefer.

»Da unten sitzen unsere beiden neuen Schatten«, sagte ich. Sie hatten sicher gesehen, dass wir das Haus betreten hatten, konnten aber nicht wissen, in welcher Wohnung wir uns nun aufhielten.

Stefan rollte ans Fenster und stemmte sich mit den Armen und dem einen Bein so weit hoch, dass er über die Fensterbank hinweg nach unten sehen konnte.

»In der Kiste neben dem Bett liegt ein Feldstecher«, sagte er.

Es war ein Bresser-Modell mit 30-facher Vergrößerung. Ich hielt mich einen großen Schritt vom Fensterglas entfernt, damit ich von der Straße aus nicht sofort zu sehen war, und holte den BMW mit dem Fernglas näher heran. Ich erkannte zwei Männer, die auf den Vordersitzen saßen. Von ihren Gesichtern waren von meiner Position aus lediglich die Kinnpartien zu sehen. Und ein großer Kaffeebecher, der alle paar Sekunden zum Mund des Beifahrers ging.

»Lass mich auch mal sehen«, bat Stefan, und ich reichte ihm den Feldstecher. Auf einem Bein balancierend, nahm er das Duo ins Visier. »Wie lange es wohl dauert, bis der Beifahrer pinkeln gehen muss?«, fragte er und grinste mich an. Ich zuckte die Achseln. »Ich gehe dann mal Hallo sagen.«

»Ist das nicht vielleicht gefährlich?«, wandte Zahra ein, die sich im Hintergrund gehalten hatte.

»Machen Sie sich keine Sorgen, Zahra«, entgegnete Stefan. »Keller kann schon auf sich aufpassen – meistens zumindest. Und wir zwei trinken einen Kaffee, und Sie erzählen wir etwas über Ihre Arbeit bei Oromo.«

26

Ich verließ Stefans Wohnung und gelangte durch den Kellerausgang auf die Rückseite des Hauses. Von dort aus lief ich nach links durch zwei benachbarte Hinterhöfe. Die drückende Wärme ließ mich sofort in Schweiß ausbrechen. In beiden Höfen trocknete Wäsche auf mehreren Reihen Wäscheleine. An einem der Pfosten hing das Ende der Leine lang herab. Kurz zögerte ich, dann zückte ich mein Leatherman-Multitool und schnitt etwas mehr als einen Meter davon ab. Schnell rollte ich das Leinenstück auf und stopfte es in eine Hosentasche.

Ich erreichte die Straße ein Stück hinter dem BMW, ohne von den Männern darin gesehen zu werden. In normalem Tempo, um nicht aufzufallen, spazierte ich in die entgegengesetzte Richtung. Dabei achtete ich auf den vorbeifließenden Verkehr, der in regelmäßigen Zeitabständen ins Stocken geriet, wenn eine rote Ampel oder ein Abbieger die Fahrzeugschlange aufhielt.

Als ein LKW etwa auf meiner Höhe zum Halten kam, zeigte mir ein schneller Blick, dass ich vom BMW aus nicht zu sehen war. Rasch überquerte ich die Straße und schlug den Rückweg auf der anderen Straßenseite ein. Dort konnte ich mich dem BMW bis auf knapp dreißig Meter nähern.

Der Stamm einer Eiche am Straßenrand bot mir eine ideale Deckung, um den Wagen zu beobachten. Ich musste nicht lange warten. Nach einigen Minuten öffnete sich die Beifahrertür, und ein junger Mann in Schlabberjeans und

T-Shirt stieg aus. Er beugte sich noch einmal hinunter und sprach kurz mit dem Fahrer, dann warf er die Tür zu. Mit langen Schritten kam er in meine Richtung.

Ich zog mich noch weiter hinter den Baumstamm zurück, aber das war gar nicht nötig, denn der Bursche interessierte sich keineswegs für mich. Er steuerte die Filiale einer Bäckereikette an, die auf halber Strecke zwischen uns lag. Bevor er das Geschäft betrat, ließ er seinen leeren Kaffeebecher in einen Abfallkorb neben dem Eingang fallen.

Sein Harndrang gelangte mir zum Vorteil.

Das bedeutete aber auch, dass mir vielleicht nur eine oder zwei Minuten Zeit blieben, ehe er zurückkehren würde.

Kaum war der junge Mann in der Bäckerei verschwunden, hatte ich meine Deckung bereits verlassen und lief mit schnellen Schritten auf den BMW zu. Ich hoffte, dass der Fahrer seine ganze Aufmerksamkeit auf die Tür des Wohnhauses gerichtet hatte, in der Zahra Ghani und ich verschwunden waren, und nicht zu häufig in den Seitenspiegel blickte.

Ich erreichte den hinteren Kotflügel und kniete sofort dort ab. Während ich so tat, als müsste ich meinen Schuh neu schnüren, zückte ich nochmals mein Leatherman und rammte die Klinge in die Seitenwand des rechten Hinterrades des BMW.

Dann tauschte ich Werkzeug gegen Wäscheleine, öffnete die Beifahrertür und stieg in den Wagen.

»Hey, Mann, das ging aber schnell«, sagte der Mann im Fahrersitz, der konzentriert aus dem halb geöffneten Seitenfenster starrte. Eine Fotokamera lag in seinem Schoß.

»Hey, Mann«, grüßte ich zurück.

Als sein Kopf zu mir herumfahren wollte, traf meine Faust mit einem dosierten Schlag seine Schläfe. Auf der anderen Seite knallte sein Schädel gegen die Seitenscheibe. Mit einem überraschten Laut sackte der Kerl im Sitz zusammen.

Ich warf die Wäscheleine als Schlinge um seinen Hals und hielt sie in der linken Faust. Als der Typ nach ein paar Sekunden wieder aufklarte und sich zu wehren begann, drehte ich die Hand und zog die Schlinge damit enger.

»Halt still!«, zischte ich ihm ins Ohr. »Wenn du irgendwas versuchst, leg ich dich um. Kapiert? Kapiert?«

Er nickte. Schweiß perlte von seiner Stirn.

»Hast du eine Waffe?«

Er schüttelte den Kopf.

»Will ich für dich hoffen. Setz dich auf deine Hände, los!«

Er gehorchte und werkelte beide Hände unter seinen Hintern. Wenn er sie befreien wollte, würde ich das frühzeitig bemerken. Und ich wollte seine Hände nicht in der Nähe der Hupe wissen.

»Ich bin nicht zum Spaß hier. Das hast du sicher schon verstanden. Ich will ein paar Antworten von dir. Und wenn ich die nicht kriege, könnte es ziemlich ungemütlich für dich werden. Verstehst du das?«

Er nickte wieder.

»Wer seid ihr? Für wen arbeitet ihr?«

»A-Ausweis«, krächzte der Bursche, der höchstens Ende zwanzig sein konnte.

»Wo?«

»Handschuhfach.«

Ich öffnete das Fach, ohne den Griff um die Wäscheleine zu lockern. Zuoberst auf einem Stapel Papieren und Notizblöcken fand ich ein schwarzes Ausweismäppchen. Ich schlug es auf und erblickte eine Ausweiskarte mit Lichtbild, die ziemlich authentisch aussah. Auf dem Foto trug der Typ sein helles Haar bedeutend kürzer, aber es war derselbe Mann. Der, dessen Gesicht jetzt zunehmend eine rötliche Färbung annahm.

»Justin? Ehrlich?«

Er zuckte die Achseln.

»Ihr seid vom Verfassungsschutz?«

Er nickte.

Das erklärte, wieso er nicht bewaffnet war – was die Sache für mich wiederum vereinfachte.

»Warum verfolgt ihr uns?«

Er hob die Schultern. Vermutlich war meine Frage nicht präzise genug formuliert. Ich verstärkte den Zug der Leine um eine Idee und prüfte mit einem raschen Blick in den Seitenspiegel, ob sein Freund sich bereits auf dem Rückweg befand. Noch war die Luft rein.

»Beschattet ihr das Mädchen? Oder mich?«

»G-Ghani«, keuchte Justin.

»Warum?«

Gehörten er und sein Freund zu den beiden Kerlen, die Roland und ich in dem Lieferwagen aufgescheucht hatten? Möglich, aber letztlich unwichtig. Die Aufgabe des Verfassungsschutzes lautete Informationsbeschaffung zur Erhaltung der inneren Sicherheit des Landes. Wenn Zahra Ghani observiert wurde, hatte das vermutlich mit ihrer afghanischen Herkunft zu tun.

»Warum?«, wiederholte ich in schärferem Tonfall.

Justin deutete mit einem Kopfrucken in den Fond. Auf der rückwärtigen Sitzbank des BMW lagen – unter leeren Wasser- und Colaflaschen und einem Fernglas zwischen einigem Unrat – mehrere dünne Schnellhefter.

Ich wechselte die Leinenhand, wobei ich darauf achtete, dass der Zug um Justins Hals nicht nachließ. Dann griff ich mit links nach hinten und bekam drei der Hefter zu fassen, die ich auf meine Oberschenkel legte. Ich wechselte die Wäscheleine wieder in die linke Hand.

»Keine Mätzchen!«, warnte ich den jungen Mann.

Ich schlug den obersten Aktendeckel auf. Mein eigenes Gesicht blickte mir von einem Computerausdruck entgegen, der Kopf und Signatur des Bundesministeriums der Verteidigung trug. Ein Auszug aus meiner Militärakte, mager zwar, aber somit wussten die Verfassungsschützer zumindest, mit wem sie es zu tun hatten.

Ich schleuderte den Ordner zurück auf den Rücksitz und blickte in den Seitenspiegel. Eine ältere Frau wollte soeben die Bäckereifiliale betreten, machte aber einen Schritt rückwärts, um jemanden herauskommen zu lassen.

Der zweite Schnellhefter beinhaltete ein ausführliches Dossier über Zahra Ghani. Ich warf ihn nach hinten.

Justins Kollege kam auf den BMW zu. Sein Gang wirkte völlig normal. Er trug einen Pappträger mit zwei neuen Kaffeebechern in der rechten Hand.

Ich schlug das dritte Mäppchen auf. Dieses war gefüllt mit zahlreichen behördlichen Dokumenten, Ausdrucken von E-Mail-Korrespondenzen und Ähnlichem. Obenauf lagen lose drei Fotoausdrucke, zwei in Schwarzweiß, eines in Farbe: die offizielle erkennungsdienstliche Aufnahme eines mittelöstlich aussehenden Mannes mit scharf geschnittenen Gesichtszügen, dichtem schwarzem Haar und gestutztem Vollbart. Als Name des Mannes war Hamed Azizi vermerkt.

Justins Kollege trat neben die Beifahrertür, seine linke Hand nach dem Türgriff ausgestreckt. Dann erschien sein verdutztes Gesicht, als er sich herunterbeugte und mich durch die Seitenscheibe auf seinem Platz sitzen sah. Ich vermutete, dass er mich erkannte, und lächelte ihm freundlich zu.

Das Türschloss entriegelte, und ich stieß die Tür kräftig auf. Der Bursche versuchte auszuweichen, aber der Fensterrahmen traf ihn gegen die Stirn, ließ ihn rückwärts taumeln und auf den Hosenboden fallen. Der Inhalt beider Kaffeebecher ergoss sich dabei über ihn. Ich hörte ihn lautstark fluchen.

Ich löste die Schlinge um Justins Hals und stieg mit der Wäscheleine in der einen und dem Schnellhefter in der anderen Hand aus dem Wagen.

»Das hier leihe ich mir mal aus«, erklärte ich dem hektisch schnaufenden Justin, der sich seinen Hals rieb. »Ihr Jungs habt ja sicher noch mehr Kopien davon.«

Der Andere nahm mich vermutlich kaum wahr, als ich wegging. Er saß schimpfend auf dem Gehsteig und rieb mit einer Hand seine Stirn. Mit der anderen zupfte er das von heißem Kaffee durchnässte T-Shirt von seinem Leib.

Vielleicht lernte er aus dem Erlebnis und stieg zukünftig auf Mineralwasser um.

27

»Haben Sie herausgefunden, wer die Männer in dem BMW sind?« Die Frage platzte förmlich aus Zahra Ghani heraus, mühsam zurückgehalten, seit ich sie aus Stefans Wohnung abgeholt hatte.

»Ja.« Ich schlug die Wagentür hinter Zahra zu und lief zur Fahrerseite. Der blaue BMW parkte ein Stück entfernt am Straßenrand. Justin und sein Kollege standen daneben auf dem Gehsteig und beratschlagten sich über den Plattfuß. Sie bemerkten uns nicht, und auch folgen würden sie uns nicht mehr. Und sollte uns ein zweites Team beschatten, würden wir es lediglich zu Vendorff Richter führen.

Als ich einstieg, knetete Zahra ihre Hände und atmete geräuschvoll ein. Ihre Anspannung war nicht zu übersehen.

»Und? Wer war es? Witte?«

Ich schüttelte den Kopf und startete den Motor. »Verfassungsschutz.«

Ihre Augen weiteten sich vor Verwunderung. Ich blinkte und wartete darauf, mich mit dem Range Rover in den Verkehr einreihen zu dürfen.

»Verfassungsschutz?«, wiederholte Zahra. »Geheimdienst also? Was hat es denn damit auf sich? Suchen die auch nach Witte?«

»Nein«, antwortete ich knapp, schüttelte den Kopf und gab Gas. Zuerst wollte ich etwas Abstand zwischen unsere Verfolger und uns bringen. Und darüber nachdenken, wie es weitergehen sollte. In die Zuständigkeit des Bundesamtes für Verfassungsschutz fiel ein einfacher Stalker definitiv nicht.

Nach einer Weile konnte Zahra mein Schweigen nicht mehr aushalten.

»Würden Sie mit mir reden, Keller? Haben Sie mit den Leuten in dem BMW gesprochen? Woher wissen Sie, dass die wirklich vom Verfassungsschutz kamen? Und warum haben sie uns verfolgt?«

»Hamed Azizi«, sagte ich und unterbrach damit ihren Schwall an Fragen.

»Was?«

»Hamed Azizi. Wer ist das?«

»Ich kenne keinen Mann dieses Namens.«

»Sind Sie sicher, Zahra?«

Kurzentschlossen setzte ich den Blinker und lenkte den Wagen auf den Parkplatz eines Restaurants. Ich nahm den geliehenen Schnellhefter vom Armaturenbrett und legte ihn Zahra in den Schoß.

»Schlagen Sie auf!«

»Was ist ...?« Sie verstummte, als sie die Fotos des Mannes erblickte. Dann hob sie eine Hand an ihren Mund und stieß einen Laut aus, der wie eine Mischung aus Schluchzen und ersticktem Aufschrei klang. Für einen langen Moment studierte sie die losen Fotos, schob sie nebeneinander. Ich wartete, bis ihre Hand wieder nach unten gesunken war. Sie zitterte dabei.

»Sie kennen den Mann doch?«, vergewisserte ich mich.

Zahra nickte, ohne den Blick von der Akte zu lösen.

»Wer ist er?«

»Sein Name ist jedenfalls nicht Hamid Azizi«, antwortete sie mit tonloser Stimme. »Er heißt in Wahrheit Aref Baset Almasri. Ich dachte, er wäre tot ...«

Ich drehte mich im Sitz zu ihr herum. Sie sah mich an und schniefte. Tränen ließen ihre großen, dunklen Augen glitzern.

»Erzählen Sie mir von ihm. Wer ist dieser Kerl?«

Zahra blickte mich weiter an, zögerte lange, dann richtete sie ihre Augen wieder auf die Akte in ihrem Schoß.

»Er ist Afghane, wie Sie sich bestimmt schon gedacht haben. Er ist ein entfernter Cousin von mir – um zwei Ecken sozusagen. Ein echter islamischer Fundamentalist. Kein angenehmer Mensch. Das war er schon als Kind nicht. Die Familie lebte in einem Nachbardorf. Mit zwölf Jahren ist er dem Vorbild seines Vaters gefolgt und hat sich den Taliban angeschlossen. Zuerst hat er nur seine Familie terrorisiert, die Nachbarn und den Rest seines Dorfes. Dann haben er, sein Vater und ihre Freunde ihren Einflussbereich nach und nach ausgeweitet. Meine Eltern und ich waren da zum Glück schon in Deutschland.«

»Und Sie sind westlich orientiert aufgewachsen, nicht wahr?«

Zahra lachte kurz und humorlos auf. »Sie können davon ausgehen, dass unser Familienzweig den anderen ein Dorn im Auge war. Allein dass ich mich mit einem fremden Mann wie Ihnen unterhalte – das wäre undenkbar. Aref und seine Freunde wollten die Scharia einführen, eine Bande von irrgläubigen Jungen mit radikalen Vorbildern. Sie waren natürlich streng und erbarmungslos, manchmal schlichtweg brutal. Stefan hat mir erzählt, dass Sie als Soldaten in Afghanistan stationiert waren und dass Sie dort manche Grausamkeiten gesehen haben. Dann können Sie sich in etwa vorstellen, wovon ich rede.«

Eine Welle dumpfer Hitze breitete sich allmählich in meinem Inneren aus. Dennoch nickte ich Zahra aufmunternd zu, die es zu erleichtern schien, sich die Geschichte von der Seele zu reden.

»Nach zwei, drei Jahren hatte Aref sich einen gewissen Ruf erarbeitet. Er wurde Handlanger eines lokalen Warlords und arbeitete sich in dessen Kreisen hoch. Ich weiß von Stefan, dass Sie seinen Namen ebenfalls kennen: Khaiss Ali Hosseini.«

In meiner Kehle bildete sich ein zäher Kloß. Den Namen kannten Stefan, Roland und ich nur zu gut. »Der Schakal.«

»Nicht wenige in meiner Heimat nennen ihn insgeheim auch den Schlächter.«

Auch davon hatten wir gehört. Seinen Kampfnamen hatte Hosseini sich selbst verliehen als junger Mudschaheddin im Kampf gegen die russischen Invasoren seines Heimatlandes. Seitdem führte er eine zwar nur mittelgroße, aber schlagkräftige und gut ausgerüstete Privatarmee, die als eine der effizientesten – und brutalsten – Afghanistans galt.

Die Luft im Wageninneren fühlte sich plötzlich unerträglich heiß an und so arm an Sauerstoff wie die Stratosphäre. Als wollte man flüssigen Teer atmen. Ich stieß die Wagentür auf und kämpfte mich nach draußen, rang japsend nach Luft. In meinem Kopf hämmerte es wie von einem Maschinengewehr, das uns unter Feuer nahm. Instinktiv ließ ich mich fallen und suchte Deckung hinter dem Motorblock des Wagens.

Einen Moment später sah ich ein anderes Automobil unmittelbar neben mir – und erkannte, dass ich mich auf einem Parkplatz mitten in Berlin befand, nicht in den Bergen Afghanistans und nicht unter feindlichem Beschuss. Das Hämmern im Kopf rührte von meinem rasenden Puls her.

Fluchend stemmte ich mich in die Höhe und suchte rasch mit den Augen die Umgebung ab, um sicherzugehen, dass alles in Ordnung war.

Zahra Ghani stand neben der offenen Beifahrertür des Range Rover und sah mich besorgt an.

»Keller!«, rief sie. »Ist alles in Ordnung?«

Ich wischte mir den Schweiß von der Stirn und nickte. Wandte mich von ihr ab. Zwang mich, meine Atmung zu kontrollieren.

»Sie hyperventilieren ja«, sagte sie, plötzlich direkt an meiner Seite.

Ich winkte ab. »Mir geht's gut.«

»Sind Sie sicher? Hatten Sie gerade eine Panikattacke oder sowas?«

»Quatsch!«, entgegnete ich barsch und wandte mich erneut ab, um Zahras argwöhnischem Blick auszuweichen. Endlich konnte ich wieder normal atmen, füllte meine Lungen mit einem tiefen Atemzug und ließ ihn langsam wieder entweichen.

»Es tut mir leid, Keller«, sagte Zahra sanft in meinem Rücken. »Ich wollte nichts in Ihnen auslösen. Ich wusste nicht, dass ... Stefan hat mir erzählt, dass Sie auch in Darang im Einsatz waren. Und dass er dort verwundet wurde. Darang gehört zu dem Gebiet, das die Truppen des Schakals kontrollieren. Aber ich wusste nicht, dass ...« Sie ließ den Satz unvollendet.

»Woher sollten Sie auch?«, fragte ich und brachte ein Lächeln zustande.

Ich zögerte, sie weiter einzuweihen, wusste aber nicht, wie viel Stefan ihr bereits erzählt hatte. Außerdem war ihr die Thematik nicht fremd. Seufzend lehnte ich mich gegen den Range Rover.

»Wir waren auf dem Weg zu einem Spezialeinsatz, ganz kurzfristig anberaumt. Details spielen keine Rolle – ich dürfte sie Ihnen sowieso nicht nennen. Jedenfalls geriet unsere Kolonne in einen Hinterhalt. Höchstwahrscheinlich waren es Taliban, Kämpfer von Hosseini. Ganz sicher haben wir das nie erfahren. Wir hatten sechs Wagen, sechzehn Soldaten, ein gemischter deutsch-niederländischer Trupp, und dazu acht afghanische Spezialtruppen. Trotz aller Umsicht wurden wir eiskalt erwischt. Die Taliban mussten uns erwartet haben. Sie schlugen hart und überraschend zu.« Bilder aus meinen Albträumen flackerten vor meinem inneren Auge – die Staubwolke nach der ersten Explosion, die Flammen, Kameraden warfen sich aus ihren Fahrzeugen, suchten nach Deckung – aber sie in Worte zu fassen, half mir, in der Wirklichkeit zu bleiben. »Richtig böse Sache. Ein Hinterhalt wie aus dem Lehrbuch. Die Hälfte von uns erwischte es schon bei der ersten Attacke. Wir übrigen konnten das Feuer zwar erwidern, aber nicht viel ausrichten. Keiner von uns blieb unverletzt ... Stefan hatte eine Granate erwischt. Ich kann heute noch den Staub riechen, das Blut und das verbrannte Fleisch, während ich versuche, sein Bein abzubinden ...«

Ich spürte Zahras Hand auf meiner Schulter und blickte auf meine eigenen bebenden Hände hinab, die an einem imaginären Riemen zogen.

»Krieg ist immer unmenschlich und furchtbar«, sagte sie. »Umso wichtiger ist es, den Menschen zu helfen. Den Opfern. Den Unschuldigen.«

»Ist das der Grund, weshalb sie mit der Oromo Foundation in ihr Heimatland zurückgekehrt sind?«

»Ja«, antwortete sie mit einem Nicken. »Als Einzelne kann man nur im Kleinen etwas bewirken. Aber auch ein kleiner Stein, der ins Wasser fällt, zieht weite Kreise.«

Ich schmunzelte.

»Wie haben Sie überlebt?«, fragte Zahra.

»Wir hatten Glück. Eine schnelle Eingreiftruppe der Amerikaner hatte kurz zuvor einen Einsatz bei Faizabad erledigt. Sie waren seit einer Minute wieder in der Luft, als wir in die Falle tappten, und nach vier oder fünf Minuten über uns. Zwei Black Hawks und zwei Apache-Kampfhubschrauber. Unsere Angreifer hatten sich beim ersten Anzeichen ihrer Annäherung zurückgezogen.« Ich atmete tief aus. Die Erinnerung schmerzte. Die Narbe an meiner linken Schulter prickelte. »Zehn von uns sind vor Ort gestorben, dazu jeder der afghanischen Soldaten. Die übrigen sechs wurden per MedEvac ins Camp nach Masar-i-Scharif geflogen. Einer starb einen Tag später, ein zweiter nach acht Tagen.«

»Aber Sie haben überlebt.« Sie sah mich mit einem Blick an, aus dem tiefes, ehrliches Mitgefühl sprach.

»Ja.«

»Mit dem, was Sie erlebt haben, haben Sie jede Rechtfertigung für eine PTBS, würde ich sagen. Oder für Panikattacken.«

»Das war keine Panikattacke.«

»Werden Sie psychologisch betreut? Ich kenne eine ganze Reihe Kolleginnen und Kollegen von mir, die ...«

»Es war keine Panikattacke«, wiederholte ich.

»Wie Sie meinen«, sagte Zahra und verzichtete auf weiteres Nachbohren.

»Sie waren noch nicht fertig mit der Geschichte von Ihrem Cousin«, erinnerte ich sie, nicht zuletzt, um den Fokus von mir wieder abzuwenden.

»Ich habe ihn zuletzt vor etwas mehr als zwei Jahren getroffen. Oromo betreute mehrere Projekte in Nordafghanistan, und dort begegnete ich ihm wieder. Er versuchte, unsere Leute zu vertreiben, dabei wollten wir nichts als helfen. Später, so hörte ich, wurden Hosseinis Kämpfer in schwere Gefechte verwickelt, sowohl mit feindlichen Warlords als auch mit den internationalen Streitkräften. Sie erlitten dabei wohl große Verluste. Seit dieser Zeit habe ich von Aref nichts mehr gehört, auch nicht über die Familie.«

»Aber wie es jetzt aussieht, ist er am Leben und hier in Deutschland.«

Sie hob die schmalen Schultern.

»Hat er die beiden Kerle geschickt, die Sie auf der Straße angesprochen haben?«

Sie nickte. Ihr Blick fiel auf den Boden.

»Sie hätten es mir sagen können, Zahra.« Ich schluckte den nächsten Satz herunter. Es ergab keinen Sinn, im Nachhinein vorwürfig zu werden. »Erzählen Sie mir wenigstens jetzt, wie die Botschaft lautete?«

»Dass er auf dem Weg zu mir ist. Dass er mich treffen will.«

»Und das macht Ihnen Angst.«

Sie nickte.

»Warum?«

»Bei unserer letzten Begegnung hat er mich als Ungläubige beschimpft. Und er hat geschworen, mich für meine Taten zu bestrafen.«

- 28 -

Martin Buchheister verschränkte die Arme vor der voluminösen Brust. Sein Gesicht drückte aus, was ihm auf der Zunge lag: So eine Scheiße!

»Das heißt dann wohl, dass wir uns jetzt um zwei Probleme kümmern müssen«, sagte er stattdessen. Er holte tief Luft und stieß sie langsam pfeifend wieder aus. »Ein verdammter Islamist, der es irgendwie von Afghanistan nach Deutschland geschafft hat? Ich fasse es nicht.«

»Wenn wir das Risiko kennen, können wir uns darauf einstellen«, warf ich ein.

»Wie hat Frau Ghani die Informationen aufgenommen?«

»Sie war ziemlich geschockt. Hat sich aber wieder gefangen und sich in ihre Arbeit gestürzt. Hier in der Firma dürfte sie tagsüber ja in Sicherheit sein.«

Ich hatte sie bis in die Büroräume der Oromo Foundation begleitet und sie auf Verschwiegenheit eingeschworen, was die Situation mit ihrem Cousin und dem Verfassungsschutz betraf.

Buchheister nickte in Richtung des Schnellhefters in meiner Hand. »Das haben Ihnen die Männer vom Verfassungsschutz überlassen?«

»Etwas weniger freiwillig, aber ja.«

Ich reichte ihm das Mäppchen, dessen Inhalt ich vor unserem Treffen studiert hatte. Er setzte sich damit hinter seinen Schreibtisch und öffnete die Akte.

»Wenn ich alles richtig erfasst habe«, erklärte ich, »ist Almasri im letzten Dezember über die Balkanroute nach Österreich gelangt und von dort nach Bayern, wo er sich als syrischer Flüchtling ausgab und unter einem Aliasnamen – Ahmed Azizi – Asyl beantragte. Ein paar Monate später tauchte er in NRW wieder auf dem Radar der Behörden auf, als er eine Bochumer Moschee aufsuchte, die vom Verfassungsschutz observiert wurde. Dort war er als Hamed Azizi registriert. Das Dossier enthält die Abschrift eines aufgezeichneten Gespräches, in dem Zahra Ghanis Name fällt.«

»Das erklärt zumindest die Verbindung.«

»Leider verliert sich Almasris Spur danach. Drei Mitglieder einer islamistischen Zelle wurden wenig später verhaftet. Da war Almasri offenbar schon wieder untergetaucht.«

»Und jetzt beobachten sie Frau Ghani und hoffen, dass Almasri bei ihr auftaucht, den der Verfassungsschutz als Gefährder eingestuft hat. Was – bei dem Aufwand – wahrscheinlich bedeutet, dass er wirklich gefährlich ist. Und dass sie keine andere Spur haben.« Buchheister massierte seine Nasenwurzel zwischen zwei Fingern. »Das macht die Lage ungleich komplizierter.«

»Noch ein Detail aus dem abgefangenen Gespräch von Almasri: Darin bezeichnet er Ghani als ›Unterstützerin unserer Sache‹.«

»Interessant«, meinte Buchheister. »Hat er das gesagt, um Hilfe bei seiner Suche nach ihr zu erhalten? Oder ...?«

»Gute Frage«, sagte ich.

»Sie erscheint mir nicht im Geringsten wie eine radikale Islamistin. Die Oromo Foundation ist nicht nur in Afghanistan tätig. Die Leute leisten gute Arbeit, wie es heißt. – Sie wissen von der Spendengala?«

Ich nickte. »Zahra hat mir davon erzählt. Vendorff Richter schmückt sich bestimmt gern mit solchen Federn, könnte ich mir vorstellen.«

»Bestimmt sogar. Und Ghani gilt, was ich so höre, als sehr engagierte Mitarbeiterin. Was halten Sie von der Gala?«

»Ich habe ihr geraten nicht hinzugehen. In Anbetracht der Umstände.«

»Und?«

»Sie will trotzdem hingehen. Die Veranstaltung ist extrem wichtig für sie und ihre Organisation.«

Buchheister sah mich eine Weile nachdenklich an. Dann sagte er: »Ich denke, wir sollten proaktiv vorgehen. Ich werde mal versuchen, beim Verfassungsschutz jemanden an die Strippe zu bekommen. Vielleicht können wir unser Vorgehen abgleichen.«

»Da bin ich gespannt«, sagte ich.

Buchheister zuckte die Achseln.

»Und Witte war heute Morgen auch da?«

»Ich habe ihn nicht mehr gesehen«, sagte ich. »Aber ich glaube Zahra, dass er dort war.«

»Ehrlich gesagt habe ich nicht damit gerechnet, dass der Kerl so schnell wieder auftaucht. Ich hatte gehofft, dass die Anzeige und Ihre Ansage ausreichen würden, um ihn loszuwerden.«

»Ich auch.«

»Also werde ich auch noch einmal mit der zuständigen Polizeidirektion sprechen«, entschied er mit einem Seufzen. »Als ehemaliger Kripo-Kollege komme ich da vielleicht weiter.«

Ich nickte. »Ist sicher sinnvoll.«

Buchheister schwieg erneut.

»Hören Sie gelegentlich auf Ihr Bauchgefühl, Lukas?«, fragte er dann.

»Oft sogar.«

»Und Ihr Bauchgefühl sagt Ihnen gerade was?«

»Dass wir in einer schwierigen Situation stecken, die uns jeden Moment um die Ohren fliegen kann. Aber ich habe auch gelernt, dass wir versuchen müssen, den Überblick über die Lage zu behalten, um nicht die Kontrolle zu verlieren.«

Buchheister lachte heiser. »Das klingt jetzt aber sehr nach Bundeswehr.«

Ich zuckte die Achseln.

»Wenn wir unsere zwei Probleme bewältigen wollen, ist eine gute Aufklärung essenziell«, sagte ich.

»Wir haben noch ein drittes Problem«, sagte Buchheister düster. »Ich habe keine Leute zur Verfügung, um für Frau Ghanis Schutz zu sorgen. Ein Teil des Firmenvorstands fliegt morgen nach Indonesien. Und ein anderer Teil reist nach Tunesien, um einen neuen Solarpark einzuweihen.«

»Ich weiß«, sagte ich. Die Reisen waren bereits seit Monaten avisiert, und ich hatte fest damit gerechnet, eine der Gruppen zu begleiten. »Aber Sie haben immer noch mich.«

»Es fällt mir schwer, Sie weiter persönlich mit dieser Angelegenheit zu behelligen, Lukas. Aber natürlich wäre ich Ihnen auch sehr dankbar. Ich habe den Fall sogar mit Sebastian Hanfeldt besprochen. Er befürwortet ausdrücklich, dass wir unsere Mitarbeiterin in dieser Situation unterstützen.« Hanfeldt war CEO von Vendorff Richter International, folglich war sein Wort in der Firma Gesetz.

»Wow«, sagte ich. »Dann ist die ja Sache klar.«

Persönlich war es ohnehin schon jetzt.

»Was immer Sie brauchen, Lukas, Sie werden es kriegen. Darauf haben Sie mein Wort.«

Ich nickte. »Haben Sie etwas dagegen, dass ich einen Freund hinzuziehe?«

Eine Stunde nach meinem Anruf stand Roland in meinem Büro. Er sah sich um, was nicht lange dauerte, und gab sich nicht die geringste Mühe, seine Skepsis zu verbergen.

»Siehst du in diesem kleinen Kasten auch mal Tageslicht?«, fragte er.

»Nein«, sagte ich. »Aber ab und zu lassen sie mich raus.«

»Wissen die, dass das riskant ist?« Er zog die breiten Schultern hoch und schüttelte sich, als fröstelte er. Seine Hände bewegten sich rastlos an seinen Seiten. »Ich könnte hier nicht arbeiten.«

»Ich weiß, du kriechst lieber durch den Wald hinter deinem Häuschen.« Damit spielte ich auf die Bruchbude am Rande von Woltersdorf an, die er vor drei Jahren von einer verschiedenen Großtante geerbt hatte – zusammen mit einem kleinen Vermögen, das es ihm bis heute gestattete, den Arbeitsmarkt zu ignorieren.

Er grinste. »Die Natur gibt uns alles, was wir zum Überleben brauchen.«

Das klang fast wie ein Zitat eines unserer früheren Bundeswehrausbilder. Ich grunzte.

»So siehst du auch aus, Roland.«

Er trug unter seinem offenen Parka zerschlissene Jeans und ein lumpiges, graues T-Shirt. Und auf dem Kopf die fast obligatorische Yankees-Baseballkappe. Immerhin schien er sich vor einigen Tagen rasiert zu haben.

»Okay, Mann, du hast mich gerufen, hier bin ich. Was liegt an?«

»Immer noch dieselbe Geschichte, fürchte ich.«

»Der Stalker?«

Ich nickte. »Aber nicht nur der.« Ich nahm mir zehn Minuten Zeit, um Roland vollständig einzuweihen. Er hörte mir konzentriert zu.

»Und? Glaubst du, dass dieser Almasri auftauchen wird?«

»Wäre möglich«, sagte ich.

»Und dann schnappen wir ihn uns? Oder überlassen ihn den Jungs vom Geheimdienst und der Polizei?«

»Wäre immerhin deren Job.«

»Aber Almasri könnte in Darang dabeigewesen sein«, warf Roland ein. »Oder zumindest etwas darüber wissen.«

»Was willst du tun? Ihn fragen?«

Er zuckte die Achseln.

»Bleibt noch das andere Problem, unser Stalker.« Auch hierzu setzte ich Roland ins Bild.

»Hast du schon mal daran gedacht, bei diesem Witte einzusteigen?«, fragte er, als ich geendet hatte.

»Jepp«, sagte ich.

»Und?«

»Hab's noch nicht getan.«

»Wieso nicht?«

»Mein Chef war dagegen.«

»Wieso?«

»Es wäre illegal. Mein Chef war früher Polizist.«

Roland zuckte die Achseln. »Na und?«

»Das Problem ist: Alle Beweise, die wir in Wittes Wohnung fänden, wären illegal beschafft und daher wertlos für eine Anklage.«

»Aber solange wir nicht nachforschen, bleibt da eine Lücke. Zu wenig Informationen.«

»Du hast das Dilemma erfasst. Helles Bürschchen.« Ich grinste.

»Danke für die Blumen.«

Nach all den Monaten, die vergangen waren, empfand ich es als wohltuend, mit meinem Freund Roland Pläne zu schmieden. Der Begriff ›Kamerad‹ hatte für mich seit jeher etwas Altmodisches, aber zugleich auch etwas Traditionelles. Er folgte einem jahrtausendealten Gesetz. Demselben, das auch auf uns gewirkt und uns verändert hatte. Die Zeit bei der Bundeswehr hatte Roland, Stefan und mich zusammengeschweißt. Uns verband etwas Stärkeres als Freundschaft.

»Also?«, fragte Roland.

»Eigentlich wollte ich dich fragen, ob du Lust hast, eine Weile Bodyguard zu spielen.«

Er überlegte kurz. »Es ist noch nicht einmal Mittag. Wann hat dein Schützling Feierabend?«

»Nicht vor sechzehnhundert.«

»Dann haben wir noch genug Zeit, oder?«

Ich wusste, dass Roland recht hatte. Wenn man siegreich sein wollte, musste man seinen Feind kennen. Folglich mussten auch wir einen Schritt weiter gehen.

»Begleitest du mich?«, fragte ich.

»Dachte schon, du fragst nie«, sagte er.

- 30 -

In das Mietshaus zu gelangen, stellte kein Problem dar, denn bei vierundzwanzig Wohneinheiten kam oder ging ständig jemand. Ausstaffiert mit dunkelblauen Arbeitsoveralls, schlüpften wir bei der ersten Gelegenheit mit durch die Eingangstür. Die junge Frau mit dem Säugling im Tragegurt, die das Haus verließ, schien uns nicht einmal wahrzunehmen.

Mirko Wittes Wohnung lag im fünften Stock. Während wir uns näherten und uns gleichzeitig versicherten, dass wir unter uns waren, griff ich in meine Umhängetasche und holte zwei der Hilfsmittel hervor, mit denen ich uns aus den Beständen der Sicherheitsabteilung versorgt hatte.

Ein Tarnanruf bei der Sanitärfirma hatte uns bestätigt, dass Mirko Witte im Außendienst unterwegs war. Die Luft war also rein.

Buchheister hatten wir nicht in unser Vorhaben eingeweiht.

Wir bauten uns so vor der Wohnungstür auf, dass unsere Rücken sie abschirmten. Ich führte die schmale Zunge einer Pick-Pistole und einen Spanner in das Türschloss ein. Roland räusperte sich, um das leise elektrische Surren des Werkzeugs zu übertönen. Vielleicht auch, weil er sich über mich lustig machte. In unserer Einheit hatte er die Aufgabe des »Breachers« übernommen, des Spezialisten für sogenannte Zugangslösungen. Dessen ungeachtet war ich heute nicht bereit, ihm den Vortritt zu lassen.

»Bist du aus der Übung, oder was?«, raunte er leise. Er betätigte die Türklingel, wartete ein paar Sekunden und klopfte dann gegen die Tür.

Mehr Zeit benötigte ich nicht, um das Türschloss zu entriegeln.

»Guten Tag, Herr Witte«, sagte Roland zu dem Türspalt. »Sie haben uns angerufen. Da sind wir.«

Ich schob die Tür auf, und dann waren wir in der Wohnung.

Stille umfing uns.

Nach einem Moment des Wartens und Lauschens, in dem nichts geschah, streifte sich jeder von uns ein Paar Latexhandschuhe über.

Wir standen in einem schmalen Flur, der nach rechts führte. Eine Tür an seinem Ende, zwei an der Längsseite. Bevor wir mit einer systematischen Durchsuchung begannen, wollten wir uns einen Überblick über die Räumlichkeiten verschaffen.

Hinter der ersten Tür, dem Eingang direkt gegenüber, lag eine kleine Küche mit einer Kochzeile an der rechten Wand und einem winzigen Tisch an der linken. Sie erwies sich als tadellos sauber und aufgeräumt. Das Fenster ging zum Nachbargebäude hinaus.

Die zweite Tür führte in ein enges, fensterloses Bad mit Toilette, Waschbecken und einer Badewanne an der Stirnseite. Auch dieses war auf den ersten Blick gepflegt.

Durch die dritte Tür gelangten wir in ein spärlich eingerichtetes Wohnzimmer, das aus einem Möbelkatalog hätte stammen können: nicht allein sauber, fast schon steril wirkend. Nicht einmal ein Fernseher war vorhanden.

Eine weitere Tür linker Hand führte ins Schlafzimmer. Hier setzte sich der vorgefundene Stil fort. Das Bett war in geometrischer Perfektion hergerichtet und wirkte, als wäre es noch nie benutzt worden.

»Mann, so ordentlich sieht es bei dir bestimmt nicht aus«, raunte Roland neben mir.

»Aber bei dir, oder was?«, gab ich zurück.

»Klar. Na ja, zumindest für zwei Stunden, wenn meine Zugehfrau da gewesen ist.«

»Spinner«, sagte ich. »Okay, dann legen wir mal los.«

»Was suchen wir noch mal?«

»Sage ich dir, sobald wir es gefunden haben.«

Wir teilten uns auf. Roland begann mit seiner Arbeit im Schlafzimmer, während ich als Erstes die Küche durchsuchte. Alles war ordentlich sortiert, kein schmutziges Geschirr in der Küche, im Abfalleimer ein leerer Müllbeutel. Das Innere des Kühlschrankes blitzte wie fabrikneu, der Inhalt war fächerweise sortiert. Die einzigen Getränke in der Wohnung hießen Milch und Mineralwasser, dazu eine Dose Kaffeepulver. Spirituosen fand ich keine, nicht einmal eine einzelne Flasche Bier. Auf dem kleinen Esstisch stand eine schlichte Holzschale mit drei Äpfeln, zwei Bananen und einer Birne. Ich kam nicht umhin, das Obst zu berühren, um sicherzugehen, dass es echt war.

Im Bad fand ich kaum etwas, das es zu durchsuchen gab. Das Schränkchen unter dem Waschbecken beherbergte diverse Reinigungsmittel, Zahnpasta und Ersatzflaschen mit Shampoo und Duschgel. In einem schmalen Hochschrank lagerten Handtücher. Keine Geheimnisse. Waschbecken, Badewanne, Toilettenschüssel und sogar der elektrische Rasierer in seiner Station glänzten blitzblank.

»Ist dieser Typ irgendwie zwanghaft oder so?«, fragte Roland leise. Er hatte seinen Kopf durch die Tür gesteckt. Ich folgte ihm ins Schlafzimmer. In den geöffneten Kleiderschränken stapelten sich T-Shirts, Hemden und Pullover in jeweils gleichen Farben. Dazu eine Reihe identischer Jeans. Socken und Unterwäsche in einer Kommode waren in gleicher Weise sortiert.

»Sieht so aus, als hättest du diesmal nichts durcheinandergebracht«, bemerkte ich.

»Ja, ich habe mir Mühe gegeben. Jeder Millimeter Abweichung würde dem Kerl bestimmt auffallen.«

Ich nickte. »Irgendetwas gefunden?«

Roland schüttelte den Kopf.

»Dann lass uns weitermachen«, sagte ich.

Im Wohnzimmer wurden wir fündig.

Computer, Stereoanlage, Spielkonsole, Bücher, Pornomagazine, Grünpflanzen, Haustiere, Bilder – in Mirko Wittes Wohnung existierte nichts dergleichen. Eine kleine Sammlung Musik-CDs füllte ein Regalbord, aber weit und breit fand sich eigenartigerweise kein kompatibles Abspielgerät.

Dann öffnete Roland die zwei Türen eines mannshohen Wandschranks, der wie selbstgezimmert wirkte. Dahinter verbargen sich eine hochgeklappte Holzplatte, die wie bei einem Sekretär als Schreibfläche diente, und mehrere tiefe Regalborde.

»Na schau mal an«, sagte Roland. »Der Typ scheint ja doch ein Hobby zu haben.«

Im unteren Fach standen drei dicke Aktenordner, deren Rücken mit fortlaufenden Jahreszahlen – beginnend mit 2014/2015 – beschriftet waren. Ein vierter Ordner mit der Kennzeichnung 2020/2021 – lag rechts daneben. Außerdem stand dort noch ein Trinkglas mit einer Handvoll Stifte.

In den beiden Fächern darüber drängten sich Notizbücher in DIN-A4 dicht aneinander. Ihre schmalen Rücken waren durchnummeriert, der letzte Band mit 158.

Ich fotografierte die Sammlung mit einer kompakten Digitalkamera, so wie zahlreiche andere Details der Wohnung.

»Was zur Hölle ist das?«, murmelte Roland. Er zog wahllos eines der Notizbücher heraus.

Ich folgte seinem Beispiel und blätterte Band 158 auf. Jede einzelne der karierten Seiten war mit einer kleinen, sauberen Handschrift beschrieben, die beinahe wie gedruckt aussah. Sie füllte einen rechteckigen Bereich bis auf einen Rand von vier Kästchen an allen vier Kanten.

»Sieht aus wie eine Art Tagebuch«, murmelte Roland.

Ich begann die aufgeschlagene Doppelseite zu lesen.

Der Beobachtungsposten war ideal gewählt. Der Schatten konnte nicht nur das Schlafzimmer der Blonden Frau einsehen, sondern auch das daneben liegende Wohnzimmer. Während die Dämmerung heraufzog, wartete er geduldig.

So wie eine Spinne in ihrem Netz ausharrte.

Der Schatten spürte, wie die erste kribbelnde Anspannung in ihm nachließ und sich ein Gefühl der Vorfreude ausbreitete. Er erinnerte sich daran und hieß es willkommen. Zehrte davon, bis die Blonde Frau nach Hause kam.

Der Schatten beobachtete, wie sie im Bad verschwand und kurz danach ins Schlafzimmer ging. Wie sie sich bis auf den Slip auszog. Es war ein Tangaslip.

Zwei Gedanken konkurrierten schlagartig um seine Aufmerksamkeit.

Der erste ließ ihn unwillkürlich lächeln. Viele Männer würden den Schatten um diese Gelegenheit beneiden, eine so aufreizende, sportliche junge Frau fast nackt zu sehen.

Der zweite verlangte nach einem Kopfschütteln, welches der Schatten aber unterdrückte. Wieso schien die Blonde Frau keinen Gedanken daran zu verschwenden, dass jemand sie durch ihre unverhüllten Fenster beobachten könnte? Vom Nachbarhaus aus zum Beispiel? Warum präsentierte sie sich so freizügig?

Heutzutage konnte man nicht vorsichtig genug sein.

»Der Schatten?«, fragte Roland mit spöttisch hochgezogenen Augenbrauen, als er von dem Notizbuch aufsah.

Ich legte meinen Band offen auf den Tisch und fotografierte mehrere Doppelseiten in Folge ab.

»Was soll das darstellen, Lukas? Erotische Fantasien einer männlichen Jungfrau? Oder aber ...«

»Die Tagebuchaufzeichnungen eines Stalkers?«, vollendete ich Rolands Frage. »Ich weiß es nicht.«

Ich blätterte zum Ende des Notizbuches. Eine Yasmin wurde nirgends erwähnt. Die Aufzeichnungen endeten am Kopf der vorvorletzten Seite.

Der Schatten verspürte tiefe Zufriedenheit, als er die blonde Frau in ihrer Wohnung zurückließ.

Ich blätterte eine Doppelseite zurück, um die letzten Absätze des Notizbuches zu lesen.

Der Schatten konnte sich Zeit lassen, die ohnmächtige junge Frau zu fesseln. Wie üblich ging er konzentriert und vorsichtig zu Werke. Schließlich durfte er eine Regel nicht verletzen.

Hinterlasse niemals Spuren.

Er benutzte Stricke aus Kunstfasern, um die Handgelenke der blonden Frau an das Kopfteil ihres Bettes zu fesseln. Jedes Mal, nachdem er die Knoten festgezurrt hatte, ließ er seine Fingerspitzen an den Innenseiten ihrer nackten Arme entlang gleiten. Die Handschuhe verhinderten eine direkte Berührung, aber in seiner Fantasie spürte er die glatte, warme Haut dafür umso lebhafter.

Dann legte er den Strick um das Fußgelenk der Frau. Da ihr Bett nicht über Pfosten verfügte, befestigte er das andere Ende kurzerhand am Standfuß des Bettes. Genauso verfuhr er mit dem anderen Fuß.

Der Schatten betrachtete sein Werk. Die erste Phase war gelungen. In der Form eines umgekehrten Y lag die Blonde Frau auf ihrem Bett. Sie trug einen kurzen Pyjama mit einem hellrosafarbenen Oberteil und einer hellgrauen Hose. Ihr Kopf war zur rechten Seite gefallen, Haarsträhnen fielen wirr über ihr Gesicht.

Aus der Küche der Wohnung holte der Schatten eine Schere und schnitt der Frau als Erstes die Hose vom Leib. Danach das rosa Oberteil. Dann den Tangaslip. Heute war es ein schwarzer.

Ein wohliger Schauer erfasste den Schatten in diesem Moment, als er die Fetzen der Kleider von dem jetzt nackten Körper der Blonden Frau entfernte. Seine Erregung war keineswegs sexueller Natur, sondern speiste sich aus der Erwartung seines Erfolges. Es gab kein Zurück mehr. Er stand kurz vor dem Ziel.

Er rollte einen der Stofffetzen eng zusammen und stopfte ihn als Knebel in den Mund der immer noch bewusstlosen Frau. Diesen fixierte er mit einem langen Streifen Klebeband, den er mehrfach um ihren Kopf wickelte.

Er wusste von seinen früheren Besuchen in der Wohnung, dass die Blonde Frau ihre speziellen Spielzeuge im Nachtschrank direkt neben dem Bett aufbewahrte. Nun suchte er zwei von ihnen aus, einen pinkfarbenen Dildo und einen silbern glänzenden, glatten Vibrator mit gebogenem Ende. Probeweise schaltete er ihn ein. Für ein paar Sekunden war das leise Surren des Gerätes das einzige Geräusch in dem nächtlich stillen Schlafzimmer.

Aus dem kleinen Werkzeugkasten in der Küche wählte er zwei weitere Spielzeuge aus, einen Hammer mit einem Stiel aus Kunststoff und einen Schraubendreher mit Ratschenfunktion. Er wollte für jede Eventualität vorbereitet sein.

Schließlich sollte diese Nacht nicht nur für ihn ein Erlebnis werden.

Er drapierte die Werkzeuge neben den Sexspielzeugen auf der Matratze. Danach setzte der Schatten sich zwischen die gespreizten Beine der Blonden Frau auf das Bett und wartete, bis sie wieder zu sich kam.

Er hatte es nicht eilig.

Ein paar Minuten später begann sie sich zu regen. Ein Zucken ging durch Arme und Beine. Ihre Brust hob sich stärker. Die sanften Hügel ihrer Brüste zitterten. Der Schatten beugte sich herunter und beobachtete aus nächster Nähe, wie sich die kleinen Härchen an den Schenkeln aufrichteten, als sich Gänsehaut auf ihnen bildete.

Jetzt begann sie, mit hektischen Rucken an ihren Fesseln zu zerren. Der Kopf zuckte hoch, als die Blonde Frau ihrer Lage gewahr wurde.

Ihre geweiteten Augen – wie stahlblaue Murmeln in glänzendem Weiß – erfassten den Schatten, nicht mehr als eine schwarze, stumme Gestalt auf ihrem Bett. Unter der Maske breitete sich ein Lächeln auf seinem Gesicht aus.

Der Knebel erstickte die Worte der Blonden Frau. Ihre Schreie. So drangen sie nicht über die Wände des Zimmers hinaus.

Der Schatten sah dem verzweifelten Zappeln und Kämpfen der Frau zu, bis ihre Bewegungen erlahmten. Bis sie begriffen hatte, dass sie ihren Fesseln nicht entkommen konnte. Bis sie begriffen hatte, dass sie jetzt bezahlen würde für ihre Taten, ihre Falschheit.

Alle verstanden irgendwann, dass der Schatten die verdiente Strafe über sie brachte.

Die gedämpften Schreie der Blonden Frau verebbten in einem hilflosen Stöhnen. Als sie ihn dann anblickte, sah er endlich die Angst in ihren tränenden Augen. Darauf hatte er gewartet. Er hielt ihren Blick fest.

Sie würde nicht für lange still bleiben.

Der Schatten wählte als Erstes den silbernen Vibrator aus.

Was ich bisher gelesen hatte, verursachte einen dicken Kloß in meiner Kehle. Was danach kam, ließ einen eisigen Schauer mein Rückgrat entlanglaufen.

- 31 -

Roland las eine halbe Minute länger mit fest zusammengepressten Lippen, ehe er das Notizbuch in seinen Händen zuschlug. Unsere Blicke begegneten sich.

»Was für ein krankes Arschloch«, stieß er hervor.

Ich konnte ihm nur beipflichten. »Der Gedanke kam mir auch.«

»Hältst du das für echt?«

»Ich finde, es klingt ziemlich authentisch. Aber das beweist leider noch gar nichts.«

»Du klingst zerknirscht.«

»Bin ich auch.« Ich stellte den Band zurück an seinen Platz.

»Zumindest ist seine Buchführung sehr ordentlich«, bemerkte Roland nicht ohne Sarkasmus.

»Vielleicht hilft uns das ja weiter«, sagte ich und nahm mir den Aktenordner vor, der im unteren Fach lag. Ich legte ihn auf die Schreibfläche und schlug ihn auf. Er war knapp zu einem Drittel gefüllt mit Zeitungsausschnitten, die säuberlich auf weiße A4-Seiten aufgeklebt waren.

»Hol mich der Teufel«, murmelte Roland über meine Schulter hinweg.

Der oberste Artikel, zweispaltig mit je zehn Zeilen, war etwas älter als vier Monate und stammte aus der Berliner Zeitung. Die Schlagzeile lautete: ›Überfall in Wedding – weiterhin keine Spuren‹. Und auf der nächsten Seite, diesmal ein Ausschnitt aus dem Kurier: ›Überfall bleibt ungeklärt‹. Ich blätterte weiter und fand einen größeren Artikel aus der BZ: ›Frau in Wedding überfallen‹.

»Hör dir das an, Mann«, sagte ich und las halblaut vor: »Eine 21-jährige Frau wurde in der Nacht von Freitag auf Samstag in ihrer Wohnung in Wedding Opfer eines brutalen Überfalls. Ein oder mehrere noch unbekannte Täter drangen unbemerkt in die Wohnung ein, wo sie das Opfer überwältigten, fesselten und mehrere Stunden lang gefangen hielten. Die Ermittlungsbehörden waren nicht bereit, weiterführende Informationen preiszugeben. Es hieß jedoch, dass von einem Sexualdelikt ausgegangen werde. Eine mögliche Verbindung zu ähnlichen Straftaten in Charlottenburg und Kreuzberg werde von der Polizei zu diesem Zeitpunkt ausgeschlossen.«

Ich brach ab, richtete mich auf und versuchte, die Gefühle zu deuten, die in mir gerade Karussell fuhren. Roland, der unmittelbar neben mir stand, sog scharf die Luft ein.

»Denkst du, was ich denke?«, fragte er und machte eine ausladende Geste in Richtung der Sammlung in Wittes Schrank. »Über wie viele Fälle reden wir hier? Das könnten Dutzende sein.«

»Das ist mir klar.«

»Und dein Schützling ist die Nächste auf Wittes Liste.«

»Ist mir auch klar.«

»Was tun wir also?«

»Darüber denke ich gerade nach.«

Ich spürte Rolands Blick auf mir, begleitet von einem argwöhnischen Stirnrunzeln. »Wir haben hier mehr Material, als wir brauchen, um den Typen dranzukriegen. Was stört dich also?«

»Dass wir keine richtigen Beweise gefunden haben. Ich hätte damit gerechnet, dass wir irgendwelche Fundstücke entdecken. Souvenirs. Erinnerungen an seine Opfer, abseits von Tagebüchern oder nichtssagenden Zeitungsartikeln. Einbruchswerkzeuge. Klebeband. Irgendetwas, das Witte nicht einfach als Fantasie abtun kann, wenn die Polizei ihn befragt.«

»Vielleicht hat er das Zeug bei sich. Oder er hat es außerhalb der Wohnung versteckt.«

»So muss es wohl sein.«

»Das heißt, wir brauchen ihn nur zu beobachten, und früher oder später wird er uns seine Geheimnisse zeigen.«

»Und wie sollen wir das zu zweit hinkriegen? Oder für wie lange?«

Er hob die breiten Schultern. »Okay. Dann nehmen wir also dieses ganze Zeug hier mit, schleppen es zur Polizei und hoffen, dass die etwas draus machen?«

Ich schüttelte den Kopf. »Das können wir nicht. Selbst wenn wir hier echtes Beweismaterial hätten, wir hätten es illegal beschafft. Außerdem wüsste Witte sofort, dass wir hier waren und hinter ihm her sind, wenn etwas fehlt.«

»Soll er doch. Vielleicht macht er dann einen Rückzieher.«

»Glaubst du das? Bei dem, was wir hier gefunden haben?«

»Nö, eher nicht«, gab Roland zu. »Anderer Vorschlag: Wir warten hier auf ihn und nehmen ihn uns vor, wenn er auftaucht.«

Ich war fast sicher, dass er seine Idee ernst meinte. Und auch ich fand sie verlockend. Dennoch schüttelte ich den Kopf. »Wir müssen eine bessere Lösung finden, um den Dreckskerl aufzuhalten.«

»Und das wäre?«

»Erst mal mache ich noch eine Menge mehr Fotos«, sagte ich. »Und dann sehen wir, was wir vielleicht noch finden.«

»Ich hab versucht Sie anzurufen«, sagte Martin Buchheister tadelnd zur Begrüßung, als wir sein Büro betraten.

»Ist etwas mit Zahra?«, fragte ich sofort. »Mein Handy steht auf lautlos.«

Buchheister schüttelte den Kopf. Dann richtete sein Blick sich auf den hinter mir hereinkommenden Roland. Ich stellte die beiden Männer einander vor.

»Ebenfalls Ex-KSK, nehme ich an?«

Roland nickte.

Seufzend wandte Buchheister sich wieder mir zu.

»Ich hatte einen interessanten Anruf«, sagte er. »Von einem Herrn Wiedberg, Referatsleiter beim Verfassungsschutz. Er berichtete mir, dass Sie zwei seiner Mitarbeiter tätlich angegriffen hätten.«

Ich seufzte ebenfalls, war mir allerdings sicher, dass Buchheister auf meiner Seite stand. »Naja, der Zweite stand dummerweise neben der Autotür, als sie sich öffnete. Und beim Ersten wusste ich noch nicht, wer und was mich erwartete.«

»Geschenkt«, meinte er. »Wir hatten ein professionelles, freundlich-kooperatives Gespräch. Ich habe ihm erklärt, dass Frau Ghani im Moment einen Personenschützer an ihrer Seite hat und dass dieser nur seinen Job erledigt hat. Die Gründe dafür habe ich ihm nicht näher erläutert. Wiedberg bestätigte mir, dass es bei der Verfassungsschutzoperation um die Suche nach Hamid Azizi geht – alias Aref

Almasri, wie wir wissen. Er wollte natürlich nicht ins Detail gehen, machte mir aber deutlich, dass der Verfassungsschutz diese Sache extrem ernst nimmt.«

»Gut zu wissen«, sagte ich. »Das tun wir auch.«

»Das sollten wir. Die Behörden gehen davon aus, dass dieser Almasri beziehungsweise Azizi einen Anschlag planen könnte. Die Suche nach ihm hat absoluten Vorrang.«

»Das bedeutet aber, dass wir uns wahrscheinlich ins Gehege kommen werden«, warf ich ein.

Buchheister schüttelte den Kopf. »Almasri hat auch für uns Vorrang. Wir werden uns von jetzt an ganz streng im Hintergrund halten. Mirko Witte spielt im Moment keine Rolle mehr.«

Er runzelte die Stirn, als er den Ausdruck auf meinem Gesicht sah.

Ich sagte: »Wir haben neue Informationen.«

Die Reaktion, die ich von Martin Buchheister erwartet hatte, als ich ihm von Rolands und meinem Exkurs in Mirko Wittes Wohnung berichtete, blieb nicht aus: Er explodierte. Ich ließ seinen Sermon über mich ergehen, denn schließlich kannte ich jedes der Argumente bereits.

Roland schwieg mit einem Ausdruck bemerkenswerter Gleichgültigkeit im Gesicht.

Als Buchheister geendet hatte, kam ich an die Reihe und präsentierte ihm an seinem Rechner über fünfhundert Fotos aus Mirko Wittes Wohnung. Mein Chef nahm sich eine halbe Stunde Zeit, um die Galerie in Auszügen zu studieren, während wir in den kleinen Lounge-Sesseln vor seinem Schreibtisch warteten.

Roland hatte sich weit zurückgelehnt, die ausgestreckten Beine übereinandergeschlagen und die Arme vor der massigen Brust verschränkt. Er sah aus, als schliefe er jeden Augenblick ein. Aber ich wusste, dass er hellwach war.

Schließlich lehnte Buchheister sich zurück und fuhr seufzend mit beiden Händen durch sein Haar.

»Schöne Scheiße«, sagte er.

Ich deutete auf seinen Monitor. »Können wir mit dem da zur Polizei gehen?«

»Das werden wir tun müssen. Uns bleibt gar keine andere Wahl. Auch wenn wir nichts davon als Beweise nutzen können – wenn es wirklich eine Serie von ungeklärten Überfällen auf Frauen gibt, wird man eine Ermittlungsgruppe eingerichtet haben. Vermutlich sogar beim LKA.«

»Haben Sie da irgendwelche Kontakte?«

- 33 -

Buchheister telefonierte eine Weile herum und mit vier verschiedenen Leuten, ehe er an eine Dienststelle des Landes-
kriminalamtes verwiesen wurde. Er sprach fünf Minuten
lang mit einem dortigen Beamten und schilderte ihm in
groben Zügen den Fall und unseren Verdacht.

Noch während er zuhörte, reckte er den Daumen in die
Höhe.

Eine halbe Stunde später betraten er und ich das LKA-
Dienstgebäude in der Keithstraße. Wir meldeten uns an und
erhielten Besucherausweise. Anschließend warteten wir
weitere zehn Minuten, bis ein Mann im Anzug mit gelocker-
ter Krawatte und eine Frau im dunkelblauen Kostüm uns
abholten. Beide hatten eine sportliche Erscheinung, ihr
Alter schätzte ich auf Ende beziehungsweise Anfang dreißig.

Sie stellten sich als Hauptkommissar Bremer und Oberkommissarin Tietz vor. Bremer war dunkelhaarig und trug
einen kurzrasierten Schnauzbart. Er hatte die schlanke
Statur eines Langstreckenläufers. Tietz war einen Kopf kleiner als ihr Kollege und trug die dunkelblonden Haare straff
zu einem Pferdeschwanz zusammengebunden. Ihre Augen
leuchteten in einem auffällig hellen Blau.

Mich erinnerte das Duo frappierend an die FBI-Agenten
Mulder und Scully aus der alten Fernsehserie ›Akte X‹.
Allerdings vermied ich, dies anzusprechen.

Nach einem eher reservierten Empfang geleiteten uns
Bremer und Tietz in ein kleines Besprechungszimmer, wo

wir uns um einen Tisch gruppierten. Martin Buchheister legte seinen Laptop darauf und rief den Ordner mit den Bilddateien auf.

»Wir können Ihnen leider nur einen Bruchteil der Aufzeichnungen vorlegen, die der Verdächtige angelegt hat«, erklärte Buchheister den Polizisten. »Aber vielleicht finden Sie darunter etwas, das Ihnen weiterhilft.« Er drehte den Laptop zu den Beamten.

Bremer übernahm die Initiative und scrollte langsam durch die ersten Dokumente. Tietz saß dicht neben ihm und studierte den Text auf dem Bildschirm.

»Liest sich wie eine Art Tagebuch«, stellte er fest.

»Jaja, aber ... Es fällt nicht ein einziger Name. Er schreibt nur von einer ›blonden Frau‹. Was soll uns das bringen?«

»Guck hier. Hier beschreibt er sie immerhin. Jung, sportlich. Trägt Tangaslips«, fügte Bremer mit einem Achselzucken hinzu.

»Toll, das hilft uns wirklich weiter«, spottete Tietz.

»Es wird noch interessanter«, sagte ich.

In den nächsten Minuten lasen die beiden Kriminalbeamten schweigend und zunehmend gebannt, wie ich ihren angespannter werdenden Mienen entnehmen konnte. Zwischendurch wechselten sie kurze Blicke. Als sie am Ende der Aufzeichnung angelangt waren, war Bremers Gesicht versteinert.

»Oh mein Gott«, raunte Tietz in sein Ohr. »Das könnte Täterwissen sein.«

Bremer nickte, ohne den Blick von Buchheister und mir abzuwenden. »Da hast du recht, das könnte es. Was Sie da mitgebracht haben, ist wirklich sehr interessant«, sagte er lauter und an uns gewandt. »Und wir haben hier ja gerade nur an der Oberfläche gekratzt. Ich hätte gerne Kopien von diesen Dateien.«

Martin Buchheister griff in seine Jackentasche und schob einen kleinen USB-Stick über den Tisch. »Können Sie behalten. Wir haben noch mehr davon.«

»Könnte es der Mann sein, den Sie suchen?«, fragte ich.

»Der Schatten?«, sagte Tietz und hob vage die Schultern. »Oder ein Kerl mit ziemlich vielen kranken Fantasien im Kopf.«

»Das eine schließt das andere ja nicht aus«, entgegnete ich.

»Einige der Details schienen Ihnen bekannt vorzukommen«, warf Buchheister ein. »Stichwort Täterwissen.«

»Das stimmt«, sagte Bremer. Er tauschte einen langen Blick mit Tietz aus, die schließlich kaum sichtbar nickte. Dann sah er wieder uns an. »Kommen Sie mit. Wir wollen Ihnen etwas zeigen.«

Bremer und Tietz führten uns eine Etage höher in einen länglichen Büroraum, in dem mehrere Schreibtische zu drei Inseln zusammengeschoben worden waren. An der vordersten Tischgruppe hockte ein junger Beamter vor einem Computer und ließ sich von unserem Hereinkommen nicht irritieren.

Wir liefen zu den hintersten Arbeitsplätzen. Die Wand daneben war mit Aktenregalen verbaut, gleichsam der Meter unterhalb der Fensterbänke. Auf den Arbeitsflächen stapelten sich Papiere und Mappen.

»Eins schicke ich noch voraus«, sagte Bremer. »Sie bekommen das nur zu sehen, weil Sie ehemaliger Kollege sind, Herr Buchheister.« Er wandte sich an mich. »Und von Ihnen erwarte ich selbstverständlich Stillschweigen, Herr

Keller. Nichts davon ist bisher an die Öffentlichkeit gelangt und so soll es auch bleiben. Verstehen wir uns?«

Ich nickte.

Bremer deutete auf eines der mit Aktenordnern gefüllten Regalborde. »Das sind die gesammelten Fälle, die in das Profil passen würden: Überfälle auf junge Frauen in deren Wohnungen, unbekannter Täter, unbekannte Zugangsweise, sexuelle Misshandlungen unterschiedlicher Schweregrade.«

»Wie viele sind das?«, fragte Buchheister mit belegter Stimme.

Tietz antwortete. »Verzeichnet sind vierzehn. Aber es könnten natürlich mehr sein.«

»Seit wann arbeiten Sie an diesen Fällen?«, fragte ich.

»Arbeiten?«, grunzte die Oberkommissarin. »Niemand arbeitet daran, weil es einfach keine Spuren gibt. Der letzte Überfall liegt sieben oder acht Monate zurück. Die Ermittlungen wurden auf Eis gelegt.«

»Diese vierzehn Fälle, wie lange reichen die zurück?«, fragte ich.

»Der älteste stammt von 2016. Aber es ist kompliziert«, erklärte Tietz. »Gesammelt werden die Fälle hier nämlich erst seit 2019.«

»Warum ist das so?«, fragte Buchheister.

»2019 fielen einem Kripobeamten in Mitte zwei Akten in die Hände, die auffällige Parallelen aufwiesen. Als er bei den anderen Direktionen nachfragte, stellte sich heraus, dass es ähnliche Fälle über mehrere Jahre in ganz Berlin gegeben hatte. So kam das LKA ins Spiel. Im Speziellen unser Vorgänger. Er trug diese Akten zusammen.«

»Und bei der Rückwärtssuche wurde er bis 2016 fündig«, schlussfolgerte Buchheister.

»Genau«, bestätigte Bremer. »Alle ungelösten Fälle mit dem genannten Szenario. Aber leider war das LKA auch nicht erfolgreicher oder glücklicher als die Kollegen der Kripo. Und so haben wir diese Fallsammlung vor zwei Jahren quasi geerbt.«

»Sie sollten weitersuchen«, sagte ich. »Die Aufzeichnungen unseres Mannes reichen mindestens bis 2014 zurück.«

»Na toll«, stieß Tietz ohne großen Enthusiasmus hervor.

Ich setzte bereits zu einer Entgegnung an, aber Martin Buchheister kam mir zuvor.

»Worüber beklagen Sie sich, Frau Tietz? Sie sagten eben selbst, dass Sie bisher keine Hinweise auf den Täter hätten. Wir liefern Ihnen welche. Vielleicht können Sie diesen Kerl damit endlich dingfest machen.«

Die Oberkommissarin winkte ab.

»Diese Fälle haben im Moment nicht unsere oberste Priorität«, erklärte ihr Kollege, klang dabei aber eher defensiv.

»Nicht Ihre oberste Priorität?«, entfuhr es mir so scharf, dass auch der Beamte am anderen Ende des Raumes kurz von seiner Arbeit aufsah. Bremer und Tietz legten eine Gleichgültigkeit an den Tag, die fast an Arroganz grenzte und bohrenden Ärger in mir auflodern ließ. »Ich habe gelesen, was dieses Schwein zwei der Frauen angetan hat. Und sie haben hier die Geschichten von vierzehn Frauen im Regal stehen. Vielleicht sollten Sie mal wieder in Ihre Akten gucken oder mit den Opfern sprechen, damit Sie verstehen, worum es geht!«

Martin Buchheister fasste mich sachte am Unterarm, um mich zu bremsen.

»Ihre schlauen Sprüche können Sie sich sparen, Herr Keller!«, gab Tietz zurück. Ihre hellblauen Augen versprühten arktische Kälte. »Auf unseren Schreibtischen liegt nämlich ein halbes Dutzend anderer Geschichten, die wir aktuell zu bearbeiten haben. Und Sie können mir glauben, dass es dabei nicht um banale Taschendiebstähle geht.«

»Wir sollten uns alle wieder beruhigen«, sagte Buchheister mit seinem dunklen Timbre und trat einen Schritt zwischen uns. »Wir stehen alle auf derselben Seite, und das sollten wir nicht vergessen.«

Die Oberkommissarin erwiderte seinen Blick eine Zeit lang, dann sah sie zu Bremer und entspannte sich schließlich.

»Sie haben recht, Herr Buchheister. Es tut mir leid.« Sie wischte sich mit dem Handrücken über die Stirn.

»Hat sich offenbar nicht viel verändert, seit ich die Kripo vor ein paar Jahren verlassen habe«, sagte Buchheister und produzierte ein Grinsen, das die Atmosphäre ein wenig aufzulockern half. »Immer noch sind alle chronisch überarbeitet.«

»Dresden, richtig?«, fragte Bremer.

Buchheister nickte.

»Es hat sich nichts geändert«, sagte Bremer. »Im Gegenteil. Es ist schlimmer geworden.«

Aus den Aufzeichnungen des Schattens

Etwas stimmte nicht.

Etwas war nicht so wie gewöhnlich.

Das spürte der Schatten unmittelbar, als er in seine Wohnung zurückkehrte.

Den Arbeitstag hatte er mit geringer Konzentration und ausreichendem Engagement hinter sich gebracht. Seinem Kollegen, dem einfältigen Benjamin, und seinem Chef gegenüber hatte er bereits durchblicken lassen, dass er sich nicht wohl fühlte. So würde es niemanden verwundern, wenn er sich an den kommenden Tagen krank meldete.

Er hatte eine Menge zu tun und benötigte dafür Zeit.

Den ganzen Tag über hatte er an Yasmin denken müssen.

Ein warmes, erregendes Gefühl.

Aber das Gefühl, das ihn erfasste, als er die Wohnungstür hinter sich geschlossen hatte und in der Stille stand, katapultierte ihn aus seiner Gedankenwelt. Es war ihm nicht nur fremd, es war ausgesprochen irritierend.

Die Integrität seines Zuhauses war beschädigt worden.

Das spürte er nicht nur – nein, er wusste es.

Jemand Fremdes war hier gewesen.

Eine faszinierende Erfahrung, war er es doch sonst selbst, der den Behausungen anderer Menschen geheime Besuche abstattete.

So wie in der Nacht in Yasmins Wohnung.

Und am Morgen ein weiteres Mal, nachdem Yasmin und ihr Begleiter fort waren. Der Schatten hatte sich nur ein paar Minuten erlaubt, die Zeit aber sinnvoll genutzt. Er hatte nach der Restwärme in Yasmins Bett getastet. Hatte den feuchten, seifigen Duft ihrer Duschcreme eingeatmet. Einen Spritzer ihres Parfüms zerstäubt und damit seine Erinnerungen aufgefrischt.

Aber die angenehmen Erlebnisse waren in diesem Moment zunichtegemacht.

Der Schatten konnte nicht benennen, welches Detail seine Aufmerksamkeit geweckt hatte. Ein minimales Haken des Schlüssels im Türschloss? Der Anflug eines fremden Geruches in der Luft?

Eine schnelle Übersicht zeigte ihm, dass in der Wohnung selbst nichts verändert worden war. Jedes Teil stand oder lag an seinem Platz.

Nein, nicht jedes Teil.

Der Schatten erkannte es in der Sekunde, als er den Schrein öffnete: Das erste seiner Tagebücher fehlte.

Einen Moment lang zögerte er. Hatte er das Journal vielleicht selbst mitgenommen, um seine Erinnerungen aufzufrischen? Seine Gedanken zu ordnen? Seine Pläne für Yasmin weiter auszuarbeiten?

Aber dann verstand der Schatten, was geschehen war, und eine bohrende Hitze ergriff von ihm Besitz. *Er* war hier gewesen. Der Mann. Yasmins Beschützer.

Niemand anderes hätte es gewagt.

Sollte er das Tagebuch tatsächlich an sich genommen und es gelesen haben, war das Geheimnis in Gefahr.

Eine andere Emotion wallte in dem Schatten auf: Zorn.

Er hatte kein Recht, den Schatten zu bestehlen.

Dafür würde er büßen müssen.

»Wie kommt es, dass Sie trotz der vierzehn Opfer keine Hinweise auf einen möglichen Täter haben?«

»Tja, Kollege Buchheister«, antwortete Tietz. »Das ist relativ einfach zu beantworten: Der Täter hinterlässt keine Spuren.«

»Es gibt wirklich gar nichts?«

»Er ist leider sehr vorsichtig. Oder sehr gut, wenn man so will. Den meisten der Frauen wurden die Augen verbunden, daher existieren kaum Beschreibungen vom Täter. Wir wissen, er ist stets maskiert, ganz in Schwarz gekleidet. Das einzige, was er zurücklässt – die Fesseln – sind entweder handelsübliche Kabelbinder oder Seile, die es in jedem Baumarkt zu kaufen gibt.«

»Nach Fingerabdrücken frage ich am besten gar nicht erst, was? Und DNA?«

Die beiden Kriminalbeamten schüttelten unisono die Köpfe. »Keine Haare, keine Haut, keine Spuren von Blut, Speichel oder Sperma«, erklärte Tietz. »Die Opfer wurden stets kampflos überwältigt – mit einem Elektroschocker. Und auch wenn viele der Misshandlungen sexuellen Charakter haben, so kam es doch nie zum klassischen Geschlechtsverkehr.«

»Wir wissen nicht einmal genau, wie er in die Wohnungen eindringt«, ergänzte Bremer hörbar frustriert. »Er kommt, macht sein Ding und verschwindet wieder. Vereinzelt bestand sogar der Verdacht, der Kerl könnte sich länger in der Wohnung eines Opfers aufgehalten haben.«

»Wie ein Schatten«, hörte ich mich sagen, was die Blicke der drei anderen auf mich zog. Ich erinnerte mich an einen Passus aus den Notizen des Schattens. »Er folgt seinen Regeln. Er hat es aufgeschrieben. ›Hinterlasse niemals Spuren.‹ Das scheint ihm ja zu gelingen.«

»Ziemlich gut sogar.« Hauptkommissar Bremer zuckte die Achseln. »Also. Wir gehen davon aus, dass der Täter männlich ist, Alter zwischen zwanzig und vierzig Jahren. Größe wahrscheinlich zwischen einem Meter siebzig und einem Meter neunzig. Durchschnittlicher Körperbau.« Er bemerkte, dass Martin Buchheister und ich einen schnellen Blick wechselten. »Ich weiß, was Sie denken, und es ist richtig: Wir haben nicht viel.«

»Praktisch gar nichts«, resümierte Buchheister. »Aber möglicherweise haben wir das passende Puzzleteil mitgebracht. Mirko Witte fällt exakt in Ihr Profil, so vage es auch sein mag.«

»Und er arbeitet zeitweise bei einem Schlüsseldienst«, fügte ich hinzu. »Vielleicht erklärt das ja, wie er unbemerkt in die Wohnungen seiner Opfer gelangt.«

»Vielleicht«, sagte Tietz. »Leider scheint er genau diese Details in seinen Tagebüchern aber nicht zu beschreiben, oder?«

»Das stimmt. Zumindest für die Teile der Tagebücher, die ich gelesen habe«, sagte ich.

»Und er schreibt auch nichts darüber, wie genau er seine Opfer überwältigt?«

Ich schüttelte den Kopf.

»Schade«, sagte sie. »*Das* wäre wirklich interessantes Täterwissen.«

»Aber«, sagte Bremer, »Sie haben trotzdem unser Ohr, meine Herren.« Er zog zwei zusätzliche Stühle heran und machte eine einladende Bewegung. »Also, dann setzen Sie sich mal und erzählen uns alles, was Sie über diesen Mirko Witte wissen.«

Das taten wir.

Als wir geendet hatten, wechselte Bremer mit hochgezogenen Brauen einen Blick mit seiner Kollegin.

»Es ist wirklich beeindruckend, was Sie da zusammengetragen haben«, sagte Tietz an uns gewandt. »Einen entscheidenden Punkt haben Sie bisher allerdings übersehen.«

»Und der wäre?«, fragte Martin Buchheister.

»Sie haben – ganz offensichtlich – ein Problem mit einem Stalker. Die Frauen in unseren Fällen, die vierzehn Opfer, haben nie von einem Stalker berichtet. Keine von ihnen. Für alle kamen die Überfälle aus heiterem Himmel. Ohne jegliche Vorwarnung.«

Buchheister dachte kurz über den Einwand nach. Dann hob er die Schultern. »Vielleicht lohnt es sich, die Opfer noch einmal zu befragen. So oder so kann Witte sein Vorgehen geändert haben.«

Tietz lehnte sich zurück und faltete die Hände. Sie schien trotz der Fülle an Informationen nicht überzeugt.

»Was geschieht jetzt?«, fragte ich, meiner Neugier und laienhaften Naivität erliegend. »Werden Sie Witte festnehmen?«

Bremer schmunzelte kopfschüttelnd. »So einfach ist das leider nicht, Herr Keller. Sie haben uns einen Tipp gegeben, uns einen Namen genannt. Damit besteht zwar ein Verdacht, aber bisher haben wir keine Indizien – geschweige denn Beweise –, dass Witte irgendeine Straftat begangen hat.«

Ich glaubte, mich verhört zu haben, und das las Bremer wohl in meinem Blick.

»Die Fotos von Wittes privaten Aufzeichnungen? Und seinen Sammelordnern? Davon abgesehen, dass Sie einfach behaupten könnten, dass sie Witte gehören – woher haben Sie die noch gleich?«

Martin Buchheister sprang mir zur Seite. »Das wollen Sie lieber nicht wissen, Herr Bremer.«

»Das habe ich mir gedacht«, sagte der.

Ich spürte erneut Ärger in mir aufwallen. »Was soll das jetzt heißen? Dass Sie die Hinweise ignorieren?«

»Nein, das heißt es nicht«, entgegnete der Hauptkommissar scharf. »Wir werden dem Verdacht selbstverständlich nachgehen. Aber falls Witte tatsächlich der Mann ist, den wir suchen, werden wir handfeste Beweise ermitteln müssen.« Er sah Buchheister an. »Sie wissen, wie so etwas läuft.«

Mein Chef nickte verständnisvoll.

»Der Kerl darf also weiter herumlaufen und sich auf sein nächstes Opfer vorbereiten?«, sagte ich bitter.

»Wenn sie das wünscht, könnten wir Ihrer Mitarbeiterin natürlich Schutz anbieten.«

»Vielen Dank, Herr Kommissar«, sagte ich. Aber ich dachte nicht daran, das Angebot anzunehmen.

- 36 -

Ich fand Zahra Ghani tief über ihren Schreibtisch gebeugt, angeregt diskutierend in einer Videokonferenz. Sie schreckte kurz hoch, als sie mich in der Tür bemerkte, entspannte sich wieder und winkte mich hinein. Ich blieb in der Türöffnung stehen. Der Korridor hinter mir lag in halbdunkler Leere, die anderen Bürotüren waren geschlossen. Ein unbestimmtes Gefühl der Bedrohung überkam mich plötzlich, schlich sich mein Rückgrat empor und in meinen Kopf. Ich wusste, dass es irrational war, und brauchte dennoch eine halbe Ewigkeit, um es zu verdrängen – aber es gelang.

Ich trug ein Clipholster mit einer geladenen Glock 17 der vierten Generation am Hosenbund hinter meiner rechten Hüfte, notdürftig vom T-Shirt verborgen. Martin Buchheister hatte vorgeschlagen, dass ich eine Dienstwaffe tragen sollte. Obwohl mir der Gedanke widerstrebte, hatte ich eingewilligt, um meinen Widerwillen nicht rechtfertigen zu müssen. Buchheister sorgte sich in erster Linie um Aref Almasri und die Gefahr, die er für Zahra Ghani darstellen könnte. Ich ging hingegen davon aus, dass, wenn Almasri tatsächlich auf der Bildfläche erschien, der Verfassungsschutz und die Polizei längst auf ihn warteten. Wahrscheinlich war Buchheisters Vorschlag trotzdem klug.

Meine Sorge galt – eher ein Bauchgefühl – Mirko Witte, der sich selbst »Der Schatten« nannte. Er schien so greifbar wie Nebel zu sein. Bremer und Tietz hatten immerhin zugesagt, alle Dateien zu sichten, die wir ihnen überlassen hatten. Der Abgleich mit den ungelösten Fällen würde allerdings einiges an Zeit oder Personal erfordern – und über beides verfügten die Beamten nicht ausreichend. Dessen ungeachtet wollten sie aufgrund des gegebenen Verdachtes eine Personenüberprüfung von Mirko Witte veranlassen. Es blieb also ein Quäntchen Hoffnung, dass bei dieser Gelegenheit etwas auffiel oder dass Witte plötzlich so verunsichert war, dass er sich verriet oder gar gleich ein Geständnis ablegte.

Aber ob dergleichen geschehen würde?

Ich wartete fast zehn Minuten, ehe Zahra sich von den anderen Teilnehmern der Videokonferenz verabschiedete und diese beendete. Seufzend setzte sie ihr Headset ab und sah zu mir auf, als ich durch die Tür trat.

»Sie sind spät dran«, stellte ich fest. »Es ist fast sieben Uhr.«

»Ja, es gab noch so viel zu regeln für unsere Spendengala morgen Abend.« Sie rollte mit ihrem Stuhl zurück und pustete eine Lunge voll Luft aus. »Aber jetzt sollte alles geklärt sein.«

»Na dann begleite ich Sie nach Hause.«

»Wo ist denn Ihr Freund?«

»Ebenfalls auf dem Weg nach Hause.« Immerhin hatte Roland bis zu meiner Rückkehr die Stellung gehalten. Dank seines Einsatzes konnte ich sicher sein, dass Mirko Witte nicht aufgetaucht war. Und auch kein Observationsteam des Verfassungsschutzes. Ich vermutete, dass eines Zahras Wohnung beobachtete.

Die junge Frau nahm ihre Umhängetasche, klaubte ihre Notizen zusammen und ihr Handy, das rechter Hand neben dem Computerbildschirm lag. Und dann, mit kurzem Zögern, ein zweites Handy. Alles verschwand in den Tiefen der Tasche. Noch ein kurzer Rundblick, dann sah sie mich an.

»Wir können.«

Wir liefen gemeinsam in die bewachte Tiefgarage, wo mein Wagen wartete. Als wir die Rampe hoch ins Freie fuhren, hatte die Sonne sich bereits hinter die Stadt gesenkt und die Abenddämmerung eingeläutet. Die Außentemperaturen lagen immer noch bei fünfundzwanzig Grad. Ich behielt Rück- und Außenspiegel im Auge, entdeckte aber kein anderes Fahrzeug, das uns folgte, als wir den Dunstkreis der Vendorff-Richter-Zentrale verließen. Während der Fahrt konzentrierte ich mich auf den Verkehr und etwaige Verfolger, konnte aber keine ausmachen.

Zahra Ghani brach das Schweigen: »Ich habe mich gefragt, wird Ihr Freund Roland für seine Zeit eigentlich bezahlt? Ich meine, er ist nicht bei Vendorff Richter angestellt.«

Ich schüttelte den Kopf. »Er will kein Geld.«

Sie sah mich fragend an.

»Lange Geschichte«, sagte ich achselzuckend. Roland hätte jede Form einer Entlohnung abgelehnt, und er konnte sich seinen Gleichmut leisten. Dank seines asketischen Lebenswandels würde er vom Erbe seiner Großtante geschätzte hundertzwanzig Jahre leben können. Inflationsbereinigt. Das zumindest hatte Stevie einmal ausgerechnet.

Die Fahrt in die Lübecker Straße verlief ohne Zwischenfälle. Ich fand im zweiten Versuch eine Parklücke auf der gegenüberliegenden Straßenseite von Zahras Wohnhaus. Wortlos stiegen wir aus und überquerten die Straße. Ich folgte Zahra bis in ihre Wohnung, wies sie an, in der Diele zu warten, und sicherte rasch die Zimmer, die Hand auf dem Griff der Pistole liegend. Die Luft in der Wohnung war von der Hitze des Tages aufgeheizt und stickig. Ich stellte jedes Fenster auf Kipp, öffnete jedoch keines ganz – das hätte etwaigen Beobachtern einen viel zu leichten Einblick ermöglicht. Auf mein Drängen hin sollte auch Zahra sich einen Eindruck von jedem der Räume verschaffen, aber nichts wies auf einen Eindringling hin.

»Ich sollte wohl besser die Tür abschließen, wenn Sie weg sind«, meinte sie und lächelte zaghaft.

»Ja, das sollten Sie tun.« Ich nickte ihr aufmunternd zu. »Ich hole Sie morgen früh wieder ab, in Ordnung?«

Sie nickte.

»Gute Nacht, Zahra«, sagte ich und wandte mich zum Gehen.

Da klingelte es gedämpft aus dem Inneren von Zahra Ghanis Umhängetasche.

Ihre Augen weiteten sich leicht.

Es war nicht die Melodie ihres Handys, die einen Anruf signalisierte, sondern ein schriller elektronischer Sirenenton, der sich im Abstand weniger Sekunden wiederholte.

»Wollen Sie nicht rangehen, Zahra?«

Ihre Hände bebten, als sie die Umhängetasche öffnete, und zitterten, als sie das läutende und vibrierende zweite Mobiltelefon hervorholte. Sie sah das Gerät in ihrer ausgestreckten Hand an, als hätte sie es noch nie zuvor gesehen.

Etwas stimmte nicht.

»Was ist mit dem Handy, Zahra?«, fragte ich.

Als sie nicht gleich antwortete, bugsierte ich sie ein paar Schritte rückwärts ins Wohnzimmer, so dass sie sich auf ihre Couch setzen konnte. Sie ließ es geschehen, war nicht völlig paralysiert. Ich legte das Handy, ein einfaches, älteres Samsung-Modell mit Gebrauchsspuren, neben uns auf den niedrigen Tisch und hockte mich vor sie hin.

»Zahra«, sagte ich eindringlich. »Was ist das für ein Handy?«

»Es ... Es kam heute ins Büro ... Mit einer Postsendung ...«

»Ohne Absender?«, vermutete ich, und sie nickte eifrig. Spontan fielen mir zwei mögliche Personen ein, die der jungen Afghanin ein Handy schicken würden, um sie darüber zu kontaktieren. Die Anzeige im Display half nicht weiter. Dort leuchteten die Worte »Unbekannter Anrufer«, während das Gerät weiter klingelte.

»Wollen Sie nicht rangehen?«, fragte ich erneut.

Sie sah mich entgeistert an.

»Ich bin bei Ihnen, Zahra. Und es ist bloß ein Telefon. Wir können jederzeit auflegen.«

Sie hatte die Schultern zusammengezogen und die Hände mit verschränkten Fingern zwischen ihren Knien eingeklemmt. Ihre Augen fixierten das klingelnde Samsung.

»Nur so kriegen wir heraus, wer Ihnen das Handy geschickt hat«, insistierte ich. »Gehen Sie ran, Zahra! Sie schaffen das. Ich helfe Ihnen.«

Sie hob den Blick und ich nickte ihr aufmunternd zu.

»Okay«, hauchte sie und atmete tief ein. Ihr Finger schwebte ein paar Sekunden zögernd über dem grünen Feld auf dem Touchscreen. Dann tippte er es an, und die Anzeige änderte sich.

Mit einem zweiten Tippen aktivierte ich die Lautsprecherfunktion.

»Hallo?«, sagte Zahra mit dünner Stimme.

Für einen Moment war nur ein leises Rauschen zu vernehmen, ehe eine männliche Stimme schroff aus dem kleinen Lautsprecher erklang. Nicht die von Mirko Witte.

Zahra zuckte zurück, als ein wahres Trommelfeuer von Worten in Dari den Raum erfüllte. Und auch wenn ich ihre

Bedeutung nicht verstand, so konnte ich die Boshaftigkeit in ihnen doch nicht überhören. Zahra stammelte den Ansatz einer Entgegnung, aber der Anrufer schnitt ihr sofort das Wort ab.

»Almasri?«, fragte ich lautlos. Zahra nickte. Verzweiflung stand in ihre Augen geschrieben.

Ich sah auf das Handy hinab und widerstand dem Impuls, Almasri eine deftige Erwiderung entgegenzuschleudern. Was hätte das bewirkt? Außer ihn zu warnen, dass Zahra nicht allein war?

Ich legte den Finger auf das rote Tastenfeld und beendete das einseitige Telefonat.

- 37 -

Eine halbe Stunde später war Zahra Ghani im Schlafzimmer verschwunden. Der Drohanruf ihres Cousins hatte ihr nervlich ziemlich zugesetzt. Ein anderer Sinn hinter dem Anruf, außer sie einzuschüchtern, wollte mir auch nicht einleuchten. Allerdings ließ sie sich keine konkreten Äußerungen Almasris entlocken.

Zwar bezweifelte ich, dass er das Risiko eingehen würde, Zahra hier in ihrer Wohnung, auf ihm unbekanntem Terrain, anzugreifen, aber ich konnte nicht ausschließen, dass er die Wohnung observierte. So oder so: In dieser Situation hätte es mir widerstrebt, die junge Frau alleinzulassen. Auf Zahras Bitte hin hatte ich zugesagt, die Nacht über in der Wohnung zu verbringen.

Die Glock hatte ich im Holster auf den Couchtisch gelegt. Sollte Almasri wider Erwarten doch auftauchen, fühlte ich mich bereit.

Für Mirko Witte galt dasselbe.

Was Aref Almasri anging, konnte ich nichts anderes tun, als zu warten. In Wittes Fall verfügte ich über bedeutend mehr Informationen. Nun schwirrten mir zahlreiche Gedanken über den Stalker durch den Kopf, und ich verspürte den Drang, sie in eine gewisse Ordnung zu bringen. Warum ging Witte bei Zahra Ghani anders vor als bei seinen früheren Opfern? Soweit die LKA-Beamten uns in die Karten hatten schauen lassen, war keine der anderen Frauen wissentlich gestalkt worden. Er hatte sie aus dem

Verborgenen heraus beobachtet und studiert. Warum hatte er sich Zahra gegenüber zu erkennen gegeben? Die anderen Frauen hatte er ohne jede Vorwarnung in ihren Wohnungen überfallen, überwältigt und gequält. Hatte ihnen Schmerzen zugefügt, sie mit ihren eigenen Sexspielzeugen oder anderen Gegenständen malträtiert. Körperlich war keines der Opfer ernsthaft verletzt worden – umso dramatischer, nahm ich an, mussten die psychologischen Folgen für die Frauen sein.

Aus den Gesprächen mit Martin Buchheister erinnerte ich mich, was er über Stalking als dynamischen Prozess erzählt hatte. Und dass eine Entwicklung in einem Fall von Stalking häufig eine negative Richtung einschlug. Was mochte Witte mit Zahra Ghani planen? War es möglich, das Ausmaß an Sadismus und Hass noch zu steigern, das seine früheren Opfer erlebt hatten?

Die Worte, die Mirko Witte bei unserer Begegnung auf der Straße zu Zahra gesagt hatte, traten aus dem Hintergrundrauschen meiner Erinnerung hervor: »Hallo Yasmin! Wie geht es dir?«

Glaubte er etwa, Zahra zu kennen? Verwechselte er sie mit einer anderen Person? Falls ja, mit wem?

Wer war Yasmin?

Die Frage beschäftigte mich unterschwellig schon seit einigen Tagen, aber erst jetzt schob sie sich in den Vordergrund. Ich hegte die leise Hoffnung, in Wittes umfangreichen Aufzeichnungen eine Spur zu finden. Und die Hoffnung, den gesuchten Hinweis auf einem der Fotos zu entdecken, die ich in Wittes Wohnung aufgenommen hatte.

Zahra hatte mir ihr MacBook überlassen. Während die Dateien von dem USB-Stick, den ich noch immer bei mir trug, auf den Computer übertragen wurden, leerte ich eine

Flasche Mineralwasser und ging geräuschlos in die Küche, um mir eine neue zu holen.

Als ich ins Wohnzimmer zurückkehrte, kam mir ein weiteres Detail in den Sinn: der Mitschnitt des Telefonats von Aref Almasri, in welchem er Zahra als ›Unterstützerin unserer Sache‹ titulierte.

Kurz zögerte ich und lauschte in die Stille in der Wohnung hinein. Im Schlafzimmer war es ruhig. Ich vermutete, dass Zahra längst schlief.

Ihr Desktop lag offen vor meinen Augen. Ich öffnete das E-Mail-Programm, den Organizer, das Dateienverzeichnis. Nacheinander durchsuchte ich alles, screente durch Zahras Termine und Korrespondenz – auch die gelöschte – der vergangenen drei Monate. Vieles behandelte offenbar die Oromo Foundation, diverse Auslandseinsätze und die für den nächsten Abend geplante Gala. Kaum etwas erschien privater Natur. Nichts weckte meinen Argwohn. Nicht einmal etwas im virtuellen Papierkorb.

Andererseits war Zahra intelligent und konnte darauf geachtet haben, keine Spuren zu hinterlassen. Oder das MacBook war sauber, weil sie für konspirative Angelegenheiten ein anderes Gerät benutzte.

Ich stellte fest, dass inzwischen zwei Stunden vergangen waren, seufzte leise und trank noch mehr Wasser.

Dann öffnete ich den Ordner mit meinen Dateien und durchforstete die einzelnen Bilder in der Miniaturansicht, bis ich fand, womit ich meine Recherche beginnen wollte.

In dem Schrank in Mirko Wittes Wohnzimmer hatten wir im unteren Fach mehrere Sammelordner mit persönlichen Dokumenten gefunden, darunter Bewerbungsunterlagen, alte Schulzeugnisse, diverse Versicherungsdokumente, Geburtsurkunde, Rechnungen, Mietvertrag und dergleichen, sogar Arztberichte und Altenheimrechnungen von

Wittes Vater. Ich studierte das Abschlusszeugnis für die Mittlere Reife. Die Noten waren nicht außerordentlich, aber gewiss überdurchschnittlich. Witte hatte eine Gesamtschule besucht.

Auf halber Strecke durch die unsortierten Dokumente fand ich eine Abschlusszeitung des Jahrgangs 2012. Leider hatte ich nur das Titelblatt abgelichtet. Im Inneren des Journals würde ich gewiss eine Galerie der Schülerinnen und Schüler des gesamten Abschlussjahrgangs finden.

Ich folgte hier nur einer Eingebung und meinem Bauchgefühl. Aber beide sagten mir, dass ich einen Blick in Mirko Wittes Schulabschlusszeitung werfen sollte.

- 38 -

Aus den Aufzeichnungen des Schattens

Yasmin löschte das Licht in ihrem Schlafzimmer. Der Schatten wartete eine Minute ab und ließ das Fernglas dann sinken. Er legte es neben sich auf die nach Teer stinkende Dachpappe, die die Hitze des Tages abstrahlte. Der Schatten spürte sie durch die dünne Isomatte hindurch.

Er trank einen großen Schluck Wasser aus der Trinkblase in seinem Rucksack. Es war wichtig, den durchs Schwitzen bedingten Flüssigkeitsverlust regelmäßig auszugleichen.

Die Dämmerung breitete ihre Schwingen über die Dächer der Stadt aus. Bald wäre der Schatten, verborgen unter einer Decke aus einem großen Stück Malervlies, gänzlich unsichtbar. Nicht dass er erwartete, von irgendwem hier entdeckt zu werden. Sein Posten war perfekt ausgewählt. Das höchste Dach in der näheren Umgebung. Zu erreichen nur über eine Feuerleiter auf der Rückseite.

Über den Dachrand und quer über die Lübecker Straße hinweg hatte er einen idealen Blick auf – und in – die Fenster von Yasmins Zuhause. Auch in die anderen Wohnungen in dem Gebäude, aber diese interessierten ihn in keiner Weise.

Die beiden Männer in der dunklen Opel-Limousine, die unten in der Straße parkte, mussten sich mit weniger begnügen.

Der Schatten hatte sie auf dem Weg zu dem Hostel bemerkt, auf dessen Dach sein Beobachtungsposten lag.

Es waren nicht dieselben Männer wie in dem blauen BMW. Und auch nicht die beiden Männer, die Yasmin und ihren Beschützer auf der Straße konfrontiert hatten.

Yasmin schien genauso begehrt zu sein wie früher.

Der Beschützer hielt sich ebenfalls noch in der Wohnung auf. Aber er hatte das Schlafzimmer nicht betreten. Soweit der Schatten erkennen konnte – durch halb geschlossene Jalousien und die zarten Vorhangschals hinter den Fenstern – hielt er sich im Wohnzimmer auf.

Blieb die Frage, ob er die gesamte Nacht dort verbringen würde oder nicht. Der Schatten würde es früher oder später in Erfahrung bringen. Er konnte warten. Er verfügte über sehr viel Geduld.

Noch etwas anderes in Yasmins Umfeld hatte sich verändert, und es war dem Schatten nicht verborgen geblieben. Zum einen war sie nicht mit der U-Bahn nach Hause gefahren, sondern hatte sich von *ihm* bringen lassen. Zum anderen war in der Wohnung noch etwas vorgefallen. Was genau, hatte der Schatten nicht beobachten können, aber er hatte danach den Ausdruck auf Yasmins Gesicht gesehen, ehe sie die Vorhänge im Schlafzimmer zugezogen hatte. Er hatte Besorgnis darin erkannt, Verwirrung und – Angst.

Hatte Yasmins Reaktion mit dem Schatten zu tun?

Kannte ihr Beschützer sein Geheimnis aus dem ersten Buch der Aufzeichnungen?

Hatte er es mit Yasmin geteilt?

Eine Vorstellung voller Ironie, fand der Schatten, sollte sich Yasmin an ihr gemeinsames Geheimnis erinnern. Und zugleich überaus paradox.

Die Vergangenheit war aus der Not und dem Affekt heraus geboren worden.

Für die Zukunft plante der Schatten im Voraus. Und die Welt war erfüllt von neuen Ideen und Impulsen, von denen er sich inspirieren lassen konnte.

Nach einer kurzen Nacht lieferte ich Zahra Ghani in ihrem Büro ab, wo ihre Kolleginnen und Kollegen der Oromo Foundation eifrig mit den letzten Vorbereitungen für die abendliche Spendengala beschäftigt waren. Sofern sie bedrückt war, ließ sie sich nichts anmerken, sondern stürzte sich in die Arbeit.

Es schien ihr das Beste, was sie tun konnte.

Ich traf mich mit Martin Buchheister, damit wir uns gegenseitig auf den neuesten Stand bringen konnten.

»Was hat dieser Almasri denn am Telefon genau gesagt?«, fragte er stirnrunzelnd.

»Zahra wollte es nicht für mich übersetzen. Es klang wie eine Drohung – aber wer weiß?«

»Haben wir das Handy noch?«

Ich zog es aus der Hosentasche und legte es vor Buchheister auf die Schreibtischplatte.

»Wollte nicht, dass sie weitere Anrufe entgegennimmt. Womöglich benutzt Almasri es auch, um Zahra zu orten.«

»Wäre denkbar«, sagte Buchheister und wog das Gerät nachdenklich in seiner Hand. »Wir könnten es dem Verfassungsschutz übergeben. Vielleicht findet sich eine Spur zu dem Kerl.«

»Das überlasse ich Ihnen, Martin. Was unternehmen wir wegen der Gala heute Abend?«

Buchheister sah mich einen Moment lang an. »Wir sollten Frau Ghani überzeugen, nicht daran teilzunehmen. Sie sollte sich keinen unnötigen Risiken aussetzen.«

Ich konnte mir ein kurzes Lachen nicht verkneifen. Eben diesen Vorschlag hatte ich mit Zahra auf dem Weg zu Vendorff Richter ein zweites Mal diskutiert. »Da wünsche ich Ihnen viel Glück. Ich hab's heute früh noch einmal versucht, aber vielleicht finden Sie einen besseren Ansatz.«

»Verdammt!«, fluchte er und hieb mit der Faust auf den Tisch. »Wir können unmöglich diese Feier überwachen ... Nicht so kurzfristig. Wir haben nicht genug Leute ... Und es würde keinen guten Eindruck bei den Gästen hinterlassen ...«

»Ein islamistischer Anschlag auch nicht«, warf ich ein.

»Malen Sie den Teufel nicht an die Wand, Lukas!«

»Andererseits wäre es ziemlich verwegen von Almasri, heute Abend irgendetwas zu versuchen, oder?«

»Verwegen ja, aber nicht ausgeschlossen.«

Wir schwiegen für einen Moment. Ich hielt Martin Buchheisters forschendem Blick stand.

»Was geht Ihnen durch den Kopf, Lukas?«

Ich seufzte. »Ich glaube, Almasri ist nicht unser größtes Problem. Ich will noch einmal in Wittes Wohnung.«

Ich verrenkte mir den Hals, um durch die Seitenscheibe hoch zu Mirko Wittes Wohnung zu schauen. Die Sonne schien auf diese Seite der Fassade. Die drei sichtbaren Fenster waren abgedunkelt. Leider erschwerte das die Beurteilung, ob sich jemand in den Zimmern aufhielt. Aber das würde ich bald überprüfen.

Ich fuhr meinen Wagen um den halben Block und kehrte zu Fuß zurück. Dabei hielt ich mich nicht mit Warten oder

Umschauen auf. Man wirkte weniger fehl am Platz, wenn man ein Ziel hatte – oder zu haben vorgab. Die Haustürklingel erntete keine Reaktion. Hinter einem Paketboten gelangte ich ins Haus. Mithilfe der Pick-Pistole verschaffte ich mir Zugang zu Wittes Wohnung. Allmählich kam ich wieder in Übung.

Zum zweiten Mal stand ich in dem engen Flur mit Blick in die kleine Küche, die wie der Rest des Apartments in tiefer Stille lag. Durch die Spalten der Jalousie fielen schmale Lichtbalken herein und schufen ein bedrückendes Halbdunkel. Eine oder zwei Minuten lang wartete ich ab, ob sich im Zwielicht irgendetwas regte. Nichts.

Ich zog eine kleine Stablampe aus meiner Tasche und schaltete sie ein. Schnell warf ich einen Blick in Küche, Bad und Schlafzimmer, um sicherzugehen, dass ich allein war. Die Räume sahen genauso aus wie am Vortag – so als wäre in der Zwischenzeit niemand hier gewesen.

Lautlos lief ich zurück ins Wohnzimmer, öffnete den Schrank und kniete mich davor. Den Zeitschriftensammler aus stabilem Karton, in dem die Schulabschlusszeitung steckte, stand auf dem untersten Regalbord. Ich zog ihn vorsichtig heraus und blätterte durch die enthaltenen Papiere und großformatigen Briefumschläge, bis ich das Gesuchte fand.

Ich hatte soeben das schmale DIN-A4-Heftchen aus dem Ordner gezogen, als mich ein Geräusch innehalten ließ. Schnell schaltete ich die Taschenlampe aus und hielt den Atem an. War etwa doch jemand in der Wohnung? Das widersprach jeder Logik, schließlich hatte ich die Räume gesichert. Außer mir konnte niemand hier sein.

Und doch ...

Während eine frostige Gänsehaut sich kribbelnd über meine Arme ausbreitete, lauschte ich angestrengt und mit angehaltenem Atem. Aber weder wiederholte sich das Geräusch, ein leises Rascheln gefolgt von einem kurzen Schaben und dann einem Knacken, noch drang ein anderes an mein Ohr. Lediglich das Schlagen meines Herzens, das rasch an Frequenz und Lautstärke gewann.

Vorsichtig wandte ich den Kopf, richtete den Blick auf die beiden Türen, die aus dem Wohnzimmer führten. Sowohl das angrenzende Schlafzimmer als auch der Flur lagen im Halbdunkeln. Keine Bewegung war dort auszumachen.

Ich wartete einen Moment lang ab, ehe ich langsam die angehaltene Luft aus den Lungen strömen ließ und versuchte, den Adrenalinschub niederzuringen und meinen aufgeregten Puls zu beruhigen.

Instinktiv tastete ich nach meiner Pistole – der tief verwurzelte Impuls von jemandem, der jahrelang an der Waffe gedient und sie zu schätzen gelernt hatte. Aber ich hatte sie im Handschuhfach des Wagens eingeschlossen. Andererseits: Welcher imaginären Bedrohung wollte ich damit begegnen?

Nachdem weitere Minuten ereignislos verstrichen waren und sich meine Beunruhigung weitgehend gelegt hatte, wagte ich, mich wieder zu bewegen. Im Schein der Taschenlampe blätterte ich das Heftchen durch. Den Anfang machte ein langer Text über das Ende der Schulzeit, gefolgt von zahlreichen Bildern von Klassenfahrten, Feierlichkeiten und Ähnlichem. Dann wieder knappe, bebilderte Texte mit Anekdoten über diverse Lehrer. Danach Fotos der einzelnen Abschlusskurse, mehrere Seiten mit kurzen Gedichten und Haikus, Bilder eines Wissenschaftsprojektes et cetera. Ich blätterte weiter, bis ich auf die von mir erwartete Schülergalerie stieß, die den letzten Teil der Zeitung bildete.

Mit gesteigerter Aufmerksamkeit studierte ich die Porträtfotos der Schüler. Mirko Witte entdeckte ich auf der dritten Seite. Der junge Mann blickte ausdruckslos in die Kamera, als hätte er sich nur widerwillig ablichten lassen. Abgesehen davon, dass er sein dunkles Haar damals etwas länger getragen hatte, sah er genauso aus, wie ich ihn kennengelernt hatte. Unter seinem Namen stand: »Warst du wirklich immer da?«

Ich blätterte weiter auf der Suche nach einer Yasmin und war drauf und dran, die Hoffnung aufzugeben. Bis zur vorletzten Seite, dem linken Bild in der mittleren Reihe. Yasmin Hayani. Und darunter: »Du fehlst uns. Wir werden dich nie vergessen.«

Ich klemmte die Taschenlampe zwischen die Zähne und legte die aufgeschlagene Zeitung auf den Fußboden. Dann holte ich mein Handy hervor und knipste mehrere Bilder mit und ohne Blitzlicht. Danach nahm ich das Heft wieder in die Hand und betrachtete das Foto der Schülerin nochmals aus der Nähe. Das Porträt war an der oberen Ecke mit einem schwarzen Trauerband versehen. Was mich förmlich elektrisierte, war jedoch etwas anderes.

Das Bild zeigte eine lächelnde junge Frau, die in einer kessen Pose den Kopf auf ihre Faust stützte. Das Handgelenk zierte ein türkisfarbenes Perlenarmband. Langes, leicht gewelltes dunkelbraunes Haar umspielte ein weich geformtes Gesicht mit warm blickenden dunklen Augen.

Yasmin Hayani mochte zehn Jahre jünger gewesen sein, als das Foto aufgenommen wurde, aber sie war Zahra Ghani wie aus dem Gesicht geschnitten.

- 40 -

Aus den Aufzeichnungen des Schattens

Der Schatten verharrte in der Stille. Im Dämmerlicht. In seinem Element. Von dort aus beobachtete er den Beschützer. Den Eindringling. Ungefragt, unberechtigt und unverschämt war er in das Reich des Schattens getreten. Und nun stöberte er mit seiner Taschenlampe herum wie ein gemeiner Einbrecher und Dieb. Der Mann hockte vor dem Schrein auf dem Boden und blätterte in Notizbüchern, die nicht ihm gehörten. Nach jedem Umblättern zuckte das Blitzlicht der Handykamera durch den Raum. Er fotografierte Seite um Seite.

Der Schatten kontrollierte den wabernden Zorn in seinem Inneren und beschränkte sich aufs Beobachten. Er blieb unsichtbar.

Das konnte er am besten.

Warum war er wieder hier? Wenn er das erste Notizbuch besaß – und das Geheimnis des Schattens und der kleinen Yasmin kannte –, wieso war er zurückgekehrt?

Welchen Sinn ergab das?

Wie leicht wäre es, hinter den Arglosen zu treten. Ihm ein Küchenmesser in die Lunge zu treiben. Oder einen Schraubendreher durch den Gehörgang ins Hirn. Oder seinen Kopf zu packen und ihm mit einer Nagelschere die Augen auszustechen.

Die Vorstellung, den Mann zu verletzen, ihn bluten zu sehen – vielleicht sogar zu töten –, wühlte den Schatten auf. Der Impuls gewann mit jeder Sekunde an Macht. Aber er gab ihm nicht nach. Er bewahrte die Kontrolle, so wie immer.

Der Schatten würde Yasmins Beschützer nicht angreifen. Nicht hier und nicht jetzt. Die Gelegenheit mochte günstig sein, perfekt war sie jedoch nicht.

Er wartete einige lange Minuten, in denen der Beschützer konzentriert seiner diebischen Arbeit nachging. Dann schlich sich der Schatten lautlos in das kleine Bad. Dort verbarg er sich hinter dem geschlossenen Duschvorhang, bis er hörte, wie der Eindringling die Wohnung verließ.

Hatte er gefunden, was er gesucht hatte? Vielleicht.

Aber das spielte keine Rolle.

DRITTER TEIL

Die Nacht der Toten

- **41** -

Die Spendengala fand in einem Tagungszentrum in Spandau statt. Sein kirchlicher Träger hatte es der Oromo Foundation für diesen Abend kostenfrei zur Verfügung gestellt. Vendorff Richter sponsorte das üppige Catering für die Non-Profit-Organisation.

Martin Buchheister und ich stellten das einzige ernstzunehmende Sicherheitspersonal, abgesehen von einer Handvoll Ordner und Parkplatzanweiser, die genug damit zu tun hatten, die eintreffenden Gäste in die richtigen Bahnen zu lenken. Man erwartete eine friedvolle Veranstaltung. Zahra Ghani und ihre Mitstreiter der Oromo Foundation hatten sich im Foyer und im großen Festsaal verteilt, um die Ankömmlinge in Empfang zu nehmen. Ich hatte mich draußen nahe dem Eingangsbereich positioniert und verfolgte das Eintreffen von Unternehmern, Lokalpolitikern, Medienvertretern, Honoratioren und vereinzelten Prominenten. Einige der Herrschaften erkannte ich sogar. Was sie alle vereinte: kostspielig aussehende, sommerlich luftige Garderobe.

Ein energisches Vibrieren lenkte meine Aufmerksamkeit auf mein Handy. Ein Anruf von Roland.

»Hast du was zu melden?«, fragte ich.

»Nö, nichts Besonderes. Wollte nur fragen, ob du es schön warm hast in deinem guten Anzug.«

»Kann nicht klagen«, sagte ich und straffte zum hundertsten Mal die Schultern. Das Hemd klebte auf der Haut, aber das schwarze Jackett abzulegen, kam nicht in Frage, denn am Hosengürtel klemmte das Holster mit der Dienstwaffe. »Außerdem öffnet das Buffet in einer halben Stunde, und ich darf mich dort bedienen. Also nur kein Neid.«

»Autsch. Na, dann stromer ich noch ein bisschen durch den Park und halte die Augen offen.«

»Gute Idee.«

»Die Jungs vom Verfassungsschutz sind übrigens auch wieder da.«

»Tatsächlich.«

»Ja, die sitzen in einem Lieferwagen auf dem Parkplatz. Schätze sie beobachten den Eingang von dort aus.«

»Sollen sie tun. Eingeladen sind sie jedenfalls nicht.«

»Ich werde sie nicht anfassen.«

»Braver Junge«, sagte ich grinsend.

»Das kommt gerade vom Richtigen. Over and out«, sagte Roland und legte auf.

Aus dem rechten Ohrstöpsel knisterte es kurz. Dann fragte Martin Buchheister: »Wie sieht es draußen bei Ihnen aus, Lukas?«

»Sommerliche achtundzwanzig Grad, und es trudeln immer noch Gäste ein. Aber sonst ist alles ruhig. Keine Spur von Stalkern oder Taliban.« Ich hörte ihn erleichtert aufatmen. »Und bei Ihnen?«

»Ganz schön trubelig. Zum Glück soll die Show bald losgehen.«

Ich wartete, bis keine Gäste mehr vorfuhren, und wanderte dann ein weiteres Mal die Reihen parkender Autos auf der Zufahrtsstraße ab. Alle waren verlassen, keines von ihnen wirkte verdächtig. Die Überprüfung des Parkplatzes, fünfzig Meter von der Straße entfernt, würde Roland übernehmen.

Ich trat durch das Säulenportal und wies die beiden Ordner an, die Eingangstür zu schließen und niemanden mehr einzulassen, der keine schriftliche Einladung vorzuweisen hatte. Sie nickten das ab und zogen die Türflügel hinter mir zu.

Durch das Foyer gelangte ich unmittelbar in den zwar klimatisierten, aber noch immer behaglich warmen Festsaal. Alle Menschen, die zwischen den Tischgruppen standen – fast sämtliche Sitzplätze waren noch frei – hielten Getränke in den Händen und ihre Aufmerksamkeit nach rechts auf die Bühne gerichtet. Dort präsentierten sich die vierzehn Mitarbeiter der Berliner Niederlassung der Oromo Foundation den Gästen. Aus den Lautsprechern drang die warme Stimme von Abraham Bekele, dem Büroleiter, der die Eröffnungsrede des Abends hielt.

Von links trat Martin Buchheister neben mich. Wie ich war er in einen schlichten dunklen Anzug gekleidet. Gerade tupfte er sich mit dem Einstecktuch die Stirn ab und stopfte es locker zurück in seine Brusttasche.

»Verdammte Hitze«, murrte er und leerte ein Glas Wasser.

Ein Kellner mit einem Getränketablett schwebte vorbei. Buchheister tauschte sein leeres Glas gegen ein volles aus. Ich entschied mich für einen Orangensaft, in dem Eiswürfel klimperten.

»Halten Sie hier die Stellung?«, schlug ich vor. »Dann sehe ich mich noch mal um.«

Buchheister nickte nur und nippte an seinem Wasser. Ich wandte mich nach links und hielt mich am Rand des Saals, bis ich durch einen kleinen Flur zu einem Treppenhaus kam. Die Stufen führten hinauf zu einer Empore, die U-förmig den Festsaal überblickte. Hier war ich allein und lauschte für einen Moment Bekeles Rede, die gerade zu ihrem Ende kam. So pointiert sprach er die Scheckbücher der Gäste an, dass diese mit kollektivem Lachen antworteten.

Ich umrundete den Saal auf der Empore und stieg am anderen Ende wieder hinab ins Erdgeschoss. Die Gäste fanden ihre Plätze an den Tischen oder strebten in einen Nebenraum, wo das Buffet wartete. Ich traf Zahra Ghani am Bühnenaufgang und reichte ihr die Hand, um ihr beim Abstieg zu helfen. Sie trug einen khakifarbenen Hosenanzug und ein lockeres seidenes Kopftuch und hatte das braune Haar zu einem Zopf geflochten, der über ihrer Schulter lag.

»Danke, Keller«, sagte sie. Ihr Gesicht glühte förmlich, aber sie strahlte. »Das ist alles so aufregend.«

»Kommt mir auch so vor.« Ich lächelte ihr aufmunternd zu. Sie schien alles andere in diesem Moment vergessen zu haben. Ich gönnte es ihr.

»Ich muss jetzt mal den ersten Tisch suchen, an dem ich die Gäste um ihr Geld erleichtern soll ...«

»Es ist sicher genug davon da. Viel Erfolg, Zahra!«

Als sie davonging, vibrierte das Handy in meiner Tasche erneut.

»Ich bin's«, meldete sich eine seltsam hohle Stimme.

»Stevie?«

»Ja.«

»Was gibt es? Alles in Ordnung?«, fragte ich. Im nächsten Moment hätte ich meine floskelhafte Frage gern zurückgenommen.

»Jaaa ...«, sagte er gedehnt. »Ich hab mir was überlegt.«

»Okay«, antwortete ich vorsichtig. »Und was?«

»Ich will nach Köln fahren.«

»Nach Köln!« Ich wusste sofort, worauf das hinauslaufen sollte.

Er sog scharf die Luft ein. »Ich habe mir überlegt, dass ich Paulina und Diana besuche.«

»Und ... was willst du da tun?«

»Was glaubst du wohl? Ich will meine Tochter sehen. Ich will mit ihr reden, ihr zeigen, dass ich sie lieb hab. Und ich will mit Diana reden. Ihr sagen, dass ich ihr nicht übel nehme, dass sie weggegangen ist. Dass ich ihr verzeihe. Und ich will sie bitten, dass sie mir auch verzeiht.«

Ich holte tief Luft. »Da hast du dir aber einiges vorgenommen, Mann.« Vor allem in Anbetracht dessen, wie sein letzter Versuch der Kontaktaufnahme per Telefon abgelaufen war.

Stefan lachte kurz auf. »Das mag sein, Keller. Aber ich muss das tun. Ich will nicht mehr, dass irgendetwas Negatives zwischen meiner Familie und mir steht. Verstehst du das?«

»Ich verstehe, was du meinst.«

»Ich höre ein Aber«, sagte er.

Das Eis, auf dem ich mich bewegte, wurde zusehends dünner. Ich bemühte mich um einen diplomatischen Ton.

»Du darfst nicht vergessen, dass ihr geschieden seid. Diana hat einen anderen Lebensabschnitt begonnen.«

»Daran brauchst du mich nicht zu erinnern«, entgegnete er düster.

»Ich möchte nur nicht, dass du enttäuscht wirst«, sagte ich schnell. »Ihr seid nicht mehr die Familie, die ihr früher wart.« Ich bezweifelte sogar, dass sie je die Familie waren, die Stefan sich ausmalte. Aber was blieb einem Mann in seiner Lage außer seinen Träumen?

»Das weiß ich auch!«

Stefans Stimmung kippte deutlich, und ich suchte nach einer adäquaten Antwort. Mein Freund kam mir zuvor.

»Ich dachte, du bist auf meiner Seite«, sagte er.

»Das bin ich, Stevie, und das weißt du auch«, sagte ich. Als er daraufhin in Schweigen verfiel, fragte ich schließlich: »Soll ich dich begleiten?«

»Das wäre super. Hast du denn Zeit?«

»Heute passt mir nicht«, gab ich versucht scherzhaft zurück. Da hatte ich mich in eine schöne Zwickmühle manövriert.

»Ja, das hab ich mir schon gedacht.«

»Lass uns morgen noch mal telefonieren«, schlug ich vor.

»Tut mir leid wegen der Störung, Mann«, sagte er.

»Du störst doch nicht, Stevie«, sagte ich. Aber er hatte bereits aufgelegt.

Essen und lebhafte Tischgespräche zogen sich über beinahe zwei Stunden hin, während denen ich regelmäßig Kontakt zu Roland und meinem Chef hielt. Roland hatte die Fahrzeuge auf dem Parkplatz kontrolliert, ohne verdächtige Beobachtungen gemacht zu haben. Die Verfassungsschützer hatten sich nicht gerührt. Inzwischen hatte Roland einen Beobachtungsposten bezogen, von dem aus er keinen Neuankömmling verpassen würde.

Zwischendurch fanden Buchheister und ich ein paar Minuten Zeit, um uns am Buffet zu stärken. Mehr als das Essen kam uns die Getränke-Flatrate zugute, die uns mit reichlich Mineralwasser versorgte.

Als nächster Programmpunkt des Abends traten drei Mitarbeiter auf die Bühne, die nacheinander ihre Projekte vorstellten, die sie im Namen der Oromo Foundation betreuten. Es waren jeweils kleine, lokal begrenzte Entwicklungshilfeprojekte, und ich hörte nur mit halbem Ohr zu. Dennoch waren die Schilderungen beeindruckend und lebendig. Im Saal herrschte gespanntes, beinahe betretenes Schweigen, als zuerst vom Alltag im kriegsgebeutelten Syrien und dann in Äthiopien berichtet wurde. Beide Sprecher ernteten stürmischen Applaus.

Zahra Ghani war die dritte im Bunde, die hinter das Rednerpult trat, und sie sprach – natürlich – über Afghanistan. Sie nahm ihre Zuhörerinnen und Zuhörer mit in das Land ihrer Geburt, in das sie im Alter von 21 Jahren erstmals zurückgekehrt war. Mitten im sogenannten »Krieg gegen den Terror«, der, rückblickend betrachtet, bereits im sprichwörtlichen Sand zu verlaufen drohte. Sie referierte über die Zustände im ländlichen Afghanistan, über Maßnahmen zum Bau von Stromtrassen, zur Errichtung von Schulen und darüber, wie der Unterricht in ihnen vonstattenging. Die Gäste lauschten ihren Worten aufmerksam.

Als die ersten Klatscher aufkamen, hob Zahra die Hände, um den Applaus zu ersticken. »Ich bin noch nicht ganz fertig«, sagte sie und erntete einige Lacher, ehe sie ernst fortfuhr: »Gerade müssen wir erleben, wie sich die internationale Koalition Hals über Kopf aus Afghanistan zurückzieht. Zwanzig Jahre lang hat man versucht, die Taliban zu vertreiben, die die Menschen im Land geknechtet und unterdrückt haben. Jetzt versuchen die letzten verbliebenen Streitkräfte, den Flughafen von Kabul zu sichern, um die Evakuierung von Ortskräften zu ermöglichen, die aus Angst vor Verfolgung und Tod ihrer Heimat entfliehen wollen. Und die Taliban stehen längst bereit, in das entstehende Vakuum einzufließen und erneut die Herrschaft über das Land zu übernehmen. In Teilen ist ihnen das bereits gelungen, und zwar ohne nennenswerten Widerstand. Sie mögen sich fragen: Was haben wir eigentlich in Afghanistan erreicht? Ich werde Ihnen eine Antwort geben. Wir haben den Menschen einen Funken Hoffnung gegeben, ihnen einen Silberstreif am Horizont gezeigt.« Zahras Blick fand meinen eine halbe Saallänge entfernt, wo ich neben der Foyertür an der Wand stand. »Dafür sind wir da. Das ist unsere Aufgabe. Und diese Aufgabe wollen wir auch in Zukunft verfolgen.« Sie richtete den Blick wieder in den Saal. »Die Menschen in Afghanistan brauchen immer noch Hoffnung. Diejenigen, die gegen ihre Unterdrückung kämpfen wollen ebenso wie diejenigen, die vor dem Regime der Taliban fliehen wollen. Wenn Sie uns dabei unterstützen wollen, verehrtes Publikum, haben Sie dazu heute Abend die Gelegenheit.«

Sie deutete eine Verbeugung an, und der angestaute Applaus der Gäste, die sich einer Welle gleich von ihren Stühlen erhoben, entlud sich in einem tosenden Beifall.

- 42 -

Aus den Aufzeichnungen des Schattens

Aus dem großen, rechteckigen Gebäude drang eine Lautsprecherstimme gedämpft nach draußen in die Dunkelheit. Der Schatten konnte die Worte nicht verstehen, aber er spürte die Schwingungen in der Luft. Durch die Fensterreihen im Obergeschoss fielen Balken warmen Lichtes auf die Rasenfläche auf der rückwärtigen Seite.

Der Schatten hatte mit der U-Bahn nach Spandau fahren müssen. Das hatte ihm Zeit und Gelegenheit gegeben, sich vorzubereiten. Er wusste, dass Yasmin hier war, im Tagungszentrum, mit ihren Kolleginnen und Kollegen von der Oromo Foundation. Sie bettelten dort um Spendengelder, um ihre »nicht-profitorientierte Hilfsorganisation« zu finanzieren.

Der Schatten hatte sich informiert. Was er herausgefunden hatte, ließ ihn vermuten, dass diese selbsternannte Hilfsorganisation von Blendern geführt wurde. So wie Yasmin eine war.

An der Rückseite begann der Schatten, das Tagungszentrum in Augenschein zu nehmen. Er trat auf den breiten gepflasterten Weg, der das Gebäude umgab. Dort wurde er vom Licht aus dem Inneren nicht erfasst. Die Fenster über seinem Kopf waren aufgestellt. Er konnte Applaus hören.

Aber im Erdgeschoss gab es keine Fenster, durch die er in den Festsaal hätte sehen können. Der rückwärtige Zugang war geschlossen.

Nicht dass er erwogen hätte, das Gebäude zu betreten.

Der Schatten umrundete das Tagungszentrum mit gemächlichen Schritten. Zum einen hatte er alle Zeit der Welt, und zum anderen würde er so nicht auffallen, falls ihn jemand sah.

Vor dem Haupteingang standen drei Männer und eine Frau zusammen und rauchten. Er umrundete sie in gebührendem Abstand. Sie schienen keine Notiz von ihm zu nehmen.

Als er um die Ecke bog, blickte er lange die Straße hinab. An beiden Bordsteinkanten parkten schier endlose Reihen von Autos, so dass nur eine Fahrspur zwischen ihnen frei blieb. Von den Straßenlaternen fielen Sterne herab, die auf Glas und Lack der Automobile glitzerten.

Der Anblick berührte etwas in ihm.

Weckte eine Erinnerung.

In der drückend-warmen Dunkelheit wirkten die blechernen Körper wie eine Kolonne schlafender Roboter, die auf ihren tödlichen Einsatzbefehl warteten.

So etwas Ähnliches hatte seine Mutter einmal gesagt.

Der Schatten erinnerte sich nicht oft an sie, aber in diesem Moment tat er es.

Häufig waren seltsame Worte über ihre Lippen gekommen. Vor allem, wenn sie wieder in ihrer eigenen, abstrusen Welt gelebt hatte.

Schlagartig erfüllte ein schaler Geschmack seinen Mund.

Seine Mutter war krank gewesen. Das hatte sein Vater ihm erklärt. Krank über viele Jahre. Irgendwann war sie im Krankenhaus gestorben. Da war er noch ein Kind gewesen.

Alt genug jedoch, um sich zu erinnern, dass es auch gute Zeiten gegeben hatte.

Er drängte die Gedanken an seine Mutter beiseite. Das gehörte der Vergangenheit an, und er lebte in der Gegenwart und plante seine Zukunft.

Er wandte den Kopf und sah in die andere Richtung, wo sich die Doppelreihe der parkenden Fahrzeuge fortsetzte, unterbrochen von einer dreißig Meter langen Parkverbotszone vor dem Zugangsbereich zum Tagungszentrum. Niemand war zu sehen, so als würde die Versammlung alle Gäste fesseln und ihnen nicht erlauben, frische Luft zu schnappen.

Er blickte zurück und erwartete, dass die Straße menschenleer wäre. Aber das stimmte nicht.

Ein Mann überquerte die Fahrbahn, etwa fünfzig Meter entfernt.

Er bewegte sich zügig, zielstrebig, lautlos, wie es schien, ohne den Kopf zu drehen und nach fahrenden Autos zu schauen. Er hielt sich abseits der Lichtkegel unter den Straßenlaternen, so dass der Schatten nicht viel mehr als einen dunklen Schemen erkennen konnte.

Eine Gestalt, die einen länglichen Gegenstand in der Hand hielt.

Etwas an der Erscheinung, das der Schatten nicht unmittelbar zu fassen vermochte, weckte seinen Argwohn. Er setzte sich in Bewegung, huschte – nahezu unsichtbar in der Dunkelheit – den Gehweg entlang, gedeckt von der Autoschlange. Als er selbst den zwielichtigen Bereich zwischen zwei Straßenlaternen erreichte, brachte ihn ein kurzer Spurt über die Straße. Auf der anderen Seite verschluckte ihn die Schwärze des nächtlichen Parks.

Der Mann, den er beobachtete, strebte den Parkplatz an, der ein Stück von der Straße zurückgesetzt lag. Der Schatten bewegte sich parallel zu ihm. Er lief von Baumstamm zu Baumstamm und versuchte zu erkennen, was der Mann in der Hand hielt.

Ein Musikinstrument? Eine zusammengerollte Zeitung? Der Schatten vermutete, dass er zu seinem Auto gehen, einsteigen und davonfahren würde.

Er trat hinter den letzten Baum vor der künstlichen, quadratischen Lichtung mit dem Parkplatz. Er hätte die Motorhaube des nächststehenden Fahrzeugs von hier aus berühren können. Weiter vorwagen konnte er sich nicht, ohne gesehen zu werden.

Der Mann ging keine vier Meter von ihm entfernt vorbei. Der Schatten hörte das leise Knirschen seiner Schuhsohlen auf dem feinen Kies. Er hielt die rechte Hand, die mit dem Ding – ein Baseballschläger? Eher ein gerades Rohr –, dicht an seinem Bein. Er trug eine Kapuze, genau wie der Schatten selbst.

Am Ende der Parkreihe stand ein Lieferwagen so auf dem Fahrweg, dass er drei Autos zuparkte.

Der Mann lief ohne zu zögern weiter, bis er das Heck des Transporters erreichte. Er streckte die linke Hand nach dem Türgriff aus, riss die Seite der Hecktür auf, hob die rechte Hand und richtete das Ding darin, an dem ein ellenlanger Zylinder steckte, in das Innere des Wagens.

In diesem Moment erkannte der Schatten, was es war. Eine Pistole mit einem aufgesetzten Schalldämpfer. War das wirklich möglich?

Sein feines Gehör meldete dem Schatten in schneller Serie mehrere leise ploppende Geräusche, wie wenn man die kleinen Kammern in einer Luftpolsterfolie eindrückte.

Im Inneren des Lieferwagens rumpelte etwas.

Der Mann ließ die Hand mit der Waffe sinken, schlug die Hecktür zu, wandte sich ab und lief auf demselben Weg zurück, auf dem er gekommen war.

Der Schatten blieb zurück und wartete mit angehaltenem Atem, bis der Mann den Parkplatz hinter sich gelassen hatte und auf der Straße verschwunden war. Das rasende Hämmern seines Herzschlags war alles, was er hörte. Endlich ließ er die Luft aus seinen Lungen entweichen und rang nach Atem.

Er blickte über den Parkplatz hin und her, entdeckte aber keine Menschenseele. Hinter ihm rief aus dem Park ein Käuzchen.

War eben wahrhaftig geschehen, was er gesehen hatte?

Erneut kam ihm seine Mutter in den Sinn. Konnte er einer Einbildung aufgesessen sein? Einer Halluzination?

Der Schatten wartete ab, bis sein Puls sich beruhigte. Dann trat er aus der Deckung des Baumstammes hervor und schlängelte sich zwischen zwei parkenden Autos hindurch. Nur ein paar Schritte, und er hatte den Kleintransporter erreicht.

Er streckte die Hand nach dem Türgriff aus und hielt inne. Er durfte keine Spuren hinterlassen.

Er zog den Ärmel seines Kapuzenpullovers bis über die Finger herunter. So geschützt griff er nach der Hecktür des Lieferwagens und öffnete sie.

Das beengte Innere des Wagens wurde von den Bildschirmen dreier Laptop-Computer beleuchtet. Daneben lagen auf einem Pult eine Digitalkamera mit Teleobjektiv und zwei Mobiltelefone. Rechter Hand, unter einem kleinen Sichtfenster, das der Schatten von außen offenbar übersehen hatte, lehnte ein umgekipptes Stativ mit einem Spektiv an der Innenwand des Transporters.

In dem engen Mittelgang lagen zwei leblose menschliche Körper neben- und übereinander. Das Gesicht des einen Mannes war halb zum Wagenhimmel gewandt, die Augen geöffnet, der starre Blick ins Nichts gerichtet. Unterhalb des Wangenknochens klaffte ein kleines, schlitzförmiges Loch in der Wange, aus dem ein Blutstropfen rann. Eine zweites Wunde fand der Schatten an der Schläfe. Eine dritte im Oberarm des Mannes.

Die untere Person wurde von der oberen verdeckt, trug aber einen ledernen Herrenschuh. Der zweite lag auf dem Boden. Ein Budapester.

Beide Männer waren tot, dessen war der Schatten sich sicher.

Auf den zweiten Blick entdeckte er die Blutspritzer auf den Monitoren und der rechten Wand.

Der nächtliche Besucher hatte die beiden erschossen. Sie hingerichtet.

Der Schatten drückte die Hecktür des Lieferwagens wieder ins Schloss und wischte den Türgriff mit dem Ärmel ab.

Ein rascher Rundblick zeigte ihm, dass niemand in der Nähe war, der ihn beobachtet hatte.

Der Schatten glitt zwischen den parkenden Autos hindurch zurück in die Dunkelheit.

- 43 -

»Witte ist hier«, sagte Rolands Stimme an meinem Ohr. Sie hatte Mühe, durch den Geräuschpegel im Festsaal zu dringen.

Ich wandte mich vom Saal ab und machte ein paar schnelle Schritte in Richtung des Nebenraums, wo es bedeutend ruhiger zuging. »Kannst du das wiederholen, Kumpel?«

»Witte ist hier«, wiederholte Roland. »Er streunt seit zehn Minuten hier herum. Tigert vor dem Eingang hin und her, so als würde er überlegen, ob er reingehen soll.«

Ich brauchte nicht zu hinterfragen, ob Roland sich bei der Identifikation sicher war.

»Wo genau ist er gerade?«

»Auf der gegenüberliegenden Seite der Straße, zwischen den Bäumen in der ersten Reihe.«

»Und wo steckst du?«

»In der Nähe. Ich behalte den Burschen im Auge. Was hast du vor?«

»Kann ich dir noch nicht sagen. Ich melde mich.« Ich legte auf und funkte Martin Buchheister an, der sich in der entgegengelegenen Ecke des Festsaals aufhielt.

»Hallo Lukas! Hier bei mir ist weiterhin alles in grünen Bereich. Soweit ich sehen kann, spenden die Gäste, was das Zeug hält. Der Abend scheint ziemlich gut zu laufen.«

»Nicht in jeder Hinsicht«, erwiderte ich.

Von unseren jeweiligen Positionen aus arbeiteten wir uns durch den Saal zu Zahra Ghani vor, die an der Seite ihres Chefs Bekele stand und sich angeregt mit zwei Pärchen im mittleren Alter unterhielt. Die Stimmung wirkte gelöst auf mich. Dann erblickte sie uns, und ich sah, wie ihre Miene sich verhärtete.

Zahra entschuldigte sich bei Bekele und den anderen und kam uns die letzten Schritte entgegen.

»Was ist passiert?«, fragte sie tonlos. Aber ihre Stimme klang fest und gefasst.

»Witte ist wieder da«, sagte ich. »Er ist draußen.«

Martin Buchheister fasste die junge Frau sacht am Oberarm und zog sie näher heran. Er hielt die Stimme gesenkt, damit von den umstehenden Personen niemand etwas von seinen Worten mithören konnte.

»Ich hätte Ihnen das gerne erspart, Zahra – an diesem besonderen Abend. Es tut mit leid. Aber wir müssen entscheiden, wie wir vorgehen wollen. Ich würde vorschlagen, dass wir –«

»Ich werde mit ihm sprechen«, fiel Zahra ihm ins Wort. Buchheister furchte die Stirn. »Sind Sie sicher?«

Sie blickte erst ihn an, dann mich, und nickte entschlossen. »Er hat mich angesprochen, wissen Sie noch? Vielleicht ist Reden die beste Möglichkeit, um herauszufinden, was dieser Kerl wirklich will. Vielleicht können wir die ganze Sache damit abhaken. Ich bin jetzt jedenfalls bereit dafür.«

Ich holte tief Luft. »Sind Sie sicher, Zahra? Wir können das auch anders erledigen.«

Sie schüttelte den Kopf. »Nein, das ist der einzige Weg. Und ja, ich bin sicher.« Ihr Blick bestätigte, dass sie es ernst meinte.

»Okay«, sagte ich. »Dann informiere ich Roland, dass wir rauskommen.«

»Wir werden Ihnen nicht von der Seite weichen«, sagte Buchheister, woraufhin Zahra die Hand hob.

»Ich muss das allein tun.«

»Ich halte das für keine gute Idee«, widersprach Buchheister.

»Die Entscheidung müssen Sie schon mir überlassen. Nichts für ungut, aber – wenn Witte Sie sieht, wird er wahrscheinlich davonlaufen.«

Ich tauschte einen Blick mit Buchheister, der die Schultern hob.

»Wie Sie meinen, Zahra«, sagte ich. »Reden Sie mit ihm. Wir werden uns zurückhalten. Aber ich will Sie die ganze Zeit über sehen. Sie bleiben in der Nähe der Straße, verstanden?«

»Okay, Keller.« Sie nickte. Atmete tief ein. »Dann los!«

»Wir sind jetzt im Foyer«, gab ich Roland durch, »und Zahra kommt gleich raus. Wo ist Witte?«

»Von euch aus gesehen direkt rechts auf drei Uhr, auf der anderen Straßenseite. Lungert hinter einem Baum in der ersten Reihe herum.«

Ich wandte mich an Zahra Ghani und wies in die Richtung, die Roland angegeben hatte. »Wenn Sie rauskommen gleich da drüben auf der anderen Straßenseite. An einem der Bäume.«

Sie beugte sich vor und spähte durch die Glasscheibe in der Eingangstür. »Ich sehe ihn nicht.«

»Er versteckt sich. Aber er ist da, keine Sorge.«

Zahra sah mich an und atmete tief durch.

»Sie müssen das nicht tun«, sagte ich.

»Doch«, antwortete sie lächelnd. »Das muss ich.«

Ich nickte.

»Sie sind hier, Keller?«

»Immer in Ihrer Nähe.«

Martin Buchheister hielt uns den Rücken frei, indem er vorübergehend verhinderte, dass weitere Gäste der Gala den Festsaal verließen. Zuviel Unruhe vor dem Gebäude konnten wir im Moment nicht gebrauchen. Eine Handvoll Gäste hatte sich draußen versammelt, um frische Luft zu schnappen oder zu rauchen.

»Okay«, sagte Zahra und wandte sich zum Ausgang.

Ich zog den Türflügel für sie auf, und sie trat hinaus in die Nacht.

- 44 -

Zahra passierte das Säulenportal und blieb auf dem gepflasterten Platz davor unter den Eichen stehen. Es gefiel mir nicht, aber ich hielt mich im Foyer zurück und sah auf ihren Rücken.

»Da ist sie ja«, hörte ich Rolands Stimme. »Jetzt geht sie weiter.«

»Hat Witte sie schon gesehen?«

»Sieht nicht danach aus. Zumindest reagiert er noch nicht.«

Ich schob mich vorwärts bis in die Türöffnung und spähte an der Mauer entlang nach rechts. Zahra hatte den Straßenrand erreicht, etwa zwanzig Meter entfernt. Irgendwo links von ihr, außerhalb meines Blickfeldes, verbarg sich Roland im Park. Schräg rechts von ihrer Position musste sich Mirko Witte aufhalten. Er war zu gut versteckt in der Dunkelheit, als dass ich ihn hätte ausmachen können.

»Jetzt bewegt er sich«, meldete Roland. »Er hat das Mädchen gesehen.«

Zahra überquerte die Straße auf einer schrägen Linie. An deren Ende tauchte eine dunkel gekleidete Gestalt aus der Schwärze auf: Mirko Witte. Er trug, wie üblich, einen Kapuzenpullover, hatte die Kapuze hochgeschlagen und beide Hände in den Taschen verborgen.

»Hat er was in den Taschen?«, fragte ich und hoffte, dass Zahra einen ausreichenden Abstand einhielt, wie wir es besprochen hatten.

»Sahen leer aus ...«

Zahra trat von der Straße auf den Gehsteig und blieb stehen. Jetzt standen sie sich, in fünf bis sechs Metern Entfernung voneinander, Auge in Auge gegenüber.

»Sie spricht mit ihm«, meldete Roland.

Wie gerne hätte ich gehört, was sie zu ihrem Stalker sagte.

Ich überschlug die Möglichkeiten, mich näher heranzupirschen, aber die Bäume auf dieser Seite standen zu weit auseinander, um meine Annäherung zu verbergen. Eine andere Deckung existierte nicht. Und wenn Witte mich entdeckte, riskierte ich, dass er floh. Also verwarf ich den Gedanken.

Wittes Hände kamen wieder zum Vorschein, für mich kaum mehr als helle Flecken in der Dunkelheit. Sie stellten sich als leer heraus: Er rieb die Handflächen an seinen Hosenbeinen.

»Wieso ist der eigentlich so nervös?«, fragte Roland.

Ich ließ die Frage unbeantwortet und konzentrierte mich aufs Beobachten. Ich sah, dass Witte ein paar Worte sprach und Zahra kurz den Kopf schüttelte.

»Kannst du verstehen, was sie sagen?«, fragte ich.

»Negativ. Ist auch zu dunkel zum Lippenlesen.«

»Gib nicht so an ...«

»Okay. Jetzt redet er vor allem.«

»Kannst du sehen, wie Zahra reagiert?«

»Sie hört ihm zu. Wirkt allerdings etwas ... irritiert. – Witte bewegt sich!«

Er machte einen halben Schritt auf Zahra zu, und seine Hand ging aufwärts, als wollte er sie ausstrecken. Dann hielt sie inne, während Zahra einen Schritt zurückwich.

Das machst du gut, dachte ich.

Witte zog sich wieder etwas zurück.

»Jetzt spricht Zahra«, meldete Roland. »Scheint so, als würde sie Witte die Leviten lesen.«

»Okay ...«

Jemand trat hinter mich. Es war Martin Buchheister.

»Wie läuft es?«, flüsterte er.

»Bis jetzt ganz gut.« Ich lenkte meine Aufmerksamkeit wieder nach draußen.

»Ein Wagen kommt die Straße herunter«, meldete Roland.

Ich hörte Argwohn aus seiner Stimme heraus. »Und?«

»Fährt langsam. Ein Lieferwagen.«

»Unsere Freunde vom Verfassungsschutz vielleicht?«

»Keine Ahnung ...«

»Stimmt etwas nicht?«, fragte Buchheister neben mir.

Ich streckte den Kopf weiter aus der Tür und sah den Transporter jetzt ebenfalls.

Er stoppte unvermittelt neben Zahra und Witte, versperrte mir die Sicht – und machte mir klar, dass etwas furchtbar schieflief.

Roland rief: »Scheiße!«

Ich war längst losgerannt, als Rolands Worte durch meinen Kopf schossen: »Sie schnappen das Mädchen!«

Nur etwa fünfundzwanzig Meter trennten mich vom Ort des Geschehens. Dennoch kam ich zu spät. Der Fahrer des Lieferwagens trat in dem Sekundenbruchteil aufs Gas, als ich über die Straße spurtete. Schlingernd raste der Wagen los.

Ich hechtete vorwärts, und der Kühlergrill mit dem großen Stern verfehlte meine Beine um eine Handbreit. Ich prallte mit der Schulter zuerst auf den Gehsteig auf, rollte mich ab, kam wieder auf die Füße und kreiselte herum.

Der Transporter war längst außer Reichweite und entfernte sich mit wachsender Geschwindigkeit. Die Seitentür wurde während der Fahrt zugezogen.

Roland erschien keuchend an meiner Seite.

»Scheiße!«, stieß er hervor. »Ich glaube, das war Almasri.«

»Dann los! Du fährst!«

Wir rannten los zu meinem Range Rover, der ein Stück die Straße hinunter abgestellt war. Hinter uns blieb ein Mirko Witte zurück, der sich wie ein mannsgroßer Igel hinter einem Baum zusammengekauert hatte.

- 45 -

Aus den Aufzeichnungen des Schattens

Der Schatten hörte den Beschützer und seinen Freund davonlaufen. Sekunden später schlugen zwei Autotüren zu, ein Motor wurde gestartet. Der Schatten hob den Kopf und sah den silberfarbenen SUV des Beschützers vorbeibrausen.

Er stützte sich an dem Baum ab, hinter dem er sich versteckt hatte, und stemmte sich mühsam in die Höhe. Die Übelkeit, die ihn überrascht hatte wie ein Schlag in die Magengrube, legte sich bereits wieder. Aber er zitterte am gesamten Körper. Wie Espenlaub.

Hatte er geträumt?

Geträumt, dass Yasmin zu ihm gekommen war? Dass sie miteinander geredet hatten? Dass sie einander nahegekommen waren – für einen kleinen Moment, auf den er so viele Jahre gewartet hatte? Der einen Funken des Glücks in ihm entzündet hatte?

Geträumt, dass ein Kleintransporter mit offener Seitentür plötzlich hinter ihr hielt? Dass zwei Männer Yasmin packten und in den Wagen rissen, ohne dass sie sich wehren konnte? Dass einer davon derjenige war, den der Schatten keine halbe Stunde zuvor dabei beobachtet hatte, wie er kaltblütig zwei Menschen ermordete?

Geträumt, dass ein dritter Mann mit einer Pistole und einem riesigen Schalldämpfer – der Mordwaffe, da war er ganz sicher – aus der offenen Tür auf ihn zielte? So als wollte er den Schatten in Schach halten, damit der nicht versuchte, Yasmin zu helfen?

Als ob er imstande gewesen wäre zu reagieren!

Stattdessen war er in sich zusammengefallen wie eine Lumpenpuppe. Hatte sich zusammengekauert und verkrochen. Wie ein Feigling!

Er hatte sich gefragt, ob er gleich sterben würde.

Wenn der Mann mit der Pistole abgedrückt hätte ... Auf die kurze Distanz von drei oder vier Metern hätte er den Schatten gewiss erwischt ...

Er hatte sein eigenes Leben gerettet, aber sonst nichts unternommen.

Er war ein verdammter Feigling, das erkannte er nun, und ein elender Versager. Bittere Wut kochte in ihm hoch, ließ das kleine Hochgefühl des Wiedersehens mit Yasmin verdampfen und Tränen in seine Augen steigen. Er heulte auf und hieb mit der Faust gegen den Stamm des Baumes, hinter dem er sich verkrochen hatte.

So dicht war er Yasmin heute Nacht gekommen!

Und dann hatten diese fremden Männer sie ihm vor der Nase weggeschnappt. Ob sie böse waren oder nicht, wusste der Schatten nicht. Bestimmt hatten auch sie eine Rechnung mit Yasmin zu begleichen ...

Aber das gab ihnen nicht das Recht, sie ihm wegzunehmen.

Der Schatten hingegen hatte genau das geschehen lassen, ohne es zu verhindern.

Jetzt jagte Yasmins Beschützer mit seinem Freund den Männern hinterher, und er selbst blieb ohnmächtig zurück und konnte nichts unternehmen.

Würde der Beschützer Yasmin retten? Und sie zurückbringen?

Er war sein Feind, und er hasste ihn mit jeder Faser seines Daseins, und trotzdem musste der Schatten ihm jetzt Erfolg wünschen und Glück – denn anderenfalls würde Yasmin so abrupt aus seinem Leben verschwinden, wie sie darin zurückgekehrt war.

Der Schatten blinzelte durch die Tränen hindurch. Wischte sich mit dem Ärmel durch die Augen. Gegenüber war ein untersetzter Mann im Anzug aus dem Tagungszentrum gelaufen gekommen. Er blickte hektisch hin und her, die Straße hinunter und hinauf. Dann hob er ein Handy ans Ohr und telefonierte.

Es wirkte beinahe, als hätte niemand sonst die Entführung von Yasmin bemerkt.

Enttäuscht über und wütend auf sich selbst wandte der Schatten sich zum Gehen. Ihm blieb nur das, was er zeitlebens bis zur Perfektion geübt hatte: Warten.

- 46 -

Mit höchstens einer Handbreit Abstand auf beiden Seiten raste der Range Rover zwischen den parkenden Fahrzeugen am Straßenrand hindurch. Roland drückte aggressiv aufs Gas und ließ die Tachometeranzeige auf sechzig, siebzig Kilometer pro Stunde hinaufschnellen. Ich klammerte mich mit der Rechten am Türgriff fest.

»Lass mich fahren, und ich lass dich telefonieren«, versetzte Roland.

Ich hob mit der Linken mein vibrierendes Handy ans Ohr. Der Anrufer war Martin Buchheister.

»Sie haben Zahra«, berichtete ich ihm knapp, »aber wir sind an ihnen dran.«

»Almasri? Verdammt noch mal!«

»Und wahrscheinlich zwei oder drei Freunde von ihm. In einem älteren Mercedes-Benz-Kastenwagen.«

»Das darf nicht wahr sein!«

»Ich sagte doch, Roland und ich kümmern uns drum.«

Buchheister schwieg kurz und fragte dann: »Brauchen Sie Unterstützung?«

»Im Augenblick nicht«, sagte ich.

»Warten Sie nicht zu lange. Ich werde mal dem Verfassungsschutz auf den Zahn fühlen. Ich dachte, die überwachen Zahra.«

»Tun Sie das.«

»Und Sie beide passen bloß auf sich auf. Ist das klar?«

»Sicher«, sagte ich und legte auf.

»Scheiße«, stieß Roland hervor und bremste den Wagen drastisch herunter. Wir waren an einer Straßenkreuzung angelangt.

Ich beugte mich vor und blickte angestrengt durch die Frontscheibe nach draußen. »Siehst du sie?«

»Bis jetzt nicht, Mann. Die Typen haben wahrscheinlich vier- oder fünfhundert Meter Vorsprung. Wohin fahren wir?«

»Rechts«, entschied ich. »Stadtauswärts.«

Roland wechselte den Gang und zog den Rover nach rechts. »Bist du sicher?«

»Ziemlich. Oder wärst du nach links gefahren?«

»Nö.«

Die Reifen rumpelten über Kopfsteinpflaster, als Roland beschleunigte. Wir fuhren wie durch einen endlosen Tunnel: Zu beiden Seiten der Fahrbahn ragte dichter, nachtschwarzer Wald auf.

Was immer Almasri mit Zahra geplant hatte, ließ sich vermutlich sicherer irgendwo auf dem Land ausführen. Sofern er es nicht schon während der Fahrt erledigte ... Der Gedanke jagte mir einen kalten Schauer über den Rücken.

»Ich schätze, wir haben sie verloren«, konstatierte Roland. »Aber ich suche erstmal weiter, während du auf deinem Handy spielst.«

Nach dem Gespräch mit Buchheister hatte ich eine spezielle App gestartet und wartete nun darauf, dass sie eine Kartenansicht aufbaute.

»Also, erstens spiele ich nicht«, sagte ich und zoomte den zentralen Kartenabschnitt näher heran. Einen Augenblick später erschien ein kleines rotes Fadenkreuz auf dem weißen Band einer Straße. »Und zweitens haben wir sie ganz und gar nicht verloren ...«

Roland warf einen kurzen Seitenblick auf das Gerät in meiner Hand. »Eine Tracking-App? Keller, du bist schlauer, als du aussiehst.«

Wir folgten dem Signal von Zahra Ghanis Smartwatch in nördlicher Richtung. Wo kein anderes Fahrzeug uns blokkierte, hielt Roland das Tempo stets zehn bis fünfzehn Stundenkilometer über der zulässigen Höchstgeschwindigkeit – langsam genug, um keine Aufmerksamkeit zu erregen. Almasri und seine Freunde würden sich eher unterhalb des Tempolimits bewegen, damit das Risiko minimiert blieb, in eine Radarkontrolle oder Ähnliches zu geraten. Somit würden wir sie früher oder später einholen. Quälend langsam allerdings.

»Wie weit sind sie voraus?«, fragte Roland zum wiederholten Male.

»Etwa einen knappen Kilometer«, gab ich zurück. Lieber wäre ich bis auf Sichtweite an die Entführer herangekommen. Roland hielt das Lenkrad mit festem Griff umklammert, und das war das einzige äußere Zeichen seiner nervlichen Anspannung.

Nach einer Weile fragte er: »Was tun wir, wenn wir sie einholen?«

»Dann werden wir improvisieren müssen.«

Er blinkte und trat das Gaspedal durch, um einen langsameren Wagen zu überholen. Der Range Rover spielte seine PS aus.

»Wir holen das Mädchen da raus, oder?«

»Das ist der grobe Plan.« Ich sog die Luft tief in meine Lungen und hielt den Atem an. Wir waren wieder gemeinsam im Einsatz. Auf dem Weg ins Unbekannte. Beim letzten Mal ... war es nicht gut ausgegangen ...

»Du denkst jetzt nicht an Darang, Mann, oder?«, fragte Roland, ehe meine Gedanken zu weit abschweiften. »Das hier ist etwas komplett Anderes.«

»Du hast recht«, sagte ich und lenkte meine Aufmerksamkeit zurück auf das Smartphone.

Nach einigen Minuten ließen wir die albtraumhaft dunkle Allee hinter uns und bewegten uns durch offeneres, ländliches Gebiet in einem weiten Bogen nach Westen. Auf der langgezogenen Landstraße meinte Roland schließlich, den Kleintransporter in der Ferne auszumachen. Wenn ich der Tracking-App vertraute – und eine andere Wahl hatte ich nicht –, musste ich ihm zustimmen. Das Signal, das ich auf meinem Handydisplay beobachtete, war uns nur noch etwa einen halben Kilometer voraus. Die Straße zwischen uns war leer.

»Sie biegen ab«, sagte ich anderthalb Minuten später, »nach Süden.«

Roland bremste, damit wir die richtige Abzweigung nicht verfehlten. Es handelte sich um einen asphaltierten Wirtschaftsweg, der zwischen Feldern hindurchführte. Wir passierten die Gebäude eines Rinderhofes und folgten dem Weg in eine sanfte Rechtskurve.

»Mach langsam«, mahnte ich Roland, aber er hatte den Fuß bereits vom Gas genommen. Ein Fahrzeug, das einem um kurz nach Mitternacht in dieser Gegend folgte, weckte automatisch Verdacht, und wir wollten das Überraschungsmoment nicht verspielen. Aber auf Roland verließ ich mich und konzentrierte mich stattdessen auf die Handyanzeige, die ich näher heranzoomte.

»Sie biegen noch einmal ab, wieder nach links.«

Wir kamen auf eine Baumschonung zu, die uns Deckung gab, und Roland beschleunigte, um kurz darauf vor der Einmündung scharf abzubremsen.

»Sie sind langsamer geworden und verlassen jetzt die Straße«, berichtete ich. »Circa dreihundert Meter rechts.« Roland schaltete die Scheinwerfer aus und lenkte den Range Rover in den schmaler werdenden Wirtschaftsweg hinein. Er ließ ihn langsam rollen. Die schlanken, hellen Stämme von Kiefern reihten sich rechts des Weges auf. Dahinter lag ein Straßengraben und hinter diesem eine buschige Hecke.

»Ich glaube, da vorne liegt ein Hof oder sowas«, sagte Roland.

Ich folgte seinem Blick. Aus dem Dunkeln schälten sich eckige Umrisse hervor, aber ich konnte keine Details erkennen. Roland lenkte den Wagen vorsichtig auf den Seitenstreifen und ließ ihn dort ausrollen, bis er dicht vor einer der Kiefern zum Stehen kam. Er bremste bewusst nicht aktiv ab, denn das Bremslicht hätte uns verraten. Er schaltete den Motor aus und betätigte die Feststellbremse.

»Endstation. Den Rest sollten wir laufen.«

Ich nickte. Zahras Signal bewegte sich nicht mehr weiter. Wir waren etwa hundertfünfzig Meter entfernt. Ich verdrängte den Gedanken, dass Almasri Zahras Smartwatch aus dem Wagen geworfen haben und der Lieferwagen mit den Entführern sich unbemerkt aus dem Staub machen könnte. Hätte er daran gedacht, dass Zahra geortet werden würde, wäre das längst geschehen. Zumindest redete ich mir das ein.

Ich tippte eine knappe Textnachricht an Martin Buchheister: *Sind dran. Bericht folgt.* Dann schaltete ich das Handy aus, um zu verhindern, dass es mich in einem ungünstigen Moment durch Töne oder Vibration verraten konnte.

»Hast du etwas weniger Auffälliges zum Anziehen dabei?«, fragte Roland.

Ich sah an mir hinab und musste eingestehen, dass dunkler Anzug und weißes Hemd nicht geeignet waren, um sich in der Nacht an eine Gruppe von Gegnern anzuschleichen. Rolands Jeans und dunkelgraues T-Shirt schon eher.

»Mit Flecktarn kann ich leider nicht dienen«, sagte ich.

Wir stiegen aus dem Wagen und schlossen die Türen und versuchten, dabei möglichst wenige Geräusche zu verursachen. Im Kofferraum fand ich die dunkelblauen Overalls, die wir beim Einbruch in Mirko Wittes Wohnung getragen hatten. Vielleicht ein gutes Omen.

- 47 -

Das Gehöft bestand aus einem Wohnhaus, vier Wirtschafts-
gebäuden und zwei großen Futtersilos, die sich um einen
gepflasterten Hof gruppierten. Es erschien verlassen: keine
Tiere, keine Menschen, keine Landmaschinen. Zwei Beete
seitlich des Hauseingangs waren verwildert. Unkraut wuchs
kniehoch aus den Pflasterfugen des Hofes, umgeknickt nur
dort, wo der Lieferwagen der Entführer mit seinen Rädern
zwei schmale Schneisen hinterlassen hatte, die bis vor eine
der Scheunen führte. In ihrem Inneren fand sich auch die
einzige Lichtquelle weit und breit, deren Helligkeit durch
Spalten um das Doppeltor heraus sickerte. Der Rest des
Anwesens lauerte im Dunkeln.

»Da drin müssen sie stecken«, wisperte Roland neben
mir. »Mindestens vier von ihnen, vielleicht auch mehr. Und
das Mädchen.«

Ich nickte.

»Weißt du, was jetzt cool wäre?«, fragte er.

»Zwei Quad-Eyes?«, schlug ich vor, womit ich auf die
taktischen Panorama-Nachtsichtgeräte anspielte, die wir
üblicherweise beim KSK benutzt hatten.

»Genau. Und eine zweite Knarre. Wieso hast du eigentlich nur eine dabei?«

»Hätte ich geahnt, dass ich sie brauchen würde, hätte ich
den Kofferraum vollgepackt ...«

»Tja, dann müssen wir wohl improvisieren. – Gehen wir
über die Rückseite?«

Ich nickte und atmete tief durch. Vor uns lag eine unübersichtliche, riskante Situation, und ich war heilfroh, Roland an meiner Seite zu wissen. Es kam mir fast wie früher vor – außer dass Stevie und Jo fehlten.

Wir umrundeten das vorderste Gebäude, einen ehemaligen Rinderstall, und gingen auf der Rückseite in Deckung, um erneut die Lage zu sondieren. Die zweite Scheune lag unter einem verwitterten Satteldach, das in der hinteren Hälfte durchhing. An der Seitenwand, aus schlichten Backsteinen gemauert, waren alte Holzlatten und Bretter aufgestapelt. Darüber, unmittelbar unterhalb der Traufe und einer rostigen Regenrinne, wurde eine Reihe fast blinder Sprossenfenster von innen erleuchtet. Aber sie lagen zu hoch und waren zu klein, um uns einen sicheren Zugang zu der Scheune zu erlauben.

Staubige Erde und Büschel vertrockneten Grases bedeckten die sechs oder sieben Meter offenen Geländes zwischen den beiden Gebäuden.

Eine Bewegung, die einen Wachtposten verraten hätte, war nicht zu sehen.

Ich gab Roland ein Signal, und wir liefen geduckt und mit schnellen Schritten zur Rückseite der Scheune. Das trockene Gras knirschte leise unter unseren Sohlen. Roland hatte seine Hand locker auf meine Schulter gelegt, so wie wir es in tausenden Übungsstunden und Einsätzen exerziert hatten.

Die Scheune verfügte über einen Hintereingang, eine Holztür mit einem einzelnen simplen Schlossriegel, den ich in der Dunkelheit mehr erfühlte als erkannte. Dahinter würde es richtig ernst werden. Mein Herz begann zu hämmern, als das Adrenalin meinen Kreislauf flutete.

Unter dem Overall war ich längst nassgeschwitzt. Ich wischte mir mit dem Ärmel über die Stirn und durch die Augen, trocknete die Hände an den Hosenbeinen. Dann zog ich die Glock aus dem Holster. Ich hielt sie in sicherem, beidhändigem Griff zum Boden gerichtet und spürte doch, wie Hände und Arme zitterten. Ein Gefühl von Schwindel überkam mich.

»Alles okay, Mann?«, wisperte Roland.

Ich nickte – und hoffte, dass er die Bewegung in der Dunkelheit überhaupt wahrnahm. Das letzte Mal, dass ich eine Waffe in den Händen gehalten und abgefeuert hatte, lag fast ein Jahr zurück. Nur war das in den Bergen Afghanistans gewesen und nicht im Umland der deutschen Bundeshauptstadt.

Ich unterdrückte den Drang, mich zu räuspern, und entgegnete fast lautlos: »Hoffe, wir sind nicht zu sehr aus der Übung.«

Ich spürte den Druck von Rolands Hand auf meiner Schulter. »Keine Sorge«, wisperte er. Dann legte er sie an den Türriegel, um diesen auf mein Kommando hin aufzuziehen. »Ready?«

Ich signalisierte ihm das Go. Mit der Waffe im Anschlag neben der Tür aufgebaut, zählten wir stumm drei Sekunden rückwärts. Mit einem kurzen Ruck öffnete Roland den Riegel und zog die Brettertür mit einer schnellen Bewegung so weit auf, dass ich durch den Spalt schlüpfen konnte. Ich folgte dem Lauf der Glock durch die Öffnung in das Halbdunkel unter einem niedrigen Heuboden, roch Staub, altes Stroh und Mäusekot, hörte eine zornige Männerstimme aus dem hellen Bereich der Scheune, erstarrte – und zuckte zurück.

Keine zwei Meter hinter der Tür stand ein Bewaffneter. Zwar mit dem Rücken zur Tür und dem Gesicht zur Scheune, aber er konnte die Geräusche unmöglich überhört haben, die das Aufziehen des Riegels und der Tür verursacht hatten. Sein Kopf ruckte zur Seite ...

Schnell zog ich mich rückwärts von der Türöffnung zurück bis hinter die Mauerecke. Mein Herz raste, und ich hatte Mühe zu atmen. Verdammt, eine Panikattacke konnte ich jetzt beim besten Willen nicht gebrauchen!

Roland befand sich noch immer hinter dem halb geöffneten Türblatt. Hoffentlich entglitt ihm die Situation nicht auch.

In dem spärlichen Licht, das durch die Scheunentür nach draußen fiel, erschien ein Schatten. Gleich darauf trat der Mann heraus, den ich gesehen hatte. Er trug Hose, Hemd und eine Kalaschnikow AK-47 in lockerem Anschlag mit dem Riemen über der Schulter.

Ich hätte ihn in diesem Sekundenbruchteil erledigen sollen, doch ich zögerte. Die Panik lähmte mich. Verdammte mich zur Untätigkeit wie fast erstarrter Beton.

Der Bewaffnete trat näher in meine Richtung. Offenbar sah er mich hinter der Mauerecke nicht: Seine Augen konnten sich nicht derart schnell an die Dunkelheit anpassen.

Rolands Bewegung war kaum wahrzunehmen. Seine großen Hände in den Latexhandschuhen packten Hinterkopf und Kinn des Mannes von hinten und drehten seinen Kopf mit einem kraftvollen Ruck zur Seite. Das Genick des Kerls brach mit einem trockenen Knacken, sein Körper erschlaffte augenblicklich. Roland hielt den Toten am Schädel fest und zog ihn tiefer in die Dunkelheit hinein.

Sekunden später war er zurück und kniete an meiner Seite ab, die Augen auf die Hintertür der Scheune gerichtet. »Das war fast zu einfach. Alles okay, Mann?«

Ich nickte und versuchte, mich wieder in den Griff zu kriegen. Roland trug die AK des Toten. Mit geübten Handgriffen prüfte er das Magazin und die Patronenkammer und lud die Waffe durch. Schnell sicherte er unsere nähere Umgebung. Dann presste er seine Hand auf meine Schulter, als könnte er so meine hektische Atmung bremsen. Es gelang tatsächlich.

Mein Blick traf seinen, und ich reckte den Daumen hoch.

»Wir müssen da jetzt reingehen, okay?«, flüsterte er. »Ich hab insgesamt fünf Ziele gezählt, minus der eine. Bleiben vier, korrekt?«

Ich konzentrierte mich auf den kurzen Blick, den ich in die Scheune geworfen hatte. Der Mann an der Tür. Der Lieferwagen vor dem großen Scheunentor. Davor zwei weitere Gegner. Rechts davon im harten Licht eines Baustrahlers Zahra Ghani auf den Knien am Boden, neben ihr Aref Almasri, der Sprecher, Nummer vier. Und daneben Nummer fünf, der große Afghane, der Zahra auf der Straße angegangen war, ebenfalls mit einer AK.

Er hatte ja versprochen, dass wir uns wiederträfen.

»Vier«, bestätigte ich.

»Almasri und Zahra gehören dir, und ich übernehme die anderen. Einverstanden?«

»Okay.«

»Bist du klar?«

Ich sah Rolands Gesicht wenige Zentimeter vor meinem. Sein Blick war völlig emotionslos. Er befand sich in seinem Element. Für ihn existierte nur der Einsatz.

»Klar«, sagte ich.

»Ich gehe vor«, entschied er.

Roland zog die Tür auf und schlüpfte halbgeduckt, das Sturmgewehr im Anschlag, in das Halbdunkel unterhalb des Heubodens. Ich war unmittelbar hinter ihm. Im selben Moment bog ein Fahrzeug rasant auf den Hof ein.

Anstatt wie geplant vorwärts zu stürmen, gingen wir rechts und links des Durchgangs in Deckung. Die Scheinwerfer des ankommenden Wagens schufen eine strahlende Corona um das Scheunentor. Almasri und die anderen schienen weniger überrascht zu sein als wir. Aber keiner von ihnen schien uns entdeckt zu haben. Almasri richtete sich auf und herrschte Zahra an, sich nicht zu rühren. Sie hockte im Kamerafeld eines Handys, das auf einem kleinen Stativ neben ihr und ihrem entfernten Cousin stand. Ihre Arme waren hinter dem Rücken gefesselt, der Mund mit silberfarbenem Klebeband verschlossen, das in mehreren Bahnen um ihren Kopf gewickelt worden war.

Ich lag hinter einem Haufen alten Strohs auf dem staubigen Boden und beobachtete, wie die beiden Taliban von der linken Seite zum Tor liefen und beide Flügel öffneten. Neben mir brummten zwei dicke Fliegen, die ich aufgescheucht hatte, über etwas Stinkendem.

Ein dunkelroter VW Passat Tourer älteren Baujahrs rollte herein und blieb neben dem Mercedes-Transporter stehen. Drei Personen stiegen heraus. Aus dem Beifahrersitz sprang der schmale Kerl, dem ich zusammen mit dem Großen vor Zahras Haus begegnet war. Er schleuderte Almasri eine wütende Tirade entgegen und gestikulierte ausfahrend, wobei er Zahra und den Transporter einschloss. Die beiden Männer blieben voreinander stehen. Almasri fiel dem Schmalen ins Wort, woraufhin dieser seine Lautstärke nochmals anhob.

Ich wechselte einen schnellen Blick mit Roland, der sich abgekniet hinter einigen Brettern verbarg.

»Worüber streiten die?«, formulierte er tonlos.

Da ich den Wortwechsel in Dari nicht verstand, zuckte ich die Achseln. Aber was ich beobachtete, ließ mich vermuten, dass der Schmale der eigentliche Anführer der Truppe war. Almasri hielt sich zurück, nickte, antwortete nur noch einsilbig.

Der Schmale seufzte, ehe er sich an die anderen Taliban wandte und Anweisungen erteilte. Der Große und einer der Männer aus dem Passat packten ihre AKs und liefen durch das Scheunentor hinaus auf den Hof, wobei sie sich zu beiden Seiten aufteilten. Zwei andere schlossen die Torflügel hinter ihnen.

Unter den nächsten Worten des Schmalen hörte ich den Begriff *Range Rover* heraus.

Sie mussten bei ihrer Anfahrt unseren Wagen entdeckt haben – und machten sich jetzt auf die Suche nach uns.

Roland bewegte sich bereits rückwärts und bedeutete mir, die Stellung zu halten. Falls die Situation eskalierte, insbesondere die Gefahr für Zahra, würde ich eingreifen müssen, und Roland würde mir indessen den Rücken freihalten.

Der Schmale wandte sich wieder an Almasri, fuhr aber mit gemäßigter Tonlage fort, als er auf die am Boden kauernde Zahra deutete. Deren Blicke schossen zwischen den beiden Afghanen hin und her, die möglicherweise gerade über ihr Schicksal entschieden. Almasri antwortete kleinlaut, breitete die Arme aus und wechselte etwas aus der rechten in die linke Hand, was ich jetzt zum ersten Mal zu sehen bekam – eine Machete.

Verdammt! Wir mussten bald etwas unternehmen. Was immer Almasri mit Zahra geplant hatte – die Machete und eine aufnahmebereite Handykamera ließen nichts Gutes vermuten.

Ich nahm eine Bewegung hinter und neben mir wahr und hoffte auf Roland. Stattdessen presste sich etwas Kaltes hart gegen meinen Hinterkopf, und eine akzentgefärbte Stimme flüsterte triumphierend: »Ich hab doch gesagt, wir sehen uns wieder.«

- 48 -

Mir blieb keine Wahl, solange ich vermuten musste, dass es eine Waffe war, deren Mündung sich in meine Kopfhaut bohrte. Der Große nahm mir die Glock ab und rief gleichzeitig seinen Kumpanen etwas zu. Selbst wenn ich die Chance erhalten hätte, ihn auszuschalten, hätte der nächste Taliban-Kämpfer mich mit seiner AK aufs Korn genommen.

Er packte mich am Kragen, zog mich auf die Beine und schubste mich dann sachte vorwärts ins Licht. Alle sechs Augenpaare richteten sich auf mich. Der Druck der Waffe verlagerte sich zwischen meine Schulterblätter. Ich hob die Hände in Kopfhöhe, um allen zu zeigen, dass ich mich nicht zur Wehr setzte.

Zahras Blick flackerte, ehe sie ihn resigniert senkte.

Almasri runzelte bei meinem Anblick die Stirn. Ich erkannte seine scharf geschnittenen Züge von den Fahndungsfotos der Verfassungsschützer wieder. Er stellte eine Frage auf Dari.

»Wer das ist?«, antwortete der Schmale in gebrochenem Deutsch, während er mich musterte. »Das musst du das Mädchen fragen. Ein Freund von ihr? Ihr Liebhaber?« Er spuckte vor mir auf den Scheunenboden.

»Ich kann dich auch nicht leiden, Arschloch«, murmelte ich.

Er verfügte offenbar über ein gutes Gehör. Ich sah seinen Schlag kommen, wich aber nicht aus. Als sein Handrücken mich ins Gesicht traf, torkelte ich absichtlich einen

Schritt zur Seite und ließ mich auf ein Knie fallen. Ein Ziel erreichte ich damit: Der Druck der Waffe war aus meinem Rücken verschwunden.

Der Große stand noch immer einen Schritt hinter mir. Er hielt sein Sturmgewehr locker in den Händen und nur ungenau auf mich gerichtet. Meine Glock steckte vorne in seinem Hosenbund.

»Bist du allein?«, fragte mich der Schmale.

Ich sah ihn an und richtete mich sehr vorsichtig wieder auf, so dass ich mir der Aufmerksamkeit sämtlicher Taliban gewiss sein konnte. Das entsprach dem Pensum an Ablenkung, das ich Roland bieten konnte. Ich hoffte, dass er das zweite Mitglied des Suchtrupps bereits erledigt hatte. Aber selbst dann hatte sich die Zahl unserer Gegner auf sechs erhöht.

»Bist du allein?«, wiederholte er ungeduldig.

Ich hielt seinem Blick stand, die Hände erhoben, und zögerte meine Antwort noch ein paar Sekunden hinaus. Auf meiner Unterlippe schmeckte ich Blut. Aber im Inneren spürte ich eine tiefe Ruhe. »Ob ich allein bin, willst du wissen?« Ich hob die Schultern. »Was denkst du? Ich denke, dein Freund Almasri hat euch kräftig in die Scheiße geritten. Das Mädchen zu kidnappen war doch seine Idee, oder nicht? Und du hast das nicht vorausgesehen?«

Der schwarze Bart wogte in dem hageren Gesicht des Anführers, als seine Kaumuskeln zuckten. Vielleicht hatte ich einen wunden Punkt erwischt. Er wandte sich zu Almasri um und warf ihm ein paar Worte in Dari an den Kopf, die sich in meinen Ohren tadelnd anhörten.

Almasri nickte. Dann zog er die rechte Hand hinter seinem Rücken hervor, richtete die Pistole darin auf das Gesicht des Schmalen und schoss ihm aus zwanzig Zentimetern Entfernung ins linke Auge.

Der plötzliche Schussknall – und das unerwartete Ableben ihres bisherigen Anführers – ließ die Taliban zusammenzucken. Für Roland und mich war es der Startschuss.

Mit einer schnellen Drehung brachte ich mich aus der Schusslinie der AK, drückte gleichzeitig den Lauf von mir weg und hämmerte dem Großen den Ellbogen gegen die Schläfe. Schüsse krachten durch die Scheune. Der Große taumelte benommen. Ich zog meine Glock aus seinem Hosenbund und feuerte zweimal. Die Kugeln trafen ihn mitten in die Brust.

Roland brachte den Tod über die anderen Taliban. Er rückte zügig von unterhalb des Heubodens vor, halbgeduckt, die erbeutete AK-47 im Schulteranschlag, und bekämpfte die Ziele mit kurzen Feuerstößen. Die ersten beiden fielen zeitgleich mit dem Großen auf den staubigen Lehmboden. Da schwenkte Roland die Waffe bereits herum und feuerte auf den nächsten Gegner, ehe dieser seine AK heben konnte.

Ich kreiselte herum, kniete in derselben Bewegung ab, suchte mit der Waffe nach Almasri. Ich sah die Überraschung in seinen Augen, ehe ich ihm eine Kugel in die rechte Schulter verpasste. Der Treffer schleuderte ihn herum und zu Boden, seine Pistole flog zur Seite. Drei Sekunden später war ich über ihm und nagelte ihn mit dem Knie zwischen den Schulterblättern auf den Scheunenboden. Er stöhnte vor Schmerz und Wut auf.

»Keine Bewegung!«, zischte ich und presste die Mündung der Glock gegen seinen Hinterkopf. Wenig mehr Druck mit dem Knie, und er lag still.

Ich drehte mich halb zu Zahra Ghani um, die dicht neben mir auf dem Boden lag und mich aus weit aufgerissenen Augen anstarrte. Sie rang keuchend nach Luft, was ihr aufgrund des Knebels und der schleimverstopften Nase kaum gelang.

»Zahra, es ist in Ordnung, wir sind da. Es ist vorbei.«

Soweit ich sah, schien sie nicht verletzt zu sein. Rasch führte ich bei mir selbst einen Bodycheck durch – im Adrenalinrausch konnte man selbst ernsthafteste Verletzungen übersehen. Aber ich entdeckte keine.

Während Roland die Umgebung und die neutralisierten Ziele kontrollierte, sah ich mich schnell um. Auf dem Boden lag das dünnbeinige Stativ mit einem darauf montierten iPhone, das bei unserem Angriff umgestürzt war, und ein Stück daneben Almasris Machete, ein brandneues Exemplar eines handelsüblichen Fabrikats.

Roland übernahm meinen Posten und ließ sich mit dem Knie voraus auf Almasris Rücken fallen, der erneut aufstöhnte. Ich glaubte, eine Rippe brechen zu hören.

»Die Scheune ist gesichert. Bis auf den hier sind alle erledigt.«

»Bist du okay?«, versicherte ich mich.

Er nickte.

Ich holsterte die Glock und begann, Zahra von ihrem Knebel zu befreien. Ich sagte ihr nicht, dass die unterste Schicht, die auf Lippen, Haut und Haaren klebte, wehtun würde, und hoffte, dass der Adrenalinschub die Schmerzen unterdrückte.

Zahra schnappte lauthals nach Luft, als ich ihren Mund endlich befreit hatte. Ich warf das Klebeband beiseite und schnitt mit meinem Leatherman die Fesseln zwischen ihren Handgelenken durch. Die junge Frau zitterte unkontrolliert und schluchzte, ließ es aber zu, dass ich sie in die Arme schloss und fest an mich drückte.

»Es ist vorbei, Zahra. Die können Ihnen nichts mehr tun. Verstehen Sie, was ich sage?« Ich spürte ihr Nicken an meiner Schulter und führte sie aus dem gleißenden Licht des Baustrahlers heraus. Vor einem Deckenbalken lagen einige Säcke mit Düngemittel aufgestapelt. Ich ließ Zahra sich darauf setzen und ging vor ihr in die Hocke. Ihr Atem hatte sich bereits wieder beruhigt. Der Zopf war zerzaust, ihr Gesicht bleich und schweißnass. Sie sah mich an und flüsterte: »Danke.«

»Gern geschehen. Tut mir leid, dass es erst soweit kommen musste.«

»Früher oder später hätte er mich sowieso gefunden.«

»Was hatte Almasri mit Ihnen vor?« Ich ließ meine Blicke schweifen und sah an der Wand neben dem Kleintransporter Kisten mit Nägeln und Kugellagerkugeln, Plastik- und Glasflaschen mit Chemikalien, mehrere Eimer und zwei Kunststoffwannen. »Was hatten die Kerle überhaupt vor.«

»Aref hat eigenmächtig gehandelt. Deshalb auch der Streit mit dem Anführer der Gruppe. Sie hatten wohl einen Anschlag vorbereitet, aber Aref hat sich nicht an den Plan gehalten.«

»Weil er stattdessen Sie wollte.« Zahra nickte. Ich hakte nicht weiter nach. »Ruhen Sie sich etwas aus. Wir bringen Sie fort von hier. Aber erst haben Roland und ich noch etwas zu erledigen.«

Einige Drogerien hatten offenbar gut an den Taliban verdient. Die Chemikalienflaschen waren geleert – Wasserstoffperoxid, Schwefelsäure, Aceton. In den Plastikwannen, die sonst auf Baustellen für Mörtel und Ähnliches genutzt wurden, hafteten Reste eines weißen Pulvers. Offensichtlich hatten die Männer TATP angemischt, Triacetonperoxid, einen in Terroristenkreisen beliebten und relativ leicht herzustellenden Sprengstoff.

Ich öffnete die Seitentür des Lieferwagens und wurde fündig. Im hinteren Teil des Laderaumes lagen drei Geschirre aus breiten Lederriemen am Boden, bestückt mit prall gefüllten Taschen und Beuteln, die mit dünnen Kabeln verbunden waren. Gleich daneben lagen eine Neun-Millimeter-Beretta mit einem aufmontierten, selbstgefertigten Schalldämpfer sowie zwei weitere Pistolen.

Hätten sie mit der Ausrüstung und ihren AKs die Spendengala gestürmt, hätte das zahlreiche Unschuldige das Leben gekostet. Mal wieder.

Meine Kiefer mahlten aufeinander, als ich zu Roland und Almasri ging. Der Afghane keuchte irgendetwas, das nach Dari klang.

»Ich glaube, er kriegt nicht gut Luft«, sagte ich.

»Na, so ein Pech«, entgegnete Roland ungerührt. Er stemmte sich hoch, packte den Talib am Kragen und zerrte ihn auf die Knie.

Die olivfarbene Haut hatte einen fahlgrauen Ton angenommen und glänzte vor Schweiß. Im Kontrast dazu stand der makellos gestutzte Bart. Die dunklen Augen flackerten, aber nicht aus Hass oder Angst: Almasri hatte Schmerzen. Seine rechte Hemdbrust und der obere Teil des Ärmels waren blutigrot durchnässt. Der Arm hing schlaff an seiner Seite. Meine Kugel hatte ihm nicht nur eine harmlose Fleischwunde hinterlassen wie im Kino – sie steckte im Nervengeflecht, das den Arm ansteuerte.

»Du wirst wahrscheinlich verbluten«, sagte ich zu ihm. »Ist dir das klar? Verstehst du überhaupt meine Sprache?«

Almasri schwieg. Ich hätte Zahra bitten können zu dolmetschen, aber das stand nicht zur Debatte. Sie hatte heute Nacht schon genug durchgemacht. Als ich die Fragen auf Englisch wiederholte, spuckte der junge Talibankämpfer demonstrativ auf den Boden und hielt seinen Blick stolz geradeaus gerichtet.

»Was haben wir mit ihm vor?«, fragte Roland.

»Ich dachte, er könnte uns vielleicht noch ein paar Fragen beantworten ... Über Darang und Khaiss Ali Hosseini.«

Als er die ihm bekannten Namen hörte, richtete Almasri seine Augen auf mich.

»Was ist? Wirst du mit uns reden?«, fragte ich.

Die schmalen Lippen verzogen sich und formulierten kaum hörbar: »*Fuck you!*«

»Scheint kein netter Zeitgenosse zu sein«, bemerkte Roland.

»Keiner von denen, so wie es aussieht. Sie hatten mehrere Sprengstoffwesten im Transporter und Waffen mit Schalldämpfer.«

Roland pfiff leise durch die Zähne. »Sind wir den Selbstmordattentätern etwa zuvorgekommen? Dann sind wir zum

Glück ja die Guten, oder? Meinst du, das reicht aus, um die ganze Sauerei hier zu erklären?«

Ich blickte mich um. »Wir werden einiges zu erklären haben, sobald die Polizei hier eintrifft.«

»Vielleicht waren wir gar nicht hier?«, sagte Roland mit einem Achselzucken.

»Hast du eine bessere Idee?«

»Vielleicht ... Bei Bombenbastlern passieren immer wieder schlimme Unfälle ...«

Ich ahnte, worauf mein Freund hinauswollte, und sah, wie sich Almasris Augen um eine Idee verengten. Er verfolgte unsere Diskussion und verstand die Konsequenzen offensichtlich. Schnell schaute ich zu Zahra Ghani hinüber, die zusammengesunken auf den Düngersäcken hockte und auf den Lehmboden starrte, und wandte mich dann wieder zu Roland um. »Auf jeden Fall sollten wir uns beeilen. Irgendjemand hat vielleicht die Schießerei gehört –«

Almasri warf sich zur Seite, rollte flach über den Boden. Ein Akt der Verzweiflung, der ihn dorthin brachte, wo die Machete lag. Er griff sie mit der linken Hand, kam auf die Beine, die Waffe erhoben.

Zahra schrie hinter mir erschrocken auf.

Mit zwei langen Schritten und einem Knurren auf den Lippen war Roland bei Almasri und rammte ihm den Schaft der AK-47 ins Gesicht. Der Kampfschrei erstickte im Ansatz. Blut spritzte aus seiner Nase. Die Machete fiel klimpernd zu Boden. Roland kickte sie außer Reichweite.

Der Talib brach wieder in die Knie. Er schien alle Kräfte für sein letztes Aufbäumen verbraucht zu haben.

»Dreckskerl!«, zischte Roland. Er warf mir die AK zu. Ich fing sie auf und legte automatisch an, um meinen Freund zu decken.

Roland trat hinter Almasri und schlang seinen muskulösen Arm um den Hals des Afghanen, der keuchend ein paar Zahnsplitter zwischen aufgeplatzten Lippen herauswürgte. Den anderen Unterarm legte er hinter Almasris Nacken, spannte die Arme an und blockierte auf diese Weise den Blutfluss in und aus Almasris Schädel. In circa dreißig Sekunden würde der Talib das Bewusstsein verlieren.

»Hat noch jemand etwas zu sagen?«

»Was ist mit den Informationen?«, fragte ich.

»Scheiß drauf! Der Kerl wird eh nicht reden.«

Roland hatte recht. Ich sah Zahra an. Ihre Augen glitzerten.

»Ihr Cousin wird heute hier sterben«, erklärte ich ihr. »Selbst wenn wir es wollten, könnten wir ihm wahrscheinlich nicht mehr helfen.«

Sie blickte mich an und nickte schließlich. »Er hat so viel Leid über die Menschen gebracht. Und wer weiß, was er und seine Freunde heute angerichtet hätten.« Sie stand auf und kam neben mich, suchte Almasris Blick.

Der Afghane rang keuchend nach Luft. Dicke Venen traten auf seiner Stirn hervor. Zahra sprach zwei Sätze auf Dari zu ihm. Als sie geendet hatte, verdrehte er die Augen und erschlaffte. Roland hielt den Würgegriff noch eine weitere halbe Minute aufrecht.

»Was haben Sie zu ihm gesagt?«, fragte ich Zahra.

»Dass ich ihm nicht vergebe. Und dass auch Allah ihm nicht vergeben wird.« Sie drehte sich um und kehrte mit trägen, erschöpften Schritten zu ihrer Sitzgelegenheit zurück.

Roland ließ den bewusstlosen Almasri auf den Boden sinken und warf ihn auf den Rücken. Dann ging er neben ihm auf die Knie, öffnete seinen Overall und zückte ein

Kampfmesser aus einer Scheide am Gürtel. Er schnitt Almasris Hemd an der Schulter auf, suchte die Eintrittswunde und bohrte die Messerspitze hinein.

In seiner Ohnmacht stöhnte der Afghane leise und bäumte sich leicht auf. Mit der freien Hand presste Roland ihn auf den Lehmboden und versenkte die Klinge tiefer in der Wunde.

Bei dem Anblick zuckte ich zwar zusammen, aber ich ließ meinen Freund gewähren. »Was tust du da, Mann?«

»Dir den Arsch retten, Kumpel. Oder willst du eine Kugel in der Leiche zurücklassen, die zu deiner Waffe zurückverfolgt werden könnte?«

- 50 -

Roland war der bessere Sprengstoffexperte von uns, also überließ ich ihm die knifflige Arbeit und half ihm, indem ich den fast toten Aref Almasri und die Leichen der sieben anderen Taliban neben dem Lieferwagen platzierte. Als ich den letzten von ihnen abgesetzt und mit dem Rücken an die offene Seitentür gelehnt hatte, blickte Roland von den vorbereiteten Sprengstoffwesten auf und nickte in Zahra Ghanis Richtung.

»Wird sie stillhalten?«

»Ich kümmere mich drum.«

Ich ging zu ihr, kniete mich vor sie hin und suchte ihren Blick, der müde und leer aussah.

»Was haben Sie vor, Keller?«

»Dafür sorgen, dass niemand unnötige Fragen stellt. Deshalb ist es sehr wichtig, dass Sie niemandem erzählen, was heute Nacht geschehen ist. Kriegen Sie das hin, Zahra?«

»Was ist denn geschehen? Ich kann mich an nichts erinnern ...« Sie produzierte ein schiefes Lächeln.

»Sie sind super«, sagte ich schmunzelnd. »Na los, verschwinden wir von hier.«

Ich führte sie aus der Scheune und den nachtschwarzen Weg zurück zu meinem Range Rover. Sie kletterte auf die Rückbank, und ich legte ihr meine Anzugjacke um die Schultern. Ihr Blick driftete in die Ferne ab. Ich entschied, sie erst einmal in Ruhe zu lassen.

Als ich mich aus dem Overall schälte, erschien Roland. Er winkte mir mit einem Handy, legte es aufs Wagendach und begann, sich ebenfalls auszuziehen.

»Das hat Spaß gemacht«, sagte er mit gedämpfter Stimme. »Wir haben es immer noch drauf, Mann.«

Die Hände, mit denen ich den Overall über meine Beine nach unten schob, zitterten plötzlich. In der Dunkelheit würde Roland das nicht sehen können, dessen war ich sicher. Als ich mich herunterbeugte, um aus dem ersten Bein zu schlüpfen, schoss bittere Galle in meine Kehle. Ich unterdrückte mühsam einen Hustenreiz.

»Das war wie in alten Zeiten – besser sogar«, fuhr Roland ungerührt fort. »Schade, dass Jo und Stevie nicht dabeisein konnten. Zu viert hätten wir zwanzig von diesen Kerlen plattgemacht.«

Seinen Gesichtsausdruck konnte ich nicht erkennen, aber ich hörte die Genugtuung in seiner Stimme. Ich füllte meine Lungen mit warmer Nachtluft. »Ich dachte, dass wir das hinter uns gelassen hätten.«

Er lachte kurz auf. »Du machst Witze, oder? Genau für solche Aktionen haben wir doch die ganze Zeit trainiert.« Er boxte mir sachte gegen den Oberarm. »Genieß lieber das Gefühl, dass wir gewonnen haben. In ein paar Minuten wird nämlich nichts mehr übrig sein, um das zu beweisen.«

Besagte Minuten später saßen wir zu dritt im Wagen und fuhren durch die Nacht zurück in die Stadt. Etwa anderthalb Kilometer von dem Gehöft entfernt hielt ich den Wagen an.

Roland nickte mir zu und drückte die Anruftaste auf dem Prepaid-Handy, das er hatte mitgehen lassen. Stumm lauschten wir den leisen Tastentönen, die das Wageninnere erfüllten. Ein Klingelton löste sie ab, als im angerufenen Handy ein Stromkreis geschlossen wurde, der das Gerät zu einer provisorischen Sprengkapsel umfunktionierte. Zwei Sekunden später drang das Geräusch einer fernen Detonation durch die offenen Seitenfenster.

The person you have called –

Roland legte auf, schaltete das Handy ab und schob es in seine Hosentasche, um es später zu entsorgen.

Vom Rücksitz hörte ich Zahras erleichtertes Aufatmen.

»Jetzt ist es vorbei«, sagte sie.

»Ja«, sagte ich und umklammerte das Lenkrad fester.

Irgendwo hinter uns erblühte in der tintenschwarzen Dunkelheit ein kleines, flackerndes, warmes Licht.

- 51 -

Wir erreichten die Lübecker Straße um kurz nach drei Uhr am Morgen. Ich fand einen Parkplatz fünfzig Meter von Zahras Wohnhaus entfernt und hielt ihre Hand, als sie aus dem Wagen stieg. Roland hatten wir einen Block zuvor abgesetzt. Er befand sich noch im Einsatzmodus und ließ es sich nicht nehmen, unsere Rückkehr in Zahras Wohnung zu decken, ehe er sich selbst auf den Heimweg machen wollte – für den Fall irgendwelcher Überraschungen.

Martin Buchheister, der förmlich auf heißen Kohlen saß, hatte ich von unterwegs darüber informiert, dass Zahra Ghani sich wieder in Sicherheit befand.

Zahra umklammerte meine Hand, als wir zum Haus zurückgingen, und legte im Gehen ihre Schläfe an meinen Oberarm.

Aus dem Augenwinkel beobachtete ich die zwei einsamen Autos, die an uns vorüberfuhren. Ein Taxi, ein Privatwagen, ansonsten befand sich die Straße im Tiefschlaf. Hinweise auf einen Überwachungswagen des Verfassungsschutzes fand ich ebenfalls nicht.

Ich half Zahra mit dem Schlüssel und achtete darauf, die Tür hinter uns wieder zu verriegeln, ehe wir zu ihrer Wohnung hinaufstiegen. Die gestaute Wärme des Tages dort war annähernd so drückend wie in einer Sauna. Ich hatte das Gefühl, seit Stunden Sturzbäche zu schwitzen.

»Oh Mann, diese Hitze«, stöhnte die junge Frau, als ich die Wohnungstür schloss. Sie musste sich an der Wand festhalten, um die Schuhe von den Füßen zu strampeln.

»Ich bin mal kurz nebenan«, nuschelte sie und verschwand im Bad.

Ich nutzte die Zeit und sah mich im Rest der Wohnung um, schaltete die Lichter in Wohnzimmer, Küche und Schlafzimmer an. Hinweise auf einen Eindringling stachen mir nicht ins Auge.

Wie auf Kommando klingelte das Handy in meiner Hosentasche.

»Wie ich sehe, seid ihr auch schon da«, sagte Roland mit Flüsterstimme.

Ich widerstand dem Impuls, mich umzudrehen und aus dem Fenster zu schauen. Draußen herrschte tiefe Nacht, also würde ich im Fensterglas nichts als Dunkel zu sehen bekommen – und mein Spiegelbild.

»Du siehst uns?«

»Ja, so wie euer Freund.«

»Witte? Das darf nicht wahr sein ... Wie?«

»Das Hostel auf der anderen Straßenseite. Witte hat einen Beobachtungsposten auf dem Dach bezogen. Und nicht zum ersten Mal, wie es aussieht.«

Die Bedrohung durch Aref Almasri und seine Taliban-Freunde war neutralisiert. Aber wir hatten nur ein Problem aus der Welt geschafft. Der Stalker war noch da. Die Ereignisse des Abends hatten ihn nicht abgeschreckt. Und von seiner Position aus verfügte er über den perfekten Einblick in Wohn- und Schlafzimmer von Zahra Ghani.

»Wo bist du?«

»Auch auf dem Dach. Aber im hinteren Teil, wo Witte mich nicht sehen kann. – Soll ich ihn ausschalten?«

Ich zögerte kurz.»Negativ.« Heute Nacht hatten wir mehr als genug Blut vergossen.

»Wäre einfach«, sagte er.

»Auf den ersten Blick vielleicht. Lass es sein. Du kannst dich auch gerne zurückziehen. Du hast heute genug getan. Mal sehen, ob Witte auf seinem Posten ausharrt, wenn wir hier gleich alles abdunkeln.«

»Deine Entscheidung, Mann.«

Als Zahra aus dem Bad zurückkehrte, hatte sie geduscht und sich in einen pinkfarbenen Bademantel gehüllt. Eine Duftwolke von Aloe vera begleitete sie. Sie blinzelte träge und machte einen kleinen Fehltritt auf der Schwelle.

»Ich bin todmüde, Keller.«

»Kann ich verstehen. Kommen Sie, ich bringe Sie ins Bett.« Ich stützte sie sacht am Arm und führte sie ins Schlafzimmer.

»Das klingt zweideutiger, als es sollte, oder?«

»Tut mir leid«, sagte ich, aber sie lächelte.

»Ich mag Muslima sein, aber ich lebe nicht hinter dem Mond.« Vor dem Bett drehte sie sich um, vermied aber den Blickkontakt. Ich spürte ihr Zittern.»Könnten Sie mich noch einmal in den Arm nehmen, bitte?«

Das tat ich, und Zahra drückte ihrerseits mich an sich. Es handelte sich um eine Geste unter Freunden, die ein schlimmes Erlebnis gemeinsam durchgestanden hatten – ohne jegliche sexuelle Färbung.

»Sie haben mir das Leben gerettet, Keller«, flüsterte sie.

»Das werde ich Ihnen ganz sicher nie vergessen.«

»Vergessen Sie einfach Almasri, so schnell Sie können.«

»Ich werd's versuchen ...«

253

Ich vermied es, ihr von Mirko Witte zu erzählen, der uns in diesem Moment vom gegenüberliegenden Hausdach aus beobachtete. Wenngleich mich brennend interessiert hätte, wie ihr Gespräch mit dem Stalker abgelaufen war, ehe die Taliban sie überfallen und gekidnappt hatten.

Als Zahra die Umarmung lösen wollte, verlor sie das Gleichgewicht und stürzte rücklings aufs Bett, und ich mit ihr. Die ungewollte Aktion ließ sie kurz auflachen. Trotzdem sah ich keine Freudentränen in ihren Augen.

»Verzeihung«, murmelte ich und stemmte mich vom Bett hoch. »Sie sollten jetzt schlafen, Zahra.«

Sie rollte sich auf die Seite. »Keller? Könnten Sie heute Nacht bei mir bleiben?«

»Ja, das kann ich.« Ich trat zum Fenster und ließ die Jalousien herunter.

- 52 -

Aus den Aufzeichnungen des Schattens

Sie sperrten den Schatten aus.

Nein!

Ein Blitzschlag durchfuhr ihn.

Nein-nein-nein! Das durfte nicht wahr sein!

Er hatte Geduld von unfassbarem Ausmaß gezeigt. War durch den Durchgang in den Hinterhof des Hostels gelangt und über eine Feuertreppe an der Rückseite auf das Dach – wie üblich lautlos und unbemerkt. Hatte sich gewundert, wie leicht es gewesen wäre, in eines der rückwärtigen Zimmer zu gelangen und ... was auch immer zu tun. Wie leichtsinnig waren die Menschen, sich dem Schicksal so ungeschützt auszuliefern! Er war bis zu der perfekten Position einen Meter vom Dachrand entfernt gekrochen. Dort hatte er mit seinem kleinen Fernglas ausgeharrt.

Und gewartet, ob Yasmin zurückkehren würde.

Er hatte lange gewartet.

Der Beschützer brachte sie zurück.

Natürlich!

Er hatte Yasmin gerettet.

Und jetzt befanden sich beide in Yasmins Wohnung. Schlimmer noch – in ihrem Schlafzimmer.

Der Schatten wusste, was geschehen würde.

Er sah es vor seinen Augen, in seinem Kopf.

Seine Fantasie zeigte ihm alles.

Es hatte sich nichts geändert seit *damals*.

Es war seine Aufgabe, etwas zu ändern.

Aber er war nicht nur ein Feigling, sondern ein völliger Versager. Ein absoluter Loser.

Der Schmerz übertraf alles, was der Schatten in seinem Leben erleiden musste. Den Tod seiner Mutter, an den er sich nur noch vage erinnerte. Die frühere Schmach, die Yasmin ihm bereitet hatte. *Damals*.

Der Schatten hieb mit den Fäusten auf das Dach. Einmal. Zweimal. Fünfmal schnell hintereinander. Tränen schossen in seine Augen. Aber der Schmerz ließ sich nicht vertreiben. Aus ihm erwuchs etwas Anderes: Zorn.

Er durchflutete den Schatten. Erfüllte ihn.

Unversehens stand er auf den Füßen, sah ein letztes Mal zu der geschlossenen Jalousie vor Yasmins Schlafzimmerfenster.

So wie damals, spürte der Schatten noch etwas: Hass.

Er hasste Yasmin, die Hure, die Blenderin.

Er hasste den Mann, der in diesem Moment in ihrem Schlafzimmer war.

Er hasste die rätselhaften Männer, die Yasmin und ihren Beschützer zusammengeschweißt hatten.

Er hasste die Welt, die Yasmin und ihn selbst und alles andere hervorgebracht hatte, die immer wieder alles durcheinanderwarf, die dem Chaos entgegenstrebte, fern jeglicher Regeln.

Der Schatten ließ es zu, dass Zorn und Hass ihn ausfüllten und an ihm zerrten, als wären es zwei wilde Tiere, die seine menschliche Hülle zerfetzen und aus ihm herausplatzen wollten.

Dann fand er sich auf der Feuertreppe wieder, und dort traf er den Mann. Er lehnte lässig am stählernen Geländer, die Füße überkreuzt, zog an einer Zigarette. Er war jung, höchstens zwanzig, trug Boxershorts, ein helles T-Shirt und schulterlange blonde Haare.

Er schaute irritiert auf, als der Schatten sich näherte.

»*Salut*«, grüßte er auf Französisch.

Weiter kam er nicht, denn der Schatten stieß mit beiden Fäusten gegen seine Brust und der junge Mann stürzte rücklings die letzten sieben Stufen hinunter. Der Schatten folgte ihm mit einem Sprung, landete mit beiden Füßen in Bauch und Unterleib des Mannes, dem ein atemloses Stöhnen entfuhr.

Aus weit aufgerissenen Augen starrte er entsetzt zum Schatten empor, der über ihm aufragte.

Der Schatten trat zu. Traf ihn in die Rippen. Die Nieren. Gegen den Kopf. Er hasste den jungen Mann. Verabscheute das winselnde Häufchen Elend, das vor ihm im Dreck lag. Für einen Moment erkannte der Schatten sich selbst in ihm wieder, den Feigling, den Versager, hilflos, ausgeliefert.

Noch einmal würde er so etwas nicht wehrlos über sich ergehen lassen.

Wieder hob er den Fuß.

- 53 -

Aus den Aufzeichnungen des Schattens

Der Schatten fand sich auf der Straße wieder. Außer Atem, keuchend, sein Herz raste. Er blickte sich um. Das Hostel lag keine fünfzig Meter hinter ihm.

Er stoppte. Wie war er hierhergekommen?

Er fühlte sich leicht, geradezu beschwingt.

Was war geschehen?

Er dachte nach, strengte sich an.

Aus dem Nichts kehrte die Erinnerung zurück. Zuerst nur in Splittern. Er sah die Feuertreppe vor sich. Den jungen Mann. Sah ihn am Boden liegen.

Automatisch lief er zurück. Er brauchte Gewissheit. Musste herausfinden, was passiert war. Was mit ihm geschehen war.

Was er getan hatte.

Hektisch sah der Schatten sich um. Die Straße war menschenleer. Am Durchgang des Hostels zögerte er, reckte den Kopf um die Mauerecke. Der kurze Tunnel lag leer vor ihm. Lautlos trat er hinein, presste sich eng an die Wand, bereit, im nächsten Bruchteil einer Sekunde umzudrehen und loszusprinten.

Der Hinterhof mit der Feuertreppe lag in zerstückelter Finsternis zwischen zwei Außenleuchten an entfernten Hauswänden und blassem Mondlicht.

Der Schatten stoppte am Ende des Durchgangs, lauschte angestrengt. Er hörte keine Geräusche, keine Stimmen.

Er schob sich ein kleines Stück weiter, bis die Feuertreppe in sein Blickfeld geriet. An deren Fuß lag ein Mensch auf dem Pflaster des Hofes.

Weitere Splitter zuckten durch seinen Kopf. Der Stoß. Der Sturz. Der Sprung. Der Aufprall. Der Fuß in der Luft. Der Fuß, der herabfuhr auf einen wehrlosen Körper. Der in weiches Fleisch traf. Gegen Rippen und Knochen, die leise knackten unter dem Einfluss der Gewalt. Gegen einen blond behaarten Schädel. Der Fuß, der in ein Gesicht stieß. Wieder und wieder und wieder.

Das Gefühl von Hass und Wut, die sich Bahn brachen.

Der Schatten hielt den Atem an.

Er hatte die Kontrolle verloren.

Der Mensch im Hof bewegte sich. Er war nicht tot. Sein Arm hob sich träge in die Höhe. Die verkrümmten Finger der Hand strecken sich.

Ein Mann stand über dem Sterbenden. Obwohl er sich herunterbeugte, wirkte er groß gewachsen und kräftig. Er trug eine Baseballkappe. Ihr sanft geschwungener Schirm schwebte regungslos einen Meter über dem zerschundenen Gesicht des jungen Franzosen.

Unwillkürlich hielt der Schatten den Atem an, als er den großen Mann erblickte. Es war eigenartig, geradezu bizarr. Was tat er dort? Half er dem Verletzten?

Nein, er stand einfach nur da, unbeweglich wie ein Fels. Fast schien es, als studierte er das Antlitz des Franzosen, während der ihn stumm um Hilfe anflehte. Aber sein Bitten erreichte den anderen ebenso wenig wie die mühsam ausgestreckte Hand.

Lange stand der große Mann über dem Verletzten. Der Schatten beobachtete ihn. Er war so konzentriert, dass er die rasselnden Atemzüge aus der Brust des Franzosen zu hören vermochte. Dann ein einzelnes explosives Husten. Der erhobene Arm fiel hinab. Ein Schütteln und Zittern durchlief den Körper des Franzosen.

Dann lag er still und leblos da.

War das gerade wirklich geschehen?

Die Gewissheit kroch mit eisigen Klauen an seinem Rückgrat empor.

Der Schatten mochte den Franzosen getötet haben, ja – aber der andere hatte ihn sterben lassen.

Und er war kein Hirngespinst, keine nächtliche Halluzination. Er war so echt wie das Blut an seinen Schuhen.

Der große Mann starrte immer noch in das Gesicht des Toten, als der Schatten sich in die Dunkelheit zurückzog.

VIERTER TEIL

Die Nacht des Schattens

- 54 -

Diese Nacht der Toten forderte ihren Tribut, was mich nicht überraschte. Sieben Menschen waren durch uns gestorben – Terroristen zwar, soweit wir annehmen konnten, aber dennoch frisches Blut an unseren Händen. Wir hatten – in Rolands Worten – unseren Auftrag erfüllt, hatten effektiv funktioniert, so wie wir es gelernt und bis zum Erbrechen geübt hatten. Aber dieses gutgemeinte Schulterklopfen verschaffte mir keinen besseren Schlaf auf der Couch in Zahras Wohnzimmer. In einem endlosen Strom von Streiflichtern, Stimmen und entstellten Totenfratzen defilierten die Toten durch meinen Kopf. Aref Almasri war jetzt unter ihnen. Der Große, dem ich zwei Kugeln durchs Herz gejagt hatte, die Roland später aus seiner Leiche herausgepult hatte. Und auch das Mädchen Nila, von dem ich zwar nicht wusste, ob es überhaupt gestorben war, aber es immer vermutet hatte.

Über der Stadt zog ein strahlender Tagesanbruch herauf. Einige einsame Wölkchen hatten sich auf den leuchtend blauen Himmel verirrt. Die Sonne feuerte die Temperaturen, die in der Nacht kaum unter zwanzig Grad gesunken waren, wieder an.

Zahra Ghani kam gegen 0830 Uhr ins Wohnzimmer geschlurft. Ihre Haare waren zerzaust und ihre Augen dunkel umwölkt.

»Sie sind schon wach, Keller?«, nuschelte sie, als sie mich erblickte.

»Und Sie sehen aus, als könnten Sie noch etwas mehr Schlaf gebrauchen«, gab ich zurück. »Wie geht es Ihnen?«

»Mein Schädel ist heute Nacht auf doppelte Größe angewachsen, glaube ich ...«

»Haben Sie etwas im Haus? Aspirin, Paracetamol?«

Sie nickte und verzog das Gesicht, weil die schnelle Bewegung sich als unangenehm erwies.

»Nehmen Sie was davon ein. Trinken Sie Wasser, jede Menge davon. Und bleiben Sie heute in der Wohnung. Ich habe Sie krank gemeldet.«

»Die Idee kam mir auch schon.« Sie ging mit trägen Schritten in die Küche. Ich folgte ihr und wartete, bis sie ein großes Glas Leitungswasser geleert hatte.

»Kann ich Sie etwas fragen, Zahra?«

Sie nickte.

»Als sie gestern Abend mit Witte gesprochen haben – was hat er zu Ihnen gesagt?«

Zahras Blick glitt durch mich hindurch, als hätte sie diesen Teil ihrer Erinnerung bereits vergessen und müsste ihn erst wieder in ihr Gedächtnis zurückrufen. Sie hob die Schultern. »Ich weiß nicht mehr ... Er wirkte ziemlich konfus auf mich ... Er nannte mich wieder Yasmin, keine Ahnung wieso. Ich hab versucht, ihm klarzumachen, dass ich nicht Yasmin bin, aber das wollte er nicht hören.«

»Wie hat er sich verhalten? War er aggressiv Ihnen gegenüber?«

Sie schüttelte den Kopf. »Gar nicht, im Gegenteil. Er war sehr freundlich. Wirkte fast schon schüchtern.«

»Was hat er denn genau gesagt?«

»Ich kann mich nicht mehr an jedes Detail erinnern. Er sagte, glaube ich, so etwas wie ›Schön, dass wir uns endlich wiedersehen‹.« Sie schüttelte sich, verschränkte die Arme vor der Brust und rieb mit den Händen über ihre Oberarme.

»Er redete aber auch von einem ›neuen Anfang‹ oder so.«

»Ein neuer Anfang?«

Sie nickte. »Ziemlich verrückt, oder?«

»Klingt so ...« Ich dachte kurz über meine nächsten Schritte nach. Der erste bestand darin, in meine Wohnung zu fahren, zu duschen und Anzughose und Hemd gegen frische und bequemere Klamotten zu tauschen. »Gehen Sie wieder ins Bett«, sagte ich zu Zahra. »Roland wird nachher ein Auge auf Sie haben.«

»Und was tun Sie?«

»Ich? Ich muss zur Schule.«

Auf dem Bürgersteig vor dem Haus traf ich auf eine Gruppe von sechs Leuten, die sich angeregt unterhielten. Alle Gesichter sahen betroffen oder erschrocken aus. Immer wieder fielen Blicke und zeigten Finger auf die andere Straßenseite. Mein Argwohn war geweckt. Ich trat dazu.

»Morgen«, sagte ich und nickte in die Runde. »Was ist denn passiert?«

Eine Dame in den Sechzigern meldete sich zu Wort. »Es ist schrecklich. Ein junger Mann ist eine Treppe hinuntergestürzt und gestorben.«

»Er ist nicht nur gestürzt«, ergänzte ein jüngerer Mann an ihrer Seite kopfschüttelnd, als sei er gezwungen, die Aussage der Frau zu korrigieren. »Er wurde erschlagen.«

»Mit einem Stahlrohr, heißt es«, warf eine zweite Frau ein.

»Meine Güte«, sagte ich.

»Es soll ein Gast aus dem Hostel gewesen sein, ein französischer Touri.« Der junge Mann, der das sagte, hatte seinen Blick gen Himmel gerichtet und zog tief an einer selbstgedrehten Zigarette, die einen verdächtig süßlich riechenden Rauch produzierte.

»Es ist wirklich schrecklich«, sagte die ältere Dame wieder mit fassungslosem Kopfschütteln. »Dass so was in unserer Straße passieren kann.«

Ich nickte verständnisvoll und überließ die Gruppe sich selbst. Auf dem Weg zu meinem Wagen ließ ich die Augen über die Umgebung schweifen, entdeckte aber nichts Verdächtiges.

- 55 -

Aus den Aufzeichnungen des Schattens

Der Schatten erwachte aus einem tiefen, befriedigenden Schlaf. Er erinnerte sich nicht an Träume. Das tat er nie und die vergangene Nacht hatte daran nichts geändert. Lebhaft war jedoch das Geschehene in seinen Gedanken. Die Erinnerung sah er in lebendiger Brillanz vor sich. Jeden seiner Schritte auf der Feuertreppe. Jeden seiner Fußtritte gegen den Körper des jungen Franzosen. Gegen seinen Schädel. Und in sein Gesicht. Er hörte – und spürte – jeden einzelnen dumpfen Schlag.

Als er die Augen aufschlug, verspürte er wieder die Energie, die in der Nacht in ihn geströmt war. Sie hatte jede Faser seines Körpers erfasst und putschte ihn richtiggehend auf.

Neue, ungeahnte Möglichkeiten eröffneten sich ihm. Ein fremdes Universum, von dessen Existenz er bisher nur eine vage Ahnung verspürt hatte.

Die vergangene Nacht hatte ihn verändert.

Seine Macht war niemals größer gewesen als heute.

Mit Schwung setzte er sich auf die Bettkante. Wegen der hohen Temperaturen hatte er nackt geschlafen und bemerkte nun seine erschlaffende Erektion. Ob das Wiedererleben seiner neuen Erfahrungen im Schlaf der Auslöser gewesen war?

Als die Türklingel ertönte, energisch und mehrere Sekunden lang, zuckte er kurz zusammen. War es das erste Läuten gewesen, das ihn geweckt hatte?

Rasch schlüpfte der Schatten in seine bereitgelegten Hosen und prüfte die Uhrzeit auf dem Wecker. 9:10 Uhr. Er hatte ursprünglich geplant, um 7:30 Uhr aufzustehen und sich für heute in der Firma krankzumelden.

Der Schatten versuchte, sich zu erinnern, wann zuletzt jemand an seiner Wohnungstür geschellt hatte. Es gelang ihm nicht.

Beim dritten Läuten befand er sich auf dem Weg zur Tür und öffnete sie, bevor der schrillende Ton vollends verklungen war.

Er spürte etwas wie mildes Erschrecken.

Rechts und links von der Tür standen zwei uniformierte Polizeibeamte.

Sie wissen Bescheid, durchfuhr es den Schatten. *Jetzt ist alles vorbei!*

Doch die beiden Beamten standen unbewegt da und sahen ihn unverwandt an, und eine Sekunde später legte sich ganz automatisch wieder die Maskerade über ihn.

»Ja?«, fragte er.

»Mirko Witte?«, fragte der rechte der Polizisten, ein hochgewachsener, drahtiger Mann in den Dreißigern. Die Hände hingen frei an seinen Seiten herab, in ausreichender Entfernung von Pistole, Reizgasspray und Handschellen.

»Ja?«

»Würden Sie uns bitte begleiten?«

»Worum geht es denn?«

»Wir sollen Sie zu einer Befragung bei der Kriminalpolizei bringen. Dort wird man Ihnen alles erklären.«

»Okay«, sagte der Schatten gedehnt, als müsste er darüber nachdenken. Das war ... *interessant.* »Brauche ich einen Anwalt?«

»Nein, es handelt sich nur um eine formlose Befragung.«

»Okay ... Kann ich noch Zähne putzen?«

- 56 -

Die Autofahrt ließ sich sinnvoll zum Telefonieren nutzen. Als Erstes schloss ich mich mit Martin Buchheister kurz. »Ich bin ganz froh, wie Sie das Problem gestern gelöst haben, Lukas ... Es war nämlich noch unschöner, als wir vermuten konnten.« Er berichtete von seinem Kontakt beim Bundesamt für Verfassungsschutz, dass ein zweiköpfiges Observationsteam in seinem Wagen auf dem Parkplatz am Tagungszentrum mit Schüssen liquidiert worden war.

»Scheiße«, sagte ich und empfand ehrliche Betroffenheit. Die Verfassungsschützer hatten zwar ihren Job gemacht, aber letztlich als Unschuldige dran glauben müssen.

»Der gute Herr Wiedberg hat auch durchblicken lassen – alles hochinoffiziell natürlich –, dass es in der Nacht eine Explosion auf einem leerstehenden Bauernhof westlich von Berlin gegeben hat. Die Polizei ermittelt natürlich noch, aber laut Wiedberg geht man anhand der Spurenlage davon aus, dass sich eine islamistische Terrorzelle versehentlich selbst in die Luft gejagt hat. Von den Opfern respektive Tätern seien jedoch, ich zitiere, nur Krümel übriggeblieben. Mit der Identifikation könnte es daher etwas schwierig werden.«

»Ja, Sprengstoff soll gefährlich sein«, sagte ich.

»Oder eine glückliche Fügung für uns. Das Kapitel Almasri können wir wohl getrost abschließen.«

»Das andere Kapitel allerdings nicht.« Ich berichtete ihm von der nächtlichen Beobachtungsaktion Wittes. Und von dem ungeklärten Todesfall, dessen Opfer – ein junger Franzose, sofern diese Aussage stimmte – nicht Mirko Witte sein konnte.

Buchheister versprach, sich einmal umzuhören, und ich rief Roland an. Er war bereits wieder im Einsatz, aber was er mir berichtete, verschlug mir fast die Sprache.

»Du verarschst mich!«, rief ich ins Telefon.

»Es ist, wie ich es sage«, entgegnete Roland. »Witte wurde gerade eben von der Polizei abgeholt.«

»Das sind ja mal gute Nachrichten.«

»Und du denkst, ich würde dich verarschen, du Penner!«

»Okay, krieg dich wieder ein, du Weichei«, gab ich zurück.

»Apropos, was habt ihr eigentlich heute Nacht noch so getrieben, das Mädchen und du?«

»Wie meinst du das?«

»Naja, Witte hat euch eine Weile beobachtet nach unserem Telefonat«, sagte Roland. »Dann ist er aufgesprungen und vom Dach gestürmt. Er hat mich zum Glück nicht bemerkt, aber er sah höllisch sauer aus. Als hätte er euch inflagranti erwischt oder so.«

»Du kannst mich mal«, sagte ich freundlich.

»Wenn du nicht drüber reden willst ...«

»Du kannst mich mal«, wiederholte ich. »Aber ich hätte noch eine Frage: Bist du Witte gefolgt? Ist dir noch irgendwas aufgefallen?«

»Aufgefallen? Nein. Woran denkst du? Er ist abgehauen, und ich dann auch. Nichts Besonderes.«

Für die zweistündige Fahrt nach Luckau benötigte ich – zweier Autobahnbaustellen auf der A13 mitsamt den zugehörigen Staus sei Dank – fast drei Stunden. Sie führte mich in das Randgebiet des ehemaligen Braunkohlereviers in der Lausitz. Die Gesamtschule, die Witte besucht hatte, fand ich am westlichen Ortsrand nach einer Reise durch weite Felder von Raps, Mais und Roggen, über denen die Luft in der gleißenden Sommersonne flirrte.

Ich fragte mich zur Schulleitung durch und gelangte in einen verwinkelten Flur im Erdgeschoss des Gebäudes. Da ich keinen Schülern begegnete, ging ich davon aus, dass im Moment Unterricht stattfand.

»Haben Sie einen Termin?«, fragte mich die blonde Mittvierzigerin im Vorzimmer von Schulleiterin Wieczorek.

»Nein«, antwortete ich wahrheitsgemäß, aber zögernd.

»Worum geht es denn?«

»Um zwei ehemalige Schüler von Ihnen.«

Sie sah mich prüfend an. »Und worum geht es genau?«

»Das möchte ich lieber nur direkt mit der Schulleiterin besprechen.« Ich versuchte mich an einem gewinnenden Lächeln, aber die Dame bewies unerschütterliche Immunität. »Es geht um eine vertrauliche Angelegenheit«, fügte ich hinzu.

»Eine vertrauliche Angelegenheit«, wiederholte sie. Ihr Tonfall klang amüsiert, ihre Miene ließ allerdings wenig Humor vermuten. »Aber Sie haben keinen Termin, Herr ... Keller, richtig?«

»Richtig. Und nein, ich habe keinen Termin.«

Sie senkte den Blick auf einen großformatigen Terminplaner, der seitlich von ihr auf dem Schreibtisch lag. Soweit ich erkennen konnte, führte er nicht viele Einträge auf.

»Aber ich kann warten«, sagte ich.

»Tun Sie das«, entgegnete die Frau, ohne mich anzusehen. »Ich werde sehen, ob Frau Wieczorek Zeit für Sie findet.«

Aus den Aufzeichnungen des Schattens

Es war nicht seine erste Begegnung mit der Polizei. Die lag schon Jahre zurück. *Damals* hatten sie ihn wie alle anderen befragt. So wie sie es taten, wenn ein Verbrechen geschah. Wenn ein Mädchen verschwand.

Heute verhielt der Schatten sich so, wie er es damals getan hatte: Er verstellte sich, spielte den Polizisten Respekt und Jovialität vor. Für sie sollte er ein harmloser, unschuldiger junger Mann sein.

Der Schatten wusste nicht, was genau die Polizisten von ihm wollten. Er konnte nicht wissen, ob sie irgendetwas gegen ihn in der Hand hatten. Genau genommen war er sich gewiss, dass sie ihm nichts anhaben konnten.

Er hielt sich stets an die Regeln.

Eine davon besagte, niemals Spuren zu hinterlassen.

Die vergangene Nacht bildete allerdings eine mögliche Ausnahme. Des Risikos, dass seine unkontrollierte Tat in der Nacht nicht spurenfrei verblieben sein könnte, war sich der Schatten bewusst. Die Kleidung und die blutbesudelten Schuhe, die er getragen hatte, hatte er zügig entsorgt. Also blieb ihm jetzt nur abzuwarten.

Er war nicht festgenommen, hatte man ihm mitgeteilt.

Der Schatten unterdrückte ein Lächeln.

Es spielte keine Rolle.

Erst einmal hockte er in einem langen Flur auf einem Stuhl mit Metallbeinen, die bei jeder kleinen Gewichtsverlagerung ein erbärmliches Quietschen erzeugten.

Der Schatten wartete zwölf Minuten lang, ehe ein Mann und eine Frau durch eine Tür gegenüber von seinem Sitzplatz traten.

Er: schlank, dunkelhaarig, mit Schnauzbart.

Sie: dunkelblonder Pferdeschwanz und Augen so hell wie Gletscherseen.

Der Schatten sah – und spürte –, wie sie ihn blitzschnell musterten und einzuordnen versuchten.

»Herr Witte?«, sprach die Frau ihn an.

Er nickte. Der Blick ihrer Augen hatte etwas unangenehm Durchdringendes, als wollte sie direkt in seine Seele schauen. Aber das würde er ihr nicht raten. Und nicht erlauben.

»Mein Name ist Tietz«, sagte sie und deutete dann auf ihren Partner. »Das ist mein Kollege Bremer. Kommen Sie bitte herein.«

Der Schatten erhob sich und ging an den Polizisten vorbei durch die Tür in ein Büro. Man führte ihn zu der hinteren von drei Tischgruppen und schob ihm einen Stuhl hin, auf den er sich gehorsam setzte.

Er legte die Hände in den Schoß und ließ seinen Oberkörper zusammensinken. So musste er gezwungenermaßen zu den Polizeibeamten aufblicken, selbst dann noch, als die Frau hinter dem Schreibtisch auf einem Bürostuhl Platz nahm.

Der Mann setzte sich mit einer Gesäßhälfte auf die Tischkante. Die Pose sollte lässig erscheinen, wirkte aber zugleich unterschwellig bedrohlich. ›Verarsch mich nicht‹, besagte sie, ›sonst mache ich dich fertig.‹

Die Frau erfragte Namen, Geburtsdatum und aktuelle Wohnadresse von ihm. Als ob sie dies nicht längst alles wüsste.

Wer verarscht hier wen?, fragte sich der Schatten.

»Verraten Sie mir, weshalb ich hier bin?«, fragte er.

Die Mienen der beiden Beamten zeigten keinerlei Regung.

»Zunächst einmal danken wir Ihnen, dass Sie freiwillig hergekommen sind, Herr Witte«, antwortete der Mann. »Wir möchten Ihnen ein paar Fragen stellen. Reine Routine. Dagegen ist nichts einzuwenden, oder?«

»Was denn für Fragen?« Der Schatten gab sich weiter arglos.

»Wir überprüfen einige Fakten in einer Ermittlung«, sagte der Mann. »Wir wären Ihnen für Ihre Mithilfe dankbar. Wie gesagt, reine Routine.«

»Bin ich Zeuge? Oder Beschuldigter? Brauche ich einen Anwalt oder so?«

Der kurze Blick, den die Polizistin auf den Rücken ihres Kollegen abfeuerte, entging dem Schatten nicht.

»Zeuge, Herr Witte. Es steht Ihnen jedoch frei, einen Rechtsbeistand hinzuzuziehen, wenn Sie das möchten.«

»Aber ich bin nicht festgenommen oder so?«

Die beiden schüttelten die Köpfe.

»Das heißt, dass ich auch gehen kann, wenn ich will?«

»Ja, jederzeit.« Der Mann sah den Schatten unverwandt an, als warte er auf dessen Entscheidung.

Wenn er tatsächlich in diesem Moment aufstand und ging, welche Reaktion würde das bei den Polizisten hervorrufen? Und falls er auf der Anwesenheit eines Anwalts bestand? Würde ihn das in den Augen der Beamten verdächtiger erscheinen lassen?

Es machte keinen Unterschied. Seine Selbstsicherheit hatte für die Länge von einem oder zwei Herzschlägen gewankt, aber nun gewann sie ihre gewohnte Stärke zurück.

Der Schatten bestimmte die Regeln.

»Fragen Sie!«, sagte er.

»Dürfen wir unser Gespräch aufzeichnen, Herr Witte?«, fragte die Polizistin.

Der Schatten tat, als müsste er über die Frage nachdenken, ehe er antwortete: »Nein.«

- **58** -

Schulleiterin Wieczorek ließ mich fast eine Stunde lang warten. Ich nutzte die Zeit, um vor ihrem Büro auf dem Flur auf einem Stuhl aus den 1980er-Jahren zu schwitzen und mich auszuruhen. Das war ein Talent, das ich mir bei der Bundeswehr angeeignet hatte: Zu rasten und Energie zu sammeln, sobald sich eine Gelegenheit ergab.

Zwischendurch versorgte ich mich aus einem Automaten in der Pausenhalle mit zwei kleinen Flaschen Mineralwasser, die ich leerte.

Der Pausengong hallte durch das Gebäude, und wenige Sekunden später brandete eine Woge aus Lärm durch die Gänge, als die Schüler sich aus ihren Unterrichtsräumen in die Pausenhalle und den Schulhof ergossen. Im Korridor des Direktorats sitzend, blieb ich von ihnen verschont.

Irgendwann verließ die Vorzimmerdame ihr Büro und stolzierte mit einer Umhängetasche am Arm an mir vorbei.

»Ich bin noch da«, erinnerte ich sie.

Sie bedachte mich mit einem winzigen Blick und einem noch knapperen Lächeln und lief weiter.

Kurz überlegte ich, uneingeladen bei der Schulleiterin einzutreten, besann mich aber eines Besseren. Da ich Informationen von ihr erhoffte, wollte ich sie nicht gleich vor den Kopf stoßen.

Zehn Minuten später wurde meine stoische Geduld belohnt, als sich die Bürotür öffnete und Schulleiterin Wieczorek ihren Kopf herausstreckte. Ich erhob mich von meinem Warteplatz.

»Sie müssen Herr Keller sein«, sagte sie. Ihr prüfender Blick wanderte an mir hinab und wieder hinauf. »Kommen Sie herein.«

Die Schulleiterin hatte einen festen Händedruck. Sie trug eine ärmellose Bluse und einen knielangen Rock. Die definierten Muskeln ihrer Arme und Waden ließen darauf schließen, dass sie mit ihren geschätzten fünfzig Jahren regelmäßig Sport trieb. Ihr kinnlanges, glattes Haar war blondiert und zeigte einen dunklen Ansatz.

Sie bot mir einen Sessel gegenüber ihres Schreibtischs an, dessen reichlich gefüllte Arbeitsplatte sie mit einem Knopfdruck herunterfahren ließ.

»Es tut mir leid, dass Sie so lange warten mussten. Bei der Hitze scheint alles noch langsamer vonstattenzugehen als sonst.«

In der hinteren Ecke des Büros summte ein Standventilator auf höchster Stufe und schob die warme Luft umher. Wieczorek fächerte sich mit einem kleinen Notizheft zusätzliche Erfrischung zu.

»Kein Problem«, sagte ich.

»Sie sind hier wegen ehemaliger Schüler unserer Einrichtung?«

»Genau genommen geht es um eine Schülerin aus der Abschlussklasse von 2012«, präzisierte ich. »Eine Yasmin Hayani.«

Die Schulleiterin hielt inne. Ihrem Gesicht konnte ich ansehen, dass der Name ihr bekannt war.

»Yasmin Hayani«, wiederholte sie und schüttelte langsam den Kopf. »Was für eine fürchterliche Geschichte.«

»Meines Wissens ist sie gestorben. Aber die Geschichte dahinter kenne ich nicht. Vielleicht können Sie mir etwas dazu erzählen?«

Wieczorek sah mich mit einem Stirnrunzeln an. »In welcher Funktion sind Sie noch gleich hier, Herr Keller?«

»Ich versuche herauszufinden, was mit Yasmin passiert ist.«

»Sind Sie Polizist?« Ihre Miene hatte sich nicht verändert.

»Nein.«

»Doch nicht etwa Journalist?«

»Nein.«

»Was denn dann? Privatdetektiv?«

»So etwas in der Art.«

Sie wartete einige Sekunden ab. Als ich nicht weitersprach, sagte sie: »Etwas mehr müssten Sie mir schon preisgeben, Herr Keller, wenn Sie Informationen von mir erhalten möchten, von denen ich nicht weiß, ob sie befugt sind, sie überhaupt zu erhalten.«

»Es ist kompliziert«, sagte ich. »Ich ermittle in einer anderen Angelegenheit. Der Name Yasmin Hayani tauchte dabei zufällig auf.«

»Und diese ... andere Angelegenheit?«

»Betrifft ebenfalls einen Ihrer ehemaligen Schüler«, vollendete ich ihren Satz, aber ich gedachte nicht, mich weiter aus dem Fenster zu lehnen. Zumindest jetzt noch nicht.

Wieczorek begann wieder zu fächern, lehnte sich in ihrem Stuhl zurück und schlug die Beine übereinander.

»Na ja, das meiste werden Sie ohnehin schon aus der Presse erfahren haben.«

Ich zuckte die Achseln.

»Yasmin ist ziemlich genau ein Jahr vor dem Abschluss verschwunden.«

»Verschwunden?«

Sie nickte »Von einem Tag auf den anderen. Ohne jede Spur.«

»Wissen Sie, was geschehen ist?«

»Das weiß niemand. Yasmin ist einfach eines Tages nicht von der Schule nach Hause gekommen.« Sie sog scharf ihren nächsten Atemzug ein. »Ihre Familie hat sie natürlich als vermisst gemeldet. Es gab einen Heidenaufruhr. Die Polizei hat jeden Zentimeter von hier bis zu Yasmins Zuhause abgesucht, mindestens zweimal mit ihren Hundertschaften. Die Eltern haben eine Detektei engagiert, Belohnungen für Hinweise ausgelobt ... Alles ohne Erfolg. Es gab sogar eine Elterninitiative an der Schule. Es war eine Katastrophe.«

»Sie ist ohne jede Spur verschwunden? Was war zum Beispiel mit ihrem Handy?«

»Auch verschwunden und nicht zu orten. Es gab auch keine SMS oder so an ihre Freundinnen. Nichts.«

»Sie erinnern sich gut«, sagte ich.

»Ja, weil es eine schreckliche Zeit war – für uns alle. Aber vor allem für Yasmins Familie. Sie hatte drei jüngere Geschwister, zwei Schwestern und einen Bruder. Gott, ab und zu muss ich an die Gespräche mit ihren Eltern zurückdenken. Dank Ihnen werde ich das heute wohl wieder tun.«

»Tut mir leid.«

»Das muss es nicht. Wie ich schon sagte, es hat uns alle ziemlich mitgenommen, was damals passiert ist. Ich hatte gerade erst den Leitungsposten hier an der Schule übernommen.«

»Gab es irgendwelche Theorien zu Yasmins Verschwinden?«, hakte ich nach.

Wieczorek lachte humorlos auf. »Unmengen. Weggelaufen, durchgebrannt, einem Sexualstraftäter zum Opfer gefallen. Suchen Sie sich eine aus. Tatsache ist, Yasmin wurde niemals gefunden, weder tot noch lebendig. Ihre Mutter wusste sofort, dass sie Yasmin niemals wiedersehen würden. Und so war es ja auch. Die Familie hat sie nach einem Jahr für tot erklären lassen.«

»Was glauben Sie?«

»Ich glaube, irgendein unmenschliches, krankes Arschloch hat Yasmin umgebracht und ihre Leiche weiß Gott wo verscharrt. Vielleicht sogar ihre Einzelteile.«

»Also«, sagte Schulleiterin Wieczorek nach einer kurzen Pause. »Das war die Geschichte von Yasmin Hayani. Und was genau ist Ihre, Herr Keller?«

»Wissen Sie, ob Yasmin Kontakt zu einem Jungen aus ihrer Abschlussklasse hatte? Mirko Witte?«

Einen Herzschlag lang sah die Direktorin mich entgeistert an. »Mirko Witte?«, wiederholte sie und brach in schallendes Gelächter aus. Als sie nach einer kurzen Weile ihre Beherrschung zurückgewonnen hatte und meinen irritierten Gesichtsausdruck sah, bat sie um Verzeihung.

»Ihre Reaktion müssen Sie mir erklären.«

»Das werde ich tun, keine Sorge.« Sie atmete tief durch und nahm das Luftfächern wieder auf. »Eins müssen Sie wissen über das Mädchen, Yasmin. Sie war – wie drücke ich das am besten politisch korrekt aus? Sie war kein Mauerblümchen, wenn Sie verstehen, was ich meine.«

»Ich bin nicht ganz sicher«, sagte ich vage.

»Sie war …« Die Direktorin suchte an der Zimmerdecke nach der besten Formulierung. »Sie flirtete gerne. Wechselte ihren Freund alle paar Wochen.«

»Soll vorkommen«, sagte ich.

»In Yasmins Fall war es durchaus bemerkenswert, denn sie stammte aus einer syrischen Familie. Der Vater praktizierte in einer angesehenen Arztpraxis, die Mutter war Anwältin. Aber sie führten eine sehr liberale Familie, sehr westlich orientiert. Ihre Kinder genossen alle Freiheiten.«

»Okay«, sagte ich. »Und wie passt Mirko Witte da ins Bild?«

»Genau das will ich Ihnen klarmachen: gar nicht.«

»Gar nicht?«

»Yasmin stand am einen Ende des Spektrums. Sie stach aus der Menge heraus, war hübsch, intelligent, gut erzogen, gebildet und beliebt. Alle mochten sie. Und Yasmin wusste sich das zunutze zu machen.« Sie legte eine Handkante auf den Schreibtisch und schob sie auf Armeslänge weg. »Wenn Sie jetzt auf das andere Ende des Spektrums schauen – dort stand Mirko Witte.«

»Und das heißt?«

»Er gehörte zu einer ganz anderen Gruppe von Schülern. Sie bleiben in der Masse verborgen, hinterlassen keinen tieferen Eindruck. Bringen solide Schulleistungen, aber nichts Außergewöhnliches. Meist sind sie Einzelgänger oder umgeben sich mit einigen wenigen Gleichgesinnten. Sie bleiben unauffällig – unsichtbar.«

»Und Witte war einer von denen?«

»Definitiv.«

»Dennoch erinnern Sie sich an ihn.«

Meine Bemerkung entlockte Wieczorek ein Schmunzeln. »Ohne angeben zu wollen, aber ich erinnere mich so ziemlich an jeden unserer Ehemaligen.«

»Obwohl Mirko Witte ein Unsichtbarer war?«

»Machen Sie mir ein verstecktes Kompliment, Herr Keller?«, fragte sie, weiterhin schmunzelnd.

»Selbstverständlich«, sagte ich, und ihr Schmunzeln wandelte sich zu einem Lächeln. »Da Sie so gut bescheid wissen, frage ich Sie direkt: Können Sie sich vorstellen, dass es zwischen Yasmin Hayani und Mirko Witte eine Beziehung gab? Wie flüchtig auch immer?«

Wieczorek schüttelte den Kopf. »Nein. Und dafür würde ich meine Hand ins Feuer legen.«

»Wie können Sie sich so sicher sein?«

»Gekannt haben sie sich bestimmt. Das lässt sich auch nicht vermeiden, denn unsere Jahrgangsstufen sind nicht so groß. Aber mehr Berührungspunkte zwischen ihnen waren sicherlich nicht vorhanden. Und da dürfen Sie mich gerne wörtlich nehmen.«

»Darf ich fragen, wie Sie zu Ihrer Überzeugung gelangen?«

»Das dürfen Sie, Herr Keller. Die Antwort ist denkbar einfach: Ich kann mir kaum zwei Menschen vorstellen, die gegensätzlicher wären.«

»Manchmal ziehen Gegensätze sich an«, gab ich zu bedenken.

»Nicht diese beiden.« Ihr Kopfschütteln wurde eine Spur energischer. »Yasmin Hayani und Mirko Witte spielten nicht nur in unterschiedlichen Ligen – wenn Sie mir die etwas plakative Allegorie nachsehen. Sie spielten nicht einmal dasselbe Spiel.«

»Hm«, machte ich. »Und wenn es eine Sympathie gab, die nicht auf Gegenseitigkeit beruhte?«

Wieczorek legte ihren provisorischen Fächer beiseite und verschränkte die sehnigen Arme vor der Brust. Sie setzte zu einer Erwiderung an, schloss dann aber wieder die Lippen. Ich sah sie auffordernd an.

»Was soll ich dazu sagen? Ich kann nicht in den Kopf eines Schülers gucken.«

Damit gab ich mich zufrieden. Wahrscheinlich war Witte selbst die einzige Person, die diese Frage hätte beantworten können.

»Was können Sie mir sonst über Mirko Witte erzählen?«, fragte ich.

Wieczorek hob die Schultern. »Nicht viel mehr, als ich Ihnen schon gesagt habe. Er war Halbwaise, lebte bei seinem Vater. Ich habe diesen einmal kennengelernt – in der Zeit nach Yasmins Verschwinden. Er war ein freundlicher Mann, bodenständig, auch eher unauffällig.« Sie zögerte. »Ist das überhaupt wichtig für Sie?«

»Das weiß ich noch nicht«, sagte ich. »Erzählen Sie ruhig weiter.«

»Mirkos Vater war Metzgermeister und hatte damals einen eigenen kleinen Betrieb hier in der Stadt. Soweit ich gehört habe, schien er eine gute Beziehung zu Mirko gehabt zu haben. Mirkos Mutter war ja schon Jahre vorher gestorben.«

Metzgermeister. Die Information war mir nicht neu, aber in diesem Moment bewegte sie ein Zahnrädchen in meinem Gehirn. Aber mit welcher Bedeutung?

»Ist Ihnen jemals irgendetwas Ungewöhnliches über Witte zu Ohren gekommen?«

Sie schüttelte den Kopf. »Wie gesagt, er war stets unauffällig.«

»Haben Sie vielen Dank für Ihre Zeit, Frau Wieczorek«, sagte ich und erhob mich.

»Verraten Sie mir noch, wobei genau ich Ihnen behilflich gewesen bin?«, fragte sie. »Hat Mirko Schwierigkeiten? Ist er in eine Straftat verwickelt oder so etwas?«

Wenn du wüsstest, dachte ich und schüttelte den Kopf. »Das ist vertraulich. Tut mir leid.«

Ich lächelte der verdutzten Schulleiterin freundlich zu und ließ sie in ihrem Büro zurück.

Neben dem Schulparkplatz fand ich eine von Buchen beschattete niedrige Mauer und ließ mich dort nieder, um zu telefonieren. Das Handy zeigte mir zwei entgangene Anrufe von Stefan. Scheiße, ich hatte meinen Freund völlig vergessen – wenig verwunderlich nach dem Trubel der vergangenen Nacht. Ich entschied, dass er noch ein paar Minuten auf mich warten konnte. Zuerst versuchte ich, einer spontanen Eingebung folgend, die Mobilfunknummer von Hauptkommissar Bremer. Er meldete sich nach dem fünften Klingelzeichen.

»LKA Berlin, Bremer.«

»Hauptkommissar Bremer, hier spricht Lukas Keller«, sagte ich. »Wir haben gestern über einen Verdächtigen gesprochen.«

»Mirko Witte«, sagte er.

»Genau. Ich habe noch weitere Informationen für Sie, die Ihnen vielleicht weiterhelfen.«

»Bleiben Sie mal dran«, sagte er nach einer kurzen Pause. Ich wartete. Dann: »Sind Sie noch da, Keller?«

»Wo sonst?«

»Ich stelle Sie auf Lautsprecher. Kollegin Tietz hört mit.« Die Hintergrundgeräusche veränderten sich. »Okay, schießen Sie los!«

»An Mirko Wittes alter Schule gab es ein Mädchen namens Yasmin Hayani«, berichtete ich. »Sie und unsere Frau Ghani sehen beinahe identisch aus. Ich glaube, dass

Witte sie Yasmin genannt hat, weil sie ihn an seine alte Mitschülerin erinnert hat.«

»Das ist ja schön«, ließ sich Oberkommissarin Tietz vernehmen.

»Das Entscheidende kommt noch. Yasmin Hayani ist 2011 spurlos verschwunden, ein Jahr vor ihrem und Wittes Schulabschluss.«

»Was soll das schon heißen?«, entgegnete Tietz. »Haben Sie eine Ahnung, wie viele Teenager jedes Jahr in diesem Land von der Bildfläche verschwinden?«

Prompt spürte ich, wie die negative Energie der Polizistin sich in mir potenzierte, noch während sie sprach. »Nein, das weiß ich nicht, und es ist mir auch egal. Ich weise Sie darauf hin, dass im Umfeld Ihres Verdächtigen eine Mitschülerin verschwunden ist ...«

»*Ihres* Verdächtigen«, entgegnete sie.

»Wie bitte?«

»Keller«, schaltete Bremer sich ein. »Ich muss noch mal nachfragen. Sie sprechen von einem Vermisstenfall?«

Während ich mich fragte, ob ich versehentlich bei einem Scherzanruf im Radio gelandet war, mahnte ich mich zur Beherrschung und sagte betont ruhig: »Ja, genau.«

»Und der Fall ist ungeklärt?«

»Meines Wissens ja, aber da haben Sie sicher bessere Verbindungen. Ich weiß nur, dass Yasmin Hayani ein Jahr nach ihrem Verschwinden für tot erklärt wurde.«

Bremer fragte nach den Daten: Ort, Schule, Zeitraum. Ich gab ihm die Details, über die ich verfügte.

»Okay, wir werden das überprüfen«, sagte er.

»Warum sprechen Sie Witte nicht direkt darauf an?«, fragte ich unverblümt. »Vielleicht lockt ihn das aus der Reserve. Er ist doch bei Ihnen, oder?«

Mehrere Sekunden lang herrschte Schweigen.

»Sie sind gut informiert, Herr Keller«, sagte Bremer dann. »Aber nein, er ist nicht mehr hier.«

»Sie haben ihn wieder gehen lassen?«, fragte ich. »Ist das Ihr Ernst?«

»Was wollen Sie denn noch, Keller?«, rief Tietz. »Es gab überhaupt keine Hand –«

Ich unterbrach die Verbindung. Die LKA-Kommissarin und ich würden vermutlich niemals beste Freunde werden.

Unter Stefans Nummer bekam ich ein Freizeichen. Eine geschlagene Minute lang läutete das Telefon, bis er endlich abhob.

»Stevie, ich bin's«, rief ich. »Es tut mir leid, dass ich mich vorher nicht melden konnte. Ich hab ziemlich viel um die Ohren ...« Ich hörte seine Atemzüge, aber er antwortete nicht. »Stevie?«

»Was willst du, Keller?«, drang es unwirsch und undeutlich aus dem kleinen Lautsprecher.

»Bist du betrunken?«, entfuhr es mir. »Herrgott, Stevie, es ist früher Nachmittag.«

Er grunzte. »Was kümmert's dich?«

»Verdammt, was ist los mit dir?« Ich biss mir auf die Lippe. Mein Freund hatte nicht verdient, den Ärger abzubekommen, der sich wegen der LKA-Beamten in mir aufgebaut hatte. »Ich dachte, wir wollten heute reden. Über Köln und so.«

Kurzes Schweigen. Dann: »Ich bin hier, Mann. Die ganze Zeit ...«

Seine Stimme klang so niedergeschlagen, dass ich es beinahe körperlich spüren konnte. Und ich steckte in derselben Zwickmühle wie bei unserem Telefonat gestern Abend. Scheiße.

»Okay, Stevie, hör zu! Ich bin im Augenblick noch dienstlich unterwegs. Aber sobald ich wieder in der Stadt bin, komme ich zu dir. Okay? Und dann reden wir über alles.«

»Mm-hmm«, machte er.

»Versprochen«, sagte ich, und er legte auf.

Der Range Rover hatte sich in einen fahrbaren Backofen verwandelt. Ich ließ alle Fenster herunter, um die gestaute Hitze durch frische auszutauschen. Mir schwirrte der Kopf. Ich musste Buchheister über die neuen Erkenntnisse informieren. Und Roland über den Zustand unseres Freundes. Außerdem musste ich ihm mitteilen, dass Mirko Witte sich wieder frei bewegte.

Mein Bauchgefühl verhieß nichts Gutes.

- 60 -

Aus den Aufzeichnungen des Schattens

Die Polizisten stellten jede Menge Fragen.
Wieder und wieder.
Und dann erneut.
Wo waren Sie am Abend von Tag X?
Wo waren Sie am Abend von Tag Y?
Sie fragten nach Stadtteilen, Straßennamen. Zwischendurch zeigten sie ihm Fotos von Frauen und versuchten herauszufinden, ob er diese kannte.
Sie wussten nichts von den Regeln.
Wähle niemals ein Opfer aus, das du kennst.
Der Mann und die Frau wechselten sich in der Gesprächsführung ab. Aber ihre Fragen wiederholten sich.
Sie versuchten, den Schatten in Widersprüche zu verwickeln. Doch er durchschaute ihr Vorhaben. Letztlich, erkannte er belustigt, stellten sie ihm die falschen Fragen. Daher geriet er nicht unter Zwang, sie belügen zu müssen. Lügen waren riskant.
Mit jeder vergehenden Minute und jeder neuen Frage, die von ihm abprallte wie eine Fliege von einer Fensterscheibe, wuchs seine Sicherheit.
Sie wussten nicht das Geringste über ihn.
Und dann, nach Stunden, unterbrochen von Toilettenpausen, dem Bereitstellen von Getränken oder Telefongesprächen der Polizeibeamten, ließen sie ihn gehen.

Ohne Fragen über einen toten jungen Franzosen. Den Hinterhof eines Hostels. Eine Feuertreppe. Blutige Schuhe.

Der Schatten hatte einem anderen Menschen das Leben genommen. Und er war damit davongekommen.

Zweifellos war das eines der Zeichen seiner neugewonnenen Macht.

Auf einem Hochgefühl der Unantastbarkeit schwebte er durch die Stadt. Losgelöst von den Sterblichen, deren Strom sich vor ihm teilte wie das Tote Meer vor Moses.

Der Vergleich rief ein Schmunzeln hervor. Glaube und Religion empfand er als abstrakte und wenig greifbare Konstrukte. Mochten andere ihnen Bedeutung zumessen, der Schatten tat das nicht. Der Glaube an eine höhere Macht ergab für ihn keinen Sinn. Gottesfürchtigkeit ebenso wenig.

Nach seiner Überzeugung existierte nur diese eine Welt. Und dort wurde einem nichts geschenkt. Wenn man etwas wollte, musste man es sich nehmen.

So definierte sich Macht in dieser Welt.

Und der Schatten spürte bar jeden Zweifels, dass er jetzt zu den Mächtigen zählte.

Die Zeit war gekommen. Bald würde er Yasmin besuchen.

Es würde anders werden mit ihr.

Viel besser als mit den anderen Frauen.

Perfekt.

Die anderen Frauen hatte er büßen lassen, manche von ihnen weniger, manche mehr, aber sie stellten nicht mehr dar als einen unzulänglichen Ersatz.

Mit Yasmin fühlte der Schatten sich bereit für den nächsten Schritt.

Nur ein paar letzte Vorbereitungen waren vonnöten.

- 61 -

Manfred Witte saß in einem Aufenthaltsraum vor einem der großen Fenster und blickte hinaus in den Garten und auf den Birkenwald, der an dieser Seite fast bis an das Heimgebäude heranreichte. Die Rasenfläche war in der Sommerhitze vertrocknet und braunfleckig. Ein Schwarm Sperlinge flatterte von einem Busch zum anderen durch den Garten.

Mirko Wittes Vater lag mehr, als dass er saß, in einem Pflegerollstuhl, der die Dimensionen eines halben Kleinwagens besaß. Sein Blick blieb unbewegt aus dem Fenster gerichtet, als ich schräg vor ihn trat.

Schwester Olga, die eigentlich Altenpflegehelferin war und mich freundlicherweise zu ihm geführt hatte, legte die Hand auf seine Schulter und sprach ihn an.

»Manfred? Es ist Besuch für dich da. Schau mal!«

Er zeigte keine Reaktion.

Der ehemalige Metzgermeister war zweiundsechzig, wirkte jedoch um zehn Jahre vorgealtert. Auf seinem schlaffen Gesicht lag ein Ausdruck tiefer Müdigkeit. Beim Rasieren hatte jemand einige Stoppel am Hals und unterhalb der Ohren übersehen. Das schüttere, hellgraue Haar war ohne große Sorgfalt quer über den Schädel gekämmt worden.

Schwester Olga lächelte mich mit einem Achselzucken an. »Ich sagte Ihnen ja, er spricht nicht viel.«

»Ich werde trotzdem eine Weile bei ihm bleiben«, sagte ich.

»Versuchen Sie nur Ihr Glück!«

293

Der Pflegekraft gegenüber hatte ich mich als Bekannter von Wittes Sohn ausgegeben, und es gab keinen Grund für sie, an meiner Aussage zu zweifeln. Sie lächelte nochmals und lief dann hastig davon.

Mir war es recht, denn ich wollte mit Manfred Witte möglichst allein sein. Ich sah mich um. An einem der sechs Tische im Raum saßen zwei alte Herren und spielten Karten im Zeitlupentempo. Vor einem anderen Tisch war eine noch älter aussehende, einsame Dame platziert, deren Blick, ähnlich beständig wie Wittes, auf eine Wand gerichtet war.

Keine der anwesenden Personen schien von mir die geringste Notiz zu nehmen.

Ich zog mir einen Stuhl heran und nahm schräg vor Manfred Witte Platz. Ich sah ihm an, dass er früher ein großer und kräftiger Mann gewesen war. Alter und Krankheit hatten seine breiten Schultern gerundet, und die feisten, haarlosen Arme bestanden weniger aus Muskeln als aus nutzlosem Fettgewebe. Der gelähmte rechte Arm war in Ellenbogen- und Handgelenk krampfhaft gebeugt und lag über Wittes Bauch. Seinen Kopf hielt er leicht nach rechts geneigt. Die Lippen waren einen Spalt weit geöffnet und bewegten sich leicht.

»Hallo, Herr Witte. Mein Name ist Keller«, erklärte ich ihm und achtete dabei auf jede Regung in seinem Gesicht. »Ich kenne Ihren Sohn. Mirko. Ich würde mich gerne ein bisschen mit Ihnen unterhalten. Über Mirko.«

Manfred Witte war die einzige uns bekannte Bezugsperson seines Sohnes, und wenn dieser tatsächlich in das Verschwinden von Yasmin Hayani verwickelt war, dann wusste sein Vater vielleicht etwas darüber. Aber er zeigte keine Reaktion. Ich wusste nicht einmal, ob er mich verstand oder ob jemand vergessen hatte, ihm morgens seine

Hörgeräte einzusetzen. Ich war hergekommen, um einen pflegebedürftigen Mann zu verhören.

Ich rückte näher an Witte heran, sodass unsere Knie sich fast berührten, und drängte mich in sein Sichtfeld. »Wissen Sie, womit Ihr Sohn sich die Zeit vertreibt? Nun, er mag Frauen. Allerdings nicht so, wie normale Männer das tun. Klingelt da etwas bei Ihnen?«

Seine Lider zuckten, die Brauen verengten sich eine Spur. Die Lippen hielten inne und setzten dann zu einer gezielten Bewegung an. Seine Stimme war nicht mehr als ein Hauch.

»Mirko«, raunte er. Sein linker Mundwinkel hob sich als Andeutung eines Lächelns.

»Ja, Mirko. Über den sprechen wir gerade«, bestätigte ich. Ich musste bedenken, dass sein Verstand vielleicht nicht mehr so schnell arbeitete. »Ihr Sohn ist ein reichlich perverser Typ, wissen Sie? Man könnte auch sagen, er ist ein krankes Arschloch. Verstehen Sie, was ich sage?«

Ich legte eine Pause ein, um Witte Zeit zu lassen, das Gehörte zu verarbeiten.

»Wissen Sie, was Mirko tut? Ich werde es Ihnen sagen, falls Sie es noch nicht wissen. Er verfolgt Frauen. Er bespitzelt sie, dann überfällt er sie und misshandelt sie. Er missbraucht sie – mit Sexspielzeug oder anderen Gegenständen. Er quält unschuldige Frauen, und das muss aufhören. Er muss gestoppt werden. Verstehen Sie das?«

Manfred Witte blinzelte träge, und als seine Lider sich wieder öffneten, wanderte sein Blick langsam hinauf, bis er mich direkt ansah. In seinen Augen lag ein Ausdruck, den ich nicht sofort einzuordnen vermochte.

»Sie wissen genau, wovon ich rede. Hab ich recht?«

»Mirko«, hauchte er ein weiteres Mal. Mit einem Keuchen sog er Luft tief in seine Lungen, hielt den Atem an und ließ ihn nach einem Moment wieder herausströmen. Kein weiteres Wort drang dabei aus seinem Mund.

»Ich bin kein Psychologe«, fuhr ich fort, »aber ich glaube, dass Ihr Sohn ein tief gestörtes Verhältnis zu Frauen hat. Können Sie mir erklären, wie es dazu kommen konnte? Hat das etwas mit dem Elternhaus zu tun? Mit der Erziehung? Dann muss da bei Ihnen zu Hause einiges schief gelaufen sein.«

In Wittes Blick flackerte es kurz. Er presste die Lippen zusammen. Als er sie öffnete, dauerte es mehrere Sekunden, bis die nächsten Worte auf seiner Zunge lagen, so als müsste er jedes einzeln aus einer langen Liste auswählen.

»Gut ... Jung«, stammelte er.

Fast hätte ich laut aufgelacht, stattdessen schnaubte ich nur. »Ein guter Junge, ja? Ist mir klar, dass Sie das denken müssen, Witte. Sie sind sein Vater.«

»Gut ... Jung!«, wiederholte er und produzierte ein dünnes, schiefes Lächeln.

Ich schüttelte den Kopf – über den Mann vor mir, über mich selbst und über die Situation, die sich an Sinnlosigkeit kaum überbieten ließ. Was tat ich hier?

Ich zog mein Handy aus der Tasche und rief aus der Galerie ein Foto von Zahra Ghani auf. Hielt es Witte vor die Nase, sodass er es betrachten konnte.

»Das hier ist die Frau, auf die er es als Nächstes abgesehen hat«, erklärte ich ihm. »Ihr Name ist Zahra. Kennen Sie sie?«

Wittes Augen weiteten sich um eine Nuance.

»Mirko nennt sie Yasmin? Können Sie sich das erklären?« Ich rief ein anderes Bild auf, das ich aus der Schulabschlusszeitung abfotografiert hatte. »Dabei ist das hier doch Yasmin. Die echte Yasmin. Vielleicht haben Sie von ihr schon einmal gehört?«

Wieder flackerte sein Blick. Die Lippen bewegten sich stumm. Die Zungenspitze strich über sie hinweg.

»Vielleicht kennen Sie das Mädchen sogar?«, bohrte ich weiter. »Von früher? Yasmin besuchte dieselbe Schule wie Ihr Sohn.«

Wittes linke Hand ballte sich auf der Armlehne des Rollstuhls zur Faust. Sein Körper geriet in Unruhe und spannte sich an.

»Yasmin ist übrigens tot«, setzte ich nach. »Aber vielleicht erinnern Sie sich daran sogar. Sie ging auf die Schule Ihres Sohnes. Sie werden sicher mitbekommen haben, dass damals ein Mädchen verschwunden ist.«

Er sagte etwas, aber zu leise. Ich beugte mich zu ihm vor, legte meine Hand auf seinen Unterarm.

»Was sagen Sie? Ich kann Sie nicht verstehen.«

Er wiederholte es. Ein einzelnes Wort, ein ums andere Mal, während sein Leib vor Anspannung bebte. Gleichzeitig trat ein feuchtes Schimmern in seine Augen, aus dem rechten löste sich eine Träne und rann die Wange hinab.

Speichel sprühte von seinen Lippen. Schließlich gewann seine Stimme genügend Kraft, dass ich den Ausdruck verstand, den er unablässig wiederholte.

»Fotze ... Fotze ... Fotze!«

- 62 -

Schwester Olga hatte recht behalten: Mehr Reaktion sollte ich von Manfred Witte nicht erhalten. Ich hatte es noch eine Viertelstunde lang versucht – bis zu dem Punkt, an dem Witte sich zu verschließen schien und in eine ferne Gedankenwelt abdriftete.

Ich hatte Schwester Olga nochmals aufgesucht, um vorzugeben, wie erschüttert ich über den Zustand des Mannes sei, den ich angeblich von früher kannte. Sie hatte mir beigepflichtet. Auf meine Fragen hatte sie zuerst verhalten reagiert. Letzten Endes hatte sie mir nur bestätigen können, was ich ohnehin bereits wusste: dass Mirko Witte seinen Vater regelmäßig besuchte. Und sie hatte hinzugefügt, dass Manfred Witte zu den seltenen Gelegenheiten, zu denen er überhaupt sprach, meistens seinen Sohn erwähnte.

Wenn ich Wittes Reaktion korrekt deutete, dann war ihm Yasmin Hayani bekannt – und er hasste sie.

Aber was bewies das?

Ich bewegte mich langsam durch den westlichen Korridor des Pflegeheimes. Der Ausgang lag in der entgegengesetzten Richtung. Hier befanden sich einige der Zimmer der Bewohner. Ich erinnerte mich nicht mehr genau, ob Manfred Witte Nummer 12 oder 14 bewohnte, und ich hatte bei Schwester Olga oder jemand anderem vom Personal nicht nachgefragt, um mich nicht verdächtig zu machen. Zu Hilfe kamen mir die kleinen Namensschilder an den Türen der Räume.

Ich fand das gesuchte Zimmer, sah den Korridor entlang – niemand zu sehen. Kurzentschlossen öffnete ich die Tür, schlüpfte hindurch und schloss sie hinter mir wieder.

Manfred Witte bewohnte eine kleine, würfelförmige Kammer, nicht größer als zwölf Quadratmeter; damit war sie immerhin geräumiger als mein Büro in der Vendorff-Richter-Zentrale. Ich blickte auf ein Fenster an der Stirnseite mit einer kleinen Kommode darunter. Auf ihr standen drei Bilderrahmen. Davor waren ein niedriges Tischchen und ein altmodischer hölzerner Stuhl platziert. Rechts von mir befand sich ein übergroßes Pflegebett mit Seitengittern und Bettgalgen, an der linken Wand ein schlichter Kleiderschrank.

Das einzige Mobiliar, das dem Zimmer einen Anschein von Persönlichkeit verlieh, war ein alter Sekretär rechts des Schrankes.

Die Luft im Zimmer war abgestanden und stickig und durchsetzt mit Spuren von Urin, altem Schweiß, Pflegebalsam und Desinfektionsmittel.

Ich schritt langsam durch den Raum und ließ alles auf mich wirken. Das Bett war gerichtet und roch nach frischer Stärke. An der Wand darüber hing Manfred Wittes gerahmter und verblassender Meisterbrief der Handwerkskammer Cottbus – eine Erinnerung aus einem früheren Leben.

Das Fenster ging hinaus auf den Parkplatz vor dem Seniorenheim.

Ich betrachtete die drei Fotos, die auf der Kommode standen. Auch sie wirkten seltsam fremd und beinahe deplatziert. Das mittlere sah aus wie ein typisches Hochzeitsfoto aus den frühen 1980er-Jahren. Es zeigte einen deutlich jüngeren Manfred Witte – hochgewachsen, kräftig gebaut, mit dichtem, sauber gescheiteltem Haarschopf –, der in die Kamera lächelte und eine schlanke, junge Braut mit hochgesteckten brünetten Haaren und einem schlichten, weißen Brautkleid im Arm hielt. Ihr Lächeln war offen und strahlend. Ein glückliches junges Paar.

Die beiden Bilder, die das Hochzeitsfoto flankierten, sahen nahezu identisch aus, nur dass eines in einem schmalen Plastikrahmen steckte und das andere in einem breiten, verspielten Metallrahmen. Auf beiden Fotos war Manfred Witte an der Seite seines Sohnes abgebildet, unter einem Apfelbaum in einem sommerlichen Garten. Es war derselbe Baum in demselben Garten, und Vater und Sohn trugen sogar dieselben Klamotten. Nur die Pose variierte leicht: Auf dem zweiten Foto stand Mirko Witte auf der anderen Seite seines Vaters und war barfüßig.

Das Bilderpaar wirkte auf mich immens irritierend, ohne dass ich verstand, warum.

Ich wandte den Blick ab und widmete mich dem Sekretär zu meiner Linken. Er schien antik zu sein, ein Familienerbstück möglicherweise. Das fein gemaserte Kirschbaumholz war glatt poliert und makellos. Ich drehte den kleinen Schlüssel im Schloss, klappte die Schreibfläche hinunter und sah mich mehreren Schubladen und offenen Fächern gegenüber.

Eine der Ablagen war mit einem Stapel Briefumschläge gefüllt – allesamt Weihnachts- und Geburtstagsgrußkarten, die Mirko Witte seinem Vater geschickt hatte. Ob er sie überhaupt hatte lesen können?

Ich legte den Stapel zurück. Im zweiten Fach lag eine zerlesene Bibel. Die anderen Ablagen waren leer, also durchsuchte ich die Schubladen. In der ersten fand ich eine Handvoll Fotos, die Manfred Witte, seine Frau oder ihren Sohn zeigten und offenbar mindestens zehn Jahre umspannten. Ich blätterte sie rasch durch.

Die zweite Schublade enthielt drei vergilbte und an den Ecken verknickte Briefumschläge, sichtlich älter als die Briefe des Sohnes an den Vater. Sie waren mit einem Paketband verschnürt. Der alte Knoten ließ sich unmöglich öffnen, also zerschnitt ich das Band kurzerhand mit meinem Leatherman.

Jedes der Kuverts enthielt zwei DIN-A4-Blätter, die säuberlich zweifach gefaltet und von einem Rand zum anderen mit einer verschnörkelten, raumgreifenden Schreibschrift gefüllt waren. Jeder Brief begann mit »Mein lieber Freddy« und endete mit »In ewiger Liebe, deine Micha«. Sie enthielten kein Erstellungsdatum, aber der verblasste Poststempel auf dem Umschlag verriet mir, dass der jüngste und letzte Brief aus dem Dezember 2002 stammte. Ich brauchte nicht nachzurechnen: 2003 war Mirko Wittes Mutter Michaela gestorben.

Ich las:

Mein liebster Freddy! Leider kann ich nicht bei euch sein. Sie halten mich hier fest. Warum hast du mich nur hergebracht??? Sie wollen mir Medikamente geben, aber das will ich nicht. Sie tun es trotzdem. Dabei sollte ich doch bei euch sein! Aber wenn ich dadurch bewirken kann, dass sie euch in Ruhe lassen, dann will ich das durchstehen. Irgendwann komme ich hoffentlich wieder zu euch. Vielleicht kann ich mich rausstehlen?! Ich muss es versuchen! Aber sie passen verflixt gut auf. Ich kann es nicht versprechen. Aber ich werde es versuchen. Wir gehören doch zusammen! Wir sind eine Familie! Die können uns nicht für immer voneinander fernhalten. Es tut mir so leid, dass ich euch dies aufbürde! Aber ihr müsst alles erfahren! Ich will euch doch beschützen! Das muss ich tun, wir sind eine Familie. Aber ich weiß nicht, ob ich es schaffe. Die beobach-

ten mich auf Schritt und Tritt. Ich verrate ihnen nichts von euch, das verspreche ich bei meinem Leben. Mein lieber, hübscher Freddy! Bitte versprich du mir, dass du auf euch achten wirst. Meine Lieben! Du musst jetzt auf euch aufpassen, solange ich nicht bei euch sein kann. Ich weiß, dass du das schaffst! Wenn wir zusammenhalten, können sie uns nichts Böses! Das weiß ich. Bitte versprich es mir! Ich hoffe, euch bald wiederzusehen. In ewiger Liebe, deine Micha.

Der letzte Satz und die Abschiedsformel waren seitlich an den Rand gequetscht worden.

Die beiden anderen Briefe, jeweils zwei bis drei Jahre älter, waren etwas versöhnlicher und persönlicher formuliert und weniger paranoid gefärbt, boten mir aber keine neuen Informationen. Ich schob alle Briefe wieder in ihre Kuverts und legte sie zurück.

Mein Kopf rauchte.

Die unterste Schublade war gefüllt mit Krimskrams. Das Bemerkenswerteste darunter waren zwei alte Armbanduhren zwischen Dutzenden weiteren Dingen.

Dann entdeckte ich etwas in einer flachen Plastikschale. Reflexartig hielt ich den Atem an. Eine Hitzewelle durchströmte mich.

War das wirklich möglich?

Ich fischte mein Handy aus der Tasche und rief die Fotogalerie auf, scrollte mich durch die letzten Bilder, bis ich das richtige fand. Es bestand kein Zweifel: Der Gegenstand in der Schale und der auf dem Foto stimmten überein.

Ein türkisfarbenes Perlenarmband.

»Das können Sie nicht tun!«, rief Schwester Olga entrüstet. »Was fällt Ihnen ein?«

Schwungvoll schob ich den Pflegerollstuhl an ihr vorbei und in den Korridor. »Ich bringe ihn gleich zurück.«

»Ich rufe die Polizei«, drohte sie.

»Nur zu«, murmelte ich und ließ sie stehen. »Und wir zwei werden uns jetzt noch einmal unterhalten«, sagte ich zu dem reglosen Manfred Witte, dessen hundertzwanzig Kilo ich den Flur entlang zu seinem Zimmer karrte.

Ohne große Rücksicht fuhr ich den Rollstuhl schräg vor das Fenster, so dass Witte den Sekretär sehen konnte, und warf die Zimmertür hinter uns ins Schloss. Ich beugte mich zu dem Mann hinunter und suchte seinen Blick, dessen Gleichgültigkeit meine Rage nur noch mehr anfachte.

»Ich will jetzt wissen, was damals mit Yasmin passiert ist«, fuhr ich Witte an. »Ich weiß, dass du sie kanntest. Ich weiß, dass sie nicht einfach nur verschwunden ist. Ihr habt sie umgebracht, nicht wahr? Wer von euch war es? War es Mirko? Oder warst du es? Spielt auch keine Rolle.« Ich winkte ab.

Ich drehte mich halb um, nahm mithilfe eines Stiftes das Perlenarmband hoch und hielt es dem Mann vor die Augen. Sie fixierten es. »Das hier hast du als Souvenir behalten. Damit du dich ab und zu an Yasmin erinnern kannst, richtig? Hat Mirko auch ein Souvenir? Oder frischt er seine

Erinnerungen auf, wenn er eine unschuldige Frau überfällt? Und sie in ihrem eigenen Bett misshandelt?«

Wittes Augenbrauen wanderten immer weiter in die Höhe. Seine linke Hand krampfte sich um die Armlehne des Rollstuhls.

Ich legte das Armband zurück und pfefferte den Stift durchs Zimmer. »War Yasmin die Erste? Mirkos erstes Opfer? Antworte mir, verdammt!«, herrschte ich Witte an und packte seine Hemdbrust. Jetzt fixierte er mich, und sein Atem wurde zunehmend hektisch. Aber er sprach nicht. Natürlich nicht.

Ich zuckte erschrocken zusammen. Es hatte nicht viel gefehlt, und ich hätte ihm ins Gesicht geschlagen, diesem kranken, hilflosen Mann. Ich ließ ihn los, und er sackte zurück in den Stuhl. Mir war nach Schreien zumute. Ich trat buchstäblich auf der Stelle.

Noch einmal wandte ich mich Manfred Witte zu. Beugte mich zu ihm hinunter und stützte mich auf den Armlehnen ab.

»Ihr habt Yasmin ermordet, und dann habt ihr sie verschwinden lassen, nicht wahr? Mirko kann das nicht alleine geschafft haben, er war noch jung damals. Und Michaela, seine Mutter, deine Frau – sie war schon lange nicht mehr da. Aber sie wollte, dass ihr zusammenhaltet. Also hast du ihm geholfen. Der gute Vater hilft dem guten Jungen. Hab ich recht?«

Und jetzt lächelte er.

»Sie sind plötzlich so still«, sagte ich zu Martin Buchheister, den ich angerufen hatte, um ihm von meiner Entdeckung zu berichten. Ich saß wieder im Wagen und befand mich auf dem Weg zurück nach Berlin. Die Hitze hatte sich in eine drückende Schwüle verwandelt, T-Shirt und Hose klebten auf meiner Haut. Am Himmel über der Stadt türmten sich dunkle Wolkenberge auf, die von Osten heranrollten.

»Ich weiß gar nicht, was ich sagen soll«, gab Buchheister zurück. »Angenommen, das Armband in Manfred Wittes Zimmer gehörte tatsächlich Yasmin Hayani ...«

»Dann könnte das der Beweis sein, dass Witte mit ihrem damaligen Verschwinden zu tun hatte«, beendete ich seinen Satz, ohne mir sicher zu sein, welchen der Wittes ich eigentlich meinte.

»Oder dass sie es ihm irgendwann geschenkt hat. Oder dass er es irgendwo gefunden hat. Oder es ist gar nicht ihres, sondern sieht nur zufällig so aus. Es gibt so viele Möglichkeiten.« Er legte eine kurze Denkpause ein. »Scheiße.«

Ich dachte an die Worte der Schulleiterin Wieczorek, die sich so verdammt sicher gewesen war, dass Yasmin Hayani und Mirko Witte keinen näheren Kontakt gehabt hatten.

»Gibt nur eine Chance, das herauszufinden.«

»Ja, Sie haben recht, Lukas. Ich werde mich ans Telefon klemmen und Bremer und Tietz beim LKA noch mal auf den Zahn fühlen. Und ich werde auch noch mal mit der damals zuständigen Dienststelle telefonieren. Der leitende Ermittler ist seit zwei Jahren im Ruhestand und fährt mit dem Wohnmobil kreuz und quer durch Europa. Aber ich habe mit einem Kollegen gesprochen, der hellhörig wurde. Mal sehen, ob er mit unseren neuen Informationen etwas anfangen kann. – Gute Arbeit, Lukas, wirklich, verdammt gute Arbeit!«

Das Lob meines Chefs konnte ich nur mit reichlich gemischten Gefühlen annehmen.

»Wo stecken Sie jetzt gerade?«

»Noch in Ludwigsfelde. Aber auf dem Weg zurück in die Stadt.«

»Was …?« Er zögerte. »Was haben Sie jetzt vor, Lukas?«

»Ich werde zu Witte fahren und ihn mir vorknöpfen. Was soll ich sonst tun?«

»Nichts überstürzen zumindest. Und nichts tun, was Sie vielleicht später bereuen werden.«

Seine Besonnenheit ehrte ihn, aber ich konnte ihr wenig abgewinnen. »Witte ist eine Gefahr, Martin. Nicht nur für Zahra – auch für andere. Er wird nicht von allein aufhören. Irgendjemand muss ihn stoppen. Habe ich eine andere Wahl?«

Buchheister schwieg.

»Ich schlage vor, dass Sie mir nicht in die Quere kommen. Je weniger Sie wissen, desto sicherer ist es für Sie.«

Ich hörte meinen Chef geräuschvoll ein- und ausatmen. »Okay«, sagte er. »Hier bricht gerade ein ausgewachsenes Unwetter aus. Es schüttet schon wie aus Kübeln.«

»Ja, ich kann es sehen.« Ich unterbrach die Verbindung und umklammerte das Lenkrad. Vor mir stauten sich Fahrzeuge vor einer Ampelkreuzung.

Die Gewitterfront beherrschte inzwischen die gesamte Breite der Frontscheibe meines Range Rovers. An mehreren Stellen senkten sich graue Regenschleier zur Erde hinab. Ein Blitz arbeitete sich horizontal durch die dunklen Wolken.

In der Stadt erwartete mich ein Wolkenbruch annähernd biblischen Ausmaßes. Ein harter Regen prasselte so erbarmungslos auf die Welt herab, als wollte er den Sommer und seine Hitze mit aller Macht fortspülen. Aber den Alleingang, den ich mir vorgenommen hatte, vermochte er nicht aufzuhalten. Die Wut, über so lange Zeit angestaut, schwelte unablässig in mir. Bald würde ich ihr Gelegenheit geben, an die Oberfläche durchzubrechen. Und wenn das bedeutete, die Wahrheit aus Mirko Witte herauszuprügeln, würde ich auch das akzeptieren. Ebenso wie die möglichen Konsequenzen, die sich daraus ergeben mochten.

Ich hatte Wittes Adresse fast erreicht, als mein Handy einen neuerlichen Anruf ankündigte. Ich atmete tief durch, bevor ich abhob.

»Hey, Stevie.«

»Herr Keller?«, fragte eine Männerstimme am anderen Ende. Sie gehörte nicht Stefan. »Lukas Keller?«

»Wer zum Teufel sind Sie?«, fragte ich.

- 64 -

Ich stieg aus dem Wagen und bog schnellen Schrittes in die nächste Nebenstraße ein. Da war ich bereits völlig durchnässt.

Vor dem Mietshaus entdeckte ich zwei Funkstreifenwagen der Polizei und einen Rettungswagen. Unwillkürlich krampfte sich mein Magen zusammen.

Ich beschleunigte meine Schritte noch mehr, aber einige Meter vor der offenstehenden Eingangstür des Hauses wurde ich von einem uniformierten Polizisten mit ausgestrecktem Arm gestoppt.

»Warten Sie bitte! Sie können da gerade nicht hinein.«

Es hätte nicht viel gebraucht, um an dem Mittvierziger mit dem Rettungsring um die Hüften vorbeizukommen, aber ich hielt mich zurück und beugte mich der Staatsgewalt. Meine Aufregung und Besorgnis hingegen konnte ich nicht so einfach unter Kontrolle halten.

»Ich will zu meinem Freund«, erklärte ich dem Beamten hastig. »Er wohnt in dem Haus. Bach, Stefan Bach.«

Der Polizist sah mich sekundenlang an und erfragte meinen Namen. Dann bat er mich, kurz zu warten, und sprach halb abgewandt in sein Funkgerät. Der Regen rann am Nacken in meinen Kragen. Es war mir egal. Ich hatte Schlimmeres erlebt als schlechtes Wetter.

Nach einem Moment nickte der Uniformierte mir zu und wies auf die Haustür, in der eine junge Polizistin erschien. Ein blonder Pferdeschwanz und ein sehr blasses Gesicht schauten unter der Dienstmütze hervor. Sie winkte mich zu sich und trat zur Seite, damit ich in das feucht und muffig riechende Treppenhaus treten konnte. Ein dritter Uniformierter stand auf dem ersten Treppenabsatz und schaute zu uns herunter. Zwei Sanitäter mit ihren Rucksacktaschen, gefolgt von einem Notarzt, schoben sich eben auf ihrem Weg nach unten an ihm vorbei. Als wir einander passierten, versuchte ich, in ihren ausdruckslosen Gesichtern irgendetwas zu lesen, aber nach zwei Sekunden waren sie schon vorüber.

Der dritte Polizist nahm mich auf dem Treppenabsatz in Empfang und wies mit dem Arm weiter nach oben. Ich stieg die Treppe mit den altersschwachen Kacheln hinauf, immer zwei Stufen auf einmal. Auf jeder Etage waren Wohnungstüren einen winzigen Spalt geöffnet. Nur das Ehepaar Schöller erhielt ein knappes Nicken von mir.

Auf dem Treppenabsatz im dritten Stock warteten zwei Männer auf mich. Polizeibeamte in Zivil. Sie standen vor der offenen Tür von Stefans Wohnung. Der linke von ihnen, ein stämmiger junger Mann, der höchstens Mitte zwanzig sein konnte, mit kurzem, rotblondem Haar, hielt mir seinen Dienstausweis entgegen.

»Kriminalkommissar Quinn, Kripo«, stellte er sich vor. »Herr Keller?«

Ich nickte. »Was ist passiert?«, fragte ich, obwohl ich die Antwort längst ahnte. Der Knoten in meiner Magengrube krampfte sich noch weiter zusammen. »Was ist mit Stefan? Er ... Er hat mich angerufen«, stammelte ich. »Wir wollten uns treffen.«

Die beiden Beamten wechselten einen kurzen Blick. Der junge Kommissar presste die Lippen aufeinander. Dann nahmen sie mich in ihre Mitte und betraten mit mir die Wohnung.

Kaum war ich über die Schwelle getreten, fühlte ich mich wie in Trance. Der Boden unter meinen Füßen gab nach wie Gummi. Der kurze Wohnungsflur, sonst nicht länger als zwei oder drei Schritte, erschien mir plötzlich wie ein halber Kilometer.

Genau gegenüber prasselte der Regen gegen die beiden Fenster, durch die trübes Tageslicht hereindrang. Von der Innenseite war das Fensterglas rot besprenkelt.

Vor den Fenstern stand Stefans Rollstuhl so, als ob er uns erwarten würde.

Stevie lag neben dem Rollstuhl am Boden, halb auf der Seite, halb auf dem Rücken, sein verbliebenes Bein im Kniegelenk nach hinten geknickt. Ich konnte Stefans Kinn von unten sehen, die Nase, aber nicht mehr von seinem Gesicht. Die Haut war leichenblass. Er atmete nicht.

Ein Meter von seiner Hand entfernt, neben dem rechten Rad des Rollstuhls, lag auf dem Boden die Pistole, mit der er sich in den Kopf geschossen hatte.

65

»Wollen Sie Ihren Kaffee nicht? Kalt ist er noch schlimmer als warm.«

Ich nickte wie ein Roboter und starrte dabei weiterhin in den hellbraunen Pappbecher vor mir auf dem Tisch, aus dem es kaum noch dampfte. Ich brauchte den Fixpunkt dringend, denn seit einer ganzen Weile schien sich alles um mich herum zu drehen wie in einem verdammten Strudel. Auch in meinem Kopf kreiselten die Gedanken unablässig.

»Brauchen Sie vielleicht ein Handtuch?«

Ich blickte zu dem Kriminalbeamten auf, der mir gegenüber saß, und schüttelte den Kopf. Sein Name lautete Guenan, das hatte ich mir merken können. Er und sein rothaariger Kollege hatten mich freundlicherweise mitgenommen in die Polizeidirektion. Ich hatte mich nicht imstande gefühlt, selbst herzufahren. Jetzt hockte ich – immer noch pitschnass – auf einem harten Plastikstuhl neben dem Doppelschreibtisch der beiden und wartete.

Und versuchte, zu begreifen, was eine Tatsache war.

Stevie war tot. Unwiderruflich. Unwiederbringlich.

Das Bild seines leblosen Körpers neben dem Rollstuhl auf dem Boden ging mir nicht aus dem Kopf.

Die Zeit zog an mir vorüber, bis irgendwann der rothaarige Kommissar zurückkehrte und sich auf den zweiten Schreibtischstuhl fallen ließ. Er hieß Quinn, erinnerte ich mich. Ein ungewöhnlicher Name. Vielleicht britischen

Ursprungs? Er legte etwas Schweres in einem braunen Beweismittelbeutel neben sich auf einen Stapel Akten.

»Das hat länger gedauert als beabsichtigt, Entschuldigung«, sagte Quinn mit einem Seufzen. Er beugte sich zu mir vor. »Können wir uns ein bisschen unterhalten, Herr Keller? Über Ihren Freund Stefan Bach?«

Ein toller Freund war ich. Dennoch nickte ich und griff nach dem Kaffeebecher, um einen Schluck zu trinken. Kommissar Guenan hatte recht – das Gebräu schmeckte grässlich.

»Auch wenn im Moment alles nach einer selbst beigebrachten Schusswunde aussieht, handelt es sich doch um ein Tötungsdelikt, so dass wir zunächst einmal ermitteln müssen. Verstehen Sie das, Herr Keller?«

Ich nickte, stellte den Becher zurück und fasste ihn erneut ins Visier.

»In welcher Beziehung standen Sie zu Herrn Bach?«

»Wir sind Freunde. Wir kennen uns schon ewig.«

»Seit der Bundeswehr?«

Für meinen Geschmack tat das nichts zur Sache.

Guenan ergriff das Wort. »Uns ist bekannt, dass Stefan Bach Berufssoldat gewesen ist. Sie können das also ruhig bestätigen.«

Ich zuckte die Achseln.

»In welcher Einheit haben Sie gedient?«, fragte Kommissar Quinn. »Oder dürfen Sie das etwa auch nicht preisgeben?«

Ich blickte ihn an, ohne zu antworten.

»Auf der Schreibstube hat Ihr Freund sein Bein ja wohl nicht verloren, oder?«

Seine Anspielung auf Stefans körperliche Versehrtheit machte mich wütend, aber ich wandte den Blick ab und versuchte, mir nichts davon anmerken zu lassen.

»Zumindest kannte er sich gut genug hiermit aus«, fuhr Quinn fort. Er streifte einen Latexhandschuh über und zog den Gegenstand aus dem Papierbeutel heraus. Es war die Pistole aus Stefans Wohnung. Der Polizist legte sie neben dem Kaffeebecher auf den Tisch. »Sie wissen, was das ist, Herr Keller?«

»Eine Pistole?«

Über den Schreibtisch hinweg tauschten Quinn und Guenan einen kurzen Blick.

»Das ist eine Ruger P85, Kaliber neun Millimeter, und Sie ist nicht registriert«, erklärte Quinn.

»Haben Sie diese Waffe schon einmal gesehen?«, fragte Guenan.

Ich schüttelte den Kopf.

»Wussten Sie, dass Ihr Freund sich im Besitz einer solchen Waffe befand?«

Ich schüttelte den Kopf.

»Woher hatte Ihr Freund Bach die Waffe?«, fragte Quinn.

Das war eine gute Frage. Ich stellte sie mir bereits eine Zeitlang. Kannte aber keine Antwort. Also schwieg ich.

»Verdammt, Keller«, brauste Quinn auf. »Können Sie vielleicht mal mit uns reden? Wir versuchen herauszufinden, was genau mit Ihrem Freund geschehen ist. Liegt das nicht auch in Ihrem Interesse?«

»Er hat sich eine Scheißkugel in den Kopf gejagt«, sagte ich. »Woher die Waffe stammt, kann ich Ihnen nicht beantworten.«

»Können Sie nicht? Oder wollen Sie nicht?«

»Suchen Sie sich eins aus!«

Die Beamten schossen abwechselnd weitere Fragen auf mich ab, die ich aber kaum richtig mitbekam, denn noch schneller taumelten andere Gedanken durch meinen Kopf.

Was sollte ich tun? Stevie war tot, und ich konnte ihn nicht wieder lebendig machen. Konnte auch die Zeit nicht zurückdrehen, um früher beim ihm zu sein und ihm vielleicht die verdammte Kanone aus den Fingern zu winden.

Ich stemmte mich aus dem Stuhl hoch und schnitt damit Kommissar Quinn das Wort ab. »Kann ich jetzt gehen?«

»Haben Sie noch etwas Wichtigeres vor?«, fragte er gereizt.

Das hatte ich in der Tat, aber ich gedachte nicht, den beiden Kommissaren die Lage zu erklären. Das hätte viel zu viel Zeit gekostet. Aber ich wollte Mirko Witte alles mitbringen, was ich aufbieten konnte – meine Trauer und meine Wut über den Tod meines Freundes, meinen Zorn über diese sinnlose Befragung durch die Kriminalbeamten, meine Angst um Zahra, meinen Wunsch nach Vergeltung für die tote Yasmin ... und Wittes weitere Opfer.

Ich zuckte die Achseln.

»Würden Sie sich bitte wieder hinsetzen, Herr Keller?«, sagte Guenan in versöhnlichem Ton. »Wir versuchen lediglich, uns ein Bild zu machen.«

Quinn warf seinem Kollegen einen Blick zu, der Irritation und Missfallen verriet.

»Falls Sie es noch immer nicht verstanden haben, meine Herren – ich kann Ihnen nicht weiterhelfen.«

»Sollen wir glauben, dass Ihr Freund losgegangen ist und sich die Pistole auf der Straße gekauft hat?«, fragte Quinn.

Ich zuckte die Achseln, ohne ihm seinen offensichtlichen Fehler unter die Nase zu reiben. »Sie sind die Polizisten. Finden Sie es heraus!«

Er lehnte sich in seinem Bürostuhl zurück und drehte sich langsam hin und her. »Schon komisch«, sinnierte er. »Zwei Männer mit militärischer Vergangenheit. Einer davon führt nicht nur eine Waffenbesitzkarte – Sie haben sogar eine Ausnahmegenehmigung zum verdeckten Tragen einer Waffe.«

»Berufsbedingt.« Ich hatte mich nicht darum gerissen. Vendorff Richter hatte dafür gesorgt. »Worauf wollen Sie hinaus?«

Er hob die Schultern. »Im Moment fische ich nur im Trüben.«

»Was Sie nicht sagen ...«

»Wohin würden Sie gehen, wenn Sie eine Waffe bräuchten?«

»Ist das eine hypothetische Frage?«

»Bedingt.«

Was sollte das jetzt wieder bedeuten?

»Lassen Sie uns erst noch mal über Ihren Freund sprechen«, schlug Kommissar Guenan vor und tippte mit einem Kugelschreiber auf sein Notizbuch. »Wann hatten Sie zuletzt Kontakt mit Herrn Bach?«

»Wir haben telefoniert. Heute Nachmittag, gegen viertel nach zwei.« Das wussten die Beamten längst aus Stevies Anrufliste, vermutete ich.

»Worüber haben Sie gesprochen?«

Ich hob die Schultern. »Über nichts Besonderes ...« Ich bemerkte die erwartungsvollen Blicke der Polizisten. »Über Stefans Tochter ... Sie lebt bei seiner Exfrau in Köln ... Er wollte sie besuchen.«

»Wie wirkte Ihr Freund bei dem Gespräch auf Sie? War er ruhig oder aufgeregt?«

»Er war betrunken.«

»Wir haben ein paar Flaschen in der Wohnung gefunden«, sagte Guenan, während er auf seinen Block kritzelte. »Hatte Ihr Freund ein Problem mit Alkohol?«

»Er hat sich ab und zu einen genehmigt.«

315

Guenan hob die Augenbrauen, hakte aber nicht weiter nach. »Hatte er darüber hinaus gesundheitliche Probleme? Psychische Probleme? Depression? PTBS? Etwas in dieser Art?«

»Ich bin kein Arzt. Das wissen Sie, oder?«

Guenan machte eine weitere Notiz, während sein Kollege geräuschvoll die Luft einsog. Ich sah zur Fensterseite hinüber. Regenschleier rannen über die Glasflächen. Dahinter hatte inzwischen die Abenddämmerung eingesetzt. Die ganze Außenwelt versank in bleiernem Grau.

»Hat Sie der Selbstmord Ihres Freundes überrascht?«, fragte Guenan.

Die Antwort auf diese Frage war knifflig. Stevie hatte sich eigentlich seit Darang am Rande des Abgrunds bewegt. Wie dem auch sei: Ich wollte nicht länger darüber nachdenken. Dieses ganze Theater ging mir zunehmend gegen den Strich.

»Was denken Sie denn?«, fragte ich zurück.

»Sie könnten wirklich etwas kooperativer sein, Keller«, sagte Kommissar Quinn mit einem gequälten Stöhnen.

»Tut mir leid«, sagte ich ohne großen Ernst. »Ich weiß wirklich nicht, was Sie von mir wollen.« Ich sah erst zu Quinn, dann zu Guenan. Beide schwiegen. »Den Kaffee können Sie behalten.«

Die Kommissare tauschten einen weiteren Blick. Mit einem hörbar genervten Seufzen griff Quinn in eine Schublade seines Schreibtischcontainers und legte eine Visitenkarte neben Beweismittelbeutel, Pistole und Kaffeebecher auf den Tisch.

»Vielen Dank, Herr Keller! Sollte Ihnen doch noch etwas Sachdienliches einfallen ...« Er ließ den Satz unvollendet.

»Woher die Waffe stammt, zum Beispiel?«

Quinn lächelte humorlos.

»Und wenn Sie noch hundertmal fragen: Ich weiß es nicht.«

»Das glaube ich Ihnen nicht.«

»Ihr Problem«, sagte ich und wandte mich zum Ausgang.

Auf dem Korridor vor dem Büro traf ich auf Roland, der wie ein eingesperrtes Tier auf und ab lief. Er sah so überrascht aus, wie ich mich fühlte. Seine Stirn lag in tiefen Furchen.

»Die Bullen haben mich angerufen, ich sollte unbedingt herkommen. Stimmt das mit Stevie?«

Ich nickte. Selbstverständlich hatten sie auch Roland angerufen, die verbliebene Telefonnummer in Stefans Liste.

»Scheiße«, sagte er und strich fahrig seine Haare zurück.

»Herr Leithauser?«, rief die Stimme von Kommissar Quinn hinter mir. »Kommen Sie bitte herein.«

»Du siehst ganz schön angepisst aus«, raunte Roland. Er kannte mich eben verdammt gut.

Wir nickten uns zu und schlugen uns gegenseitig auf die Schultern, als wir einander passierten. Mit schnellen Schritten lief ich den Gang hinunter und ballte die Hände zu Fäusten. Ich hatte schon zu viel Zeit verloren.

Für Stevie konnte ich nichts mehr tun. Ich hatte ihn im Stich gelassen. Ich hatte ihm versprochen, für ihn da zu sein, und jetzt lebte er nicht mehr.

Ein schöner Freund war ich.

Aber einer anderen Person würde ich helfen können.

66

Ein freundlicher Schutzpolizist hatte den Range Rover für mich mitgebracht und ihn an der Straße unten vor der Polizeidirektion abgestellt. Ich warf mich auf den Fahrersitz und rief Zahra Ghanis Telefonnummer an. Das Handy zeigte 1954 Uhr. Der Regen hatte sich abgeschwächt, fiel aber anhaltend aus einer dichten Wolkendecke, die tief und drückend über der Stadt hing.

Die Glock lag unangetastet im Handschuhfach. Zum Glück hatte der Streifenbeamte keinen neugierigen Blick hinein geworfen.

Zahra antwortete nach dem zweiten Klingeln. »Keller? Ich dachte schon, Sie hätten mich vergessen.«

»Nein, es ist nur ... etwas dazwischen gekommen. Wie geht es Ihnen?«

»Ich bin okay«, sagte sie.

»Sind Sie zu Hause?«

»Hab mich nicht weggerührt.«

»Bleiben Sie da, Zahra. Und lassen Sie niemanden herein, bis ich mich wieder bei Ihnen melde.«

»Was ist denn los?«, fragte sie besorgt.

»Machen Sie sich keine Sorgen«, sagte ich. »Wir bringen das Ganze heute zu Ende.«

Eine halbe Stunde später stand ich vor dem Klingelbrett in Mirko Wittes Wohnhaus und arbeitete mich mit beiden Zeigefingern gleichzeitig von oben bis unten durch. Irgendjemand würde öffnen. Ein paar Sekunden später sprang die

Haustür mit einem Summen auf, und ich lief die Treppe hinauf zu Mirko Wittes Wohnung.

Auf mein wiederholtes Klingeln, Klopfen und Rufen reagierte niemand. Aber ich musste sichergehen, dass Witte nicht hier war. Die Zeit der Rücksichtnahme erklärte ich für beendet.

Ich zog die Glock und nahm sie in Anschlag. Trat einen Schritt zurück und rammte meinen Schuh direkt neben dem Schloss gegen das Türblatt. Holz splitterte. Ein zweiter wuchtiger Tritt reichte aus, und die Wohnungstür flog auf.

Die Mündung der Pistole voraus gerichtet, stürmte ich die Wohnung. Flur, Küche, Bad, Wohnzimmer, Schlafzimmer – schnell hatte ich jeden Raum gesichert. Ich fand niemanden.

Durch die Aktion hatte ich meine Wut noch nicht abreagiert. Fluchend holsterte ich die Waffe und stürmte aus der Wohnung. Die zerstörte Tür ignorierte ich einfach. In den Nachbarwohnungen rührte sich niemand, auch wenn der Tumult sicher nicht völlig unbemerkt geblieben war.

Im Erdgeschoss begegnete ich einer anderen Mieterin, einer Frau in den Siebzigern, die sich mit einem freundlichen Gruß und einem vollen Wäschekorb unter dem Arm an mir vorbei drängte. Ich zögerte und beobachtete, wie die Frau dem Korridor tiefer in das Gebäude folgte, bis sie eine Brandschutztür erreichte. Einem unbestimmten Impuls folgend, ging ich ihr nach und fand eine Betontreppe, die in das Kellergeschoss des Mietshauses führte. Der Schatten und die schlappenden Schritte der Rentnerin verloren sich soeben.

Ein Keller eröffnete verschiedene Möglichkeiten: Abstellräume für Fahrräder, Wasch- und Trockenräume, aber vielleicht auch Staufläche für die Mieter. Falls Witte über einen zusätzlichen Raum dort unten verfügte, was hatte ich davon zu erwarten? Umzugskisten und unnützes Zeug vermutlich. Aber warum hatte ich Idiot nicht viel früher über diese Möglichkeit nachgedacht?

Ich folgte der Rentnerin und stieg die Kellertreppe hinab. An ihrem Ende musste ich den Kopf einziehen, um nicht anzustoßen. Ich fand mich in einem schmalen, schmucklosen Korridor mit hellgrau getünchten Betonwänden wieder. Alle paar Meter waren zu beiden Seiten Türen eingelassen. Schildern wiesen die zugehörigen Wohneinheiten aus. Der Keller bot keine hölzernen Verschläge, sondern solides Mauerwerk mit brandhemmenden Türen.

Ich folgte dem Gang, geleitet von den Türschildern. Nach fünf Metern teilte er sich T-förmig auf. Von links hörte ich das Surren und Schleudern von Waschmaschinen aus einem größeren, offenstehenden Raum. Ich wandte sich nach rechts.

Die vorletzte Tür gehörte zu Mirko Wittes Wohnung. Ich stoppte lautlos und legte vorsichtig erst die flache Hand und dann ein Ohr gegen das kühle Metall der Tür. Hören konnte ich von jenseits der Tür nichts. Auch nahm ich keine unheimlichen Schwingungen oder Ähnliches wahr.

Ich trat einen Schritt von der Tür zurück, um sie zu mustern. Auftreten lassen würde dieses Modell sich nicht. Das Lockpicking-Set lag im Wagen. Vielleicht ließ sich ein Schlüssel in Wittes Wohnung finden. Oder aber ...

Ich legte die Hand auf die Klinke und drückte sie langsam hinunter. Das Schloss entriegelte. Ich öffnete die Tür einige Zentimeter weit – und erstarrte mitten in der Bewegung. Im Kellerraum brannte Licht.

Ich wich reflexartig einen halben Schritt zurück und legte die Rechte auf den Griff der Glock. Ein rascher Blick zeigte mir, dass der Kellergang leer war. Ich zog die Waffe, ging in beidhändigen Anschlag und stieß die Kellerraumtür mit dem Fuß weiter auf.

Ich erblickte niemanden, dafür einen rechteckigen Raum von etwa zweieinhalb mal drei Metern Seitenlänge. Verdammt, wie hatten wir das übersehen können?

Ich trat in den Kellerraum und schloss die Tür hinter mir.

Ein schlichter, beigefarbener Teppich bedeckte den gesamten Boden. Eine vergitterte Leuchte an der Decke erfüllte den Raum mit kaltem Licht und harten Schatten. An der seitlichen Wand stand ein Einzelbett, säuberlich bezogen und gemacht. Darüber ein Regalbord mit Büchern. Ein schmaler Schrank. Ein Laptop-Computer auf einem kleinen Tisch, davor ein Hocker. Neben dem Laptop lag eines von Wittes Notizbüchern. Ich sah eine kompakte Stereoanlage, auf der ein Paar High-End-Kopfhörer lag. Eine Kochecke mit Geschirr für eine Person, zwei elektrischen Kochplatten und einem Mikrowellenherd neben einem kleinen Handwaschbecken. Im offenen Schrank darunter einen Sechserpack mit 1,5-Liter-Mineralwasserflaschen, aus dem zwei Flaschen fehlten. Die Wände bedeckten lückenlos Stoffbahnen und dicke Vorhänge. Die Rückseite der Tür und die türseitige Wand waren flächendeckend mit Eierkartons beklebt.

Ich hatte Mirko Wittes geheimes, schallgedämpftes Refugium entdeckt.

Hatten wir deshalb während der Observation kaum etwas aus der Wohnung gehört? Weil Witte eigentlich hier unten im Keller lebte? Oder zwischen beiden Orten wechselte? Aber warum?

Vorsichtig bewegte ich mich vorwärts durch den Raum, die Pistole in lockerem Anschlag, den Zeigefinger ausgestreckt auf dem Abzugsbügel liegend. Die wenigen Quadratmeter waren äußerst effektiv genutzt.

Ich trat neben den kleinen Tisch. Der Laptop interessierte mich nicht. Stattdessen holsterte ich die Pistole und schlug das Notizbuch auf. Rasch überflog ich die letzten zweieinhalb beschrifteten Seiten – und glaubte nicht, was ich las. Witte ließ seinen Besuch beim LKA darin Revue passieren. Und er gestand, dass er in der Nacht zuvor den jungen Mann im Hinterhof des Hostels in der Lübecker Straße getötet hatte. Außerdem faselte er davon, wie mächtig er sich nach dieser Tat fühlte. Was für mich bedeutete, dass er wahrscheinlich gefährlicher war als bisher vermutet.

Die Zeit war gekommen. Bald würde er Yasmin besuchen. Es würde anders werden mit ihr. Viel besser als mit den anderen Frauen. Perfekt. Die anderen Frauen hatte er büßen lassen, manche von ihnen weniger, manche mehr, aber sie stellten nicht mehr dar als einen unzulänglichen Ersatz.

Mit Yasmin fühlte der Schatten sich bereit für den nächsten Schritt.

Nur ein paar letzte Vorbereitungen waren vonnöten.

Damit endeten die Aufzeichnungen des selbsternannten Schattens.

Ich schlug das Tagebuch zu und sah mich noch einmal um. Im rückwärtigen Teil des Raumes, gerade eine Armlänge entfernt, hing links neben dem Küchenblock ein schwerer, dunkelbrauner, bodenlanger Vorhang. Aber hinter der Vorhangstange war kein grauer Beton zu sehen, sondern Leere. Diverse Strom- und ein Netzwerkkabel liefen an einer Wand empor zur Decke und verschwanden zusammen mit weiteren Leitungen hinter dem Vorhang.

Dort lag ein weiterer Raum.

Ich zog die Glock, drückte sie an meine Brust, die Mündung nach vorn gerichtet, und streckte die linke Hand nach dem schweren Stoff aus. Mit einem Ruck zog ich ihn beiseite.

Nur für den Bruchteil einer Sekunde sah ich das zu mir aufblickende blasse Gesicht der schwarz gekleideten Gestalt, die vor mir auf dem Boden kauerte. Dann erlosch das Licht und tauchte den Kellerraum in Dunkelheit.

Ein Blitzschlag stach mir knisternd in den Nacken und durch meinen Körper.

Gleich darauf traf etwas Hartes meinen Schädel.

- 67 -

Als die Dunkelheit um mich herum allmählich aufklarte, vernahm ich zuerst einen wummernden, Übelkeit erregenden Bass. Dazu schmeckte ich Blut. Jede Faser meines Körpers dröhnte und vibrierte, als läge ich unterhalb einer großen Kirchturmglocke. Dumpfer Schmerz zerrte an meinen Muskeln – wie ein beginnender Muskelkater nach einem ausgiebigen Workout. Aber ich hatte nicht trainiert, sondern mich mit einem Elektroschocker angelegt. Und mich niederschlagen lassen.

Ich war in eine verdammte Falle getappt.

Träge schlug ich die Augen auf. Mein Schädel hing schwer nach vorn. Ich saß mit ausgestreckten Beinen auf dem Fußboden, eine Wand hinter mir. Meine Arme waren hinter dem Rücken gefesselt. Als ich vorsichtig die Hände bewegte, schnitt ein schmales Plastikband scharf in die Haut. Kabelbinder, vermutete ich, und diese waren ihrerseits irgendwo fixiert, denn sie ließen sich nur um wenige Millimeter bewegen.

Wie lange war ich bewusstlos gewesen?

Mühsam hob ich den Kopf und schluckte blutigen Speichel herunter. Bei der Taserattacke hatte ich mir auf die Zunge gebissen. Die Quelle des monströsen Basses, der einer von Stefans Death-Metal-Bands zur Ehre gereicht hätte, lag unmittelbar unter meiner Schädeldecke. Als ich den Kopf endlich in die Senkrechte gebracht hatte, drehte sich alles um mich. Ich kniff die Augen zu und versuchte, den Brechreiz zu unterdrücken.

Nach einem Moment öffnete ich die Augen wieder und blickte mich behutsam um. Ich befand mich im Halbdunkel in einer kleinen Kammer hinter dem Vorhang und sah in den Kellerraum hinein. Dort stand Mirko Witte, vollständig in Schwarz gekleidet inklusive schwarzer Latex- oder Nitrilhandschuhe und einer Kapuze über dem Kopf, und blickte auf mich herab.

»Da wird jemand wach«, sagte er.

Sein Bild verschwamm vor meinen Augen. Ich blinzelte, sah, wie sich Wittes Silhouette drehte, dann verdoppelte, und blinzelte erneut. Aber das vermeintliche Trugbild verschwand nicht.

Der zweite Mann trat neben Witte und verschränkte die Arme vor der Brust. Er sah aus wie Witte selbst, identisch bekleidet mit schwarzen Sneakern, Hosen und Kapuzenpullover und Handschuhen. Sogar seine Stimme klang ähnlich.

»Willst du wissen, wie ich dich genannt habe? Yasmins Beschützer. Aber jetzt sieh dich an. Du dachtest wohl, du könntest sie beschützen. Aber der Schatten ist mächtiger als du.«

Ich legte eine Extraportion Spott in meine nächsten Worte: »Der Schatten? Fickt euch!«

Der Unbekannte trat näher heran, holte mit dem Bein aus und versetzte mir einen Tritt in die Rippen. Ich sah ihn kommen und spannte mich an. Trotzdem war die Attacke hart und schmerzhaft. Unwillkürlich krümmte ich mich zusammen, soweit die Fesseln hinter meinem Rücken das erlaubten, und hielt den Atem an. Schwindel und Brechreiz kehrten in einer Welle zurück.

Witte kam näher und hockte sich vor mich. Sein Blick wirkte seltsam teilnahmslos, als betrachte er etwas Belangloses. Er hob die rechte Hand vor mein Gesicht und ließ mich den Elektroschocker darin sehen.

»Komm nicht auf die Idee zu schreien – niemand wird dich hören. Außerdem ...« Er ließ die Drohung unvollendet. »Ein tolles Spielzeug, nicht wahr? Zack – und du konntest dich nicht mehr wehren.«

»Wie schön. Probier es doch mal an dir selbst aus«, schlug ich vor. »Oder an deinem Freund.«

Witte grinste und schlug die Kapuze zurück. »Eher nicht.« Seine behandschuhte Hand umfasste meinen Hinterkopf. Das Grinsen verschwand abrupt. Die metallenen Kontakte des Tasers kamen so nah heran, dass sie wie die Beißzangen eines tödlichen Insektes aussahen. »Aber dir könnte ich noch eine Ladung verpassen –«

Ich ließ meinen Kopf nach vorn schnellen und traf Witte mit der Stirn auf die Nasenwurzel. Ein trockener Knall. Ein fast perfekt platzierter Kopfstoß. Schmerz explodierte ebenso heftig in meinem Schädel.

Mit einem überraschten Laut fiel Witte rückwärts auf den Hintern. Er presste beide Hände vors Gesicht, Tränen schossen in seine Augen, getrieben von dem stechenden Schmerz. Ich zog das Bein an und setzte mit einem Fußtritt nach, erwischte aber nur seine Schulter, da er sich zur Seite drehte.

Der zweite Kerl schnappte sich den zu Boden gefallenen Elektroschocker und presste die Kontakte gegen meinen Oberschenkel. Hilflos erlebte ich, wie fünfzigtausend Volt durch meinen Körper flossen, jede einzelne Nervenbahn in Flammen setzten und meine Muskulatur verkrampfen ließen. Der Stromstoß paralysierte mich, aber er blieb kurz genug, dass ich nicht das Bewusstsein verlor.

Schmerzen gingen vorüber, und wie alle Empfindungen ließen sie sich verdrängen. Stattdessen genoss ich eine gehörige Portion Genugtuung.

»Ha!«, stieß Witte aus und lachte leise auf. Es klang weniger gepeinigt als amüsiert. Er saß im Durchgang auf dem Hosenboden und betastete seine Nase. Aus dem rechten Nasenloch sickerte Blut. Als der erste Tropfen die Oberlippe erreichte, leckte er ihn auf.

»Das war lustig.« Er grinste.

Sein Gefährte hingegen nahm die Attacke mit weniger Humor. Er stieg über mich hinweg, ging zu meiner Rechten in die Hocke und rammte den Unterarm unter mein Kinn, so dass mein Hinterkopf schmerzhaft gegen die Wand stieß. Schwindel und Übelkeit überkamen mich ein weiteres Mal. Meine Glieder zuckten unkontrolliert, anstatt mir zu gehorchen und Widerstand zu leisten.

»So etwas machst du nicht noch einmal«, flüsterte der Kerl. Auch sein Gesicht unter der Kapuze kam ganz dicht an meines heran, aber diesmal blieb mir kein Spielraum für einen Angriff.

Die Lippen, die Kinnlinie, die Wangenknochen, die Augen ... Jetzt erkannte ich sie.

In meinem Nacken bildete sich ein eiskaltes Kribbeln, das wie ein frostiges Rinnsal an meinem Rückgrat herablief.

Ich sah in das Gesicht von Mirko Witte.

Es gab zwei von ihnen.

»Das kann nicht sein«, presste ich mühsam hervor.

Es gab zwei Wittes. Zwillingsbrüder. Wie zum Teufel hatten wir das übersehen können? Es war unmöglich. Und doch sah ich beide vor mir.

Derjenige im Hintergrund lachte leise und wischte sich mit dem Ärmel Blut von der Oberlippe.

»Es ist, wie es ist«, sagte er. »Ich bin Mirko Witte.«

»Und ich bin Mirko Witte«, sagte derjenige neben mir.

»Ihr redet Scheiße«, erwiderte ich trotzig.

Die ganze Zeit über waren wir von einem einzelnen Täter ausgegangen. Sogar die LKA-Beamten hatten keinen Schimmer gehabt. Die Zeuginnen – die Opfer – hatten stets nur von einem Eindringling berichtet. Und auch Wittes Tagebucheintragungen wiesen in keiner Weise darauf hin, dass zwei Täter am Werk gewesen waren. Hieß das, dass die Brüder sich bei den Überfällen abgewechselt hatten? Oder welche andere Möglichkeit gab es?

»Zerbrich dir nicht den Kopf. Es gibt nur einen Mirko Witte. Das war schon immer so.«

Der Witte mit der blutigen Nase hockte sich auf meine linke Seite.

»Es ist ganz einfach. Meine Mama war Hebamme. Sie entband ihr Kind selbst. Es war eine Hausgeburt – nur meine Mutter, mein Vater und ich. Seit dem Tag ... bin ich.«

»Es war Mamas Idee«, sagte der andere Witte. »Sie wollte Papa und mich beschützen und hielt das für den besten Weg.«

Wenngleich meine Muskeln noch nicht wieder völlig gehorchten, mühten sich meine malträtierten grauen Zellen, um alle Informationen zu verarbeiten. War es möglich, dass ein Mensch völlig durch das Raster fiel? Trotz Geburtsurkunde, Einwohnermelderegister, Schulbehörde und so weiter? Den Wittes war es offensichtlich gelungen.

»Eine ganz schön kranke Idee von eurer Mutter, findet ihr nicht? Ihr seid doch nicht eine Person, sondern zwei.«

Die beiden Zwillingsbrüder tauschten einen kurzen Blick und schüttelten die Köpfe.

»Ich bin Mirko«, sagte der Rechte.

»Und ich bin auch der Schatten«, sagte der Linke. Ich erinnerte mich an die beiden Fotos in Manfred Wittes Pflegeheimzimmer, deren Ähnlichkeit mich so irritiert hatte. Nun war mir völlig klar, was sie zeigten: nicht sich gleichende Bilder von Vater und Sohn, sondern zwei verschiedene Aufnahmen von einem Vater und seinen beiden Söhnen. Aber ich hatte den Hinweis nicht erkannt.

»Und einer von euch haust hier unten in diesem Kellerloch, während der andere arbeiten geht und euer belangloses Leben lebt?«

Der Druck des Arms auf meinen Hals verstärkte sich.

»Du weißt überhaupt nichts von mir. Ich bin ich, und ich lebe ein Leben.«

Ich entschied mich, die Singularitätsidee der Zwillinge zu ignorieren. »Dann wisst ihr sicher auch, dass die Polizei euch längst auf der Spur ist. Die Überfälle auf Frauen in ihren Wohnungen – die Vergewaltigungen – das Verschwinden von Yasmin. Man wird euch schon bald hopsnehmen.« Jetzt bluffte ich vielleicht ein bisschen, aber in meiner Situation blieb mir nur, zu improvisieren.

Witte gab mich frei und sah seinen Zwilling an. »Er weiß von Yasmin?«

»Spielt das eine Rolle?«, fragte der andere achselzuckend.

Meine Drohung mit der Polizei schienen sie schlichtweg zu ignorieren.

»Yasmin ist nicht einfach verschwunden, oder?«, fragte ich, um nicht locker zu lassen. »Sie ist tot, richtig? Euer Vater hat ein Andenken von ihr behalten. Ihr Armband. Ich habe es in seinem Zimmer gefunden.« Damit erhielt ich ihre volle Aufmerksamkeit. »Hat er sie getötet? Oder ihr? Was ist damals passiert?«

Die Brüder wechselten einen Blick, den ich nicht einzuordnen vermochte. Belustigung? Nostalgie?

»Damals?«, sagte der linke Zwilling seufzend. Sein Blick driftete in die Ferne. Sein rechtes Auge begann nach meinem Kopfstoß zuzuschwellen.

Ich setzte nach: »Yasmin war bei euch zu Hause, oder? Wie habt ihr das geschafft? Eigentlich wollte sie doch nichts mit euch zu tun haben.«

»Yasmin hat sich verstellt, mir etwas vorgespielt, so wie sie es immer tat«, erklärte der linke Zwilling.

Er widersprach mir nicht. Die Geschehnisse fügten sich in meinem Kopf allmählich in einen möglichen Ablauf ein. Also verfolgte ich weiter meinen improvisierten Plan. Außerdem konnte ich so zumindest Zeit gewinnen.

»Sie war doch ziemlich begehrt bei den Jungs in der Schule«, fuhr ich fort. »Bestimmt habt ihr euch geschmeichelt gefühlt ...«

Der rechte Zwilling übernahm das Wort. Seine Stimme troff vor Hass: »Yasmin war eine Schlampe, weiter nichts. Jedes Wort aus ihrem Mund war das einer Hexe. Aber das habe ich erst erkannt, als es schon zu spät war. Sie wollte mich von Anfang an nur verarschen.«

»Und so ist sie noch«, fuhr der andere fort. »Ich wollte ihr eine Chance geben. Sie hätte es wiedergutmachen können. Aber sie hat nein gesagt.« Ich hörte den hasserfüllten Unterton in seiner Stimme mit jedem Wort wachsen. »Sie hat mich zurückgewiesen, sich über mich lustig gemacht. Genau wie damals.«

»Und deshalb musste sie sterben?«

»Sie hat mich gedemütigt und erniedrigt«, entgegnete der linke Witte und betastete vorsichtig seine Nase. »Aber in einer Familie passt man aufeinander auf. Das hat Mama mir beigebracht.«

Der rechte Zwilling hieb mir mit der Faust gegen die Brust. »Wieso stellst du so viele blöde Fragen? Du kennst die Geschichte doch längst. Alles, was der Schatten niedergeschrieben hat, entspricht der Wahrheit.«

»Keine Ahnung, wovon du redest, du Spinner!«

»Von den Notizbüchern«, antwortete der andere. »Du warst doch in der Wohnung. Zweimal. Der erste Band hat dir alles verraten, was damals geschehen ist.«

Die Einbrüche leugnete ich nicht, denn das hätte keinen Sinn ergeben.

»Ich kenne euer erstes Buch nicht.«

»Du lügst!«, rief der rechte Zwilling und stieß erneut seinen Unterarm unter mein Kinn. Er funkelte mich feindselig an.

War es die Erinnerung, die ihn so wütend machte? Ich verfolgte offensichtlich die richtige Fährte. Aber aus verletzter Eitelkeit allein hatten die Witte-Brüder ihre Mitschülerin sicher nicht getötet. Es gab einen weiteren, gewichtigeren Grund, wie ich jetzt verstand.

»Sie hat euch beide gesehen. So war es doch, oder? Yasmin hat euer Geheimnis entdeckt –« Meine Worte wurden abgewürgt, als der Arm stärker zudrückte.

Mein Handy klingelte.

- 68 -

Die elektronische Melodie ertönte von dem kleinen Tisch mit dem Laptop. Beide Wittes drehten sich danach um. Erst jetzt erkannte ich, dass meine Waffe, Wagenschlüssel und das Leatherman ebenfalls auf dem Tisch lagen. Unerreichbar für mich.

Der linke Zwilling erhob sich und trat zu dem Tischchen. »Roland«, las er den Anrufernamen auf dem Display.

Sofort empfand ich eine gewisse Erleichterung, denn dass Roland mich zu erreichen versuchte, bedeutete, dass er nicht mehr bei der Kriminalpolizei zu Stefans Ableben befragt wurde. Andererseits hatte er keine Ahnung, wo ich mich befand und in welcher Lage.

Stumm rief ich: Geh ran, Arschloch! Aber den Gefallen tat Witte mir nicht.

Nach dem fünften Klingeln erstarb die Melodie, und Rolands Anruf wurde auf meine Mailbox umgeleitet.

»Wie spät ist es denn?«, fragte ich betont beiläufig. Die Gelegenheit erschien mir günstig. Nach der Bewusstlosigkeit hatte ich jegliches Zeitgefühl verloren.

Zur Antwort presste Witte seinen Arm härter gegen meine Kehle und zischte: »Wieso fragst du? Hast du noch was vor?«

Ich suchte seinen Blick, sah in die stahlblauen Augen mit den im Halbdunkel weitgestellten Pupillen. Sie musterten mich mit der Neugier eines Entomologen – und der nüchternen Abschätzung eines Schlachters vor einem Stück

Vieh. Ich hoffte, dass er in meinem Blick die Abscheu und den brodelnden Zorn erkannte, die ich empfand und die zu verhehlen ich mir keinerlei Mühe gab.

»Er sicher nicht, aber ich«, sagte der andere und kam zurück an den Durchgang zur Kammer. »Und ich muss bald los.«

»Du hast recht. Es ist mein großer Abend. Endlich treffe ich Yasmin wieder.« Er gab mich frei und stand auf.

»Ihr wisst, dass das Mädchen nicht Yasmin ist«, rief ich ihnen wütend entgegen und kämpfte gegen eine neuerliche Welle der Übelkeit an. Ich musste unter allen Umständen verhindern, dass die Witte-Brüder Zahra Ghani überfielen. Wenn sie ihr dasselbe Schicksal zudachten wie der echten Yasmin Hayani, standen ihr nicht nur Misshandlungen bevor – dann schwebte sie in Lebensgefahr. »Ihr Name ist Zahra – nicht Yasmin! Eure Yasmin ist längst tot. Erinnert euch! Ihr wart dabei.«

In meinem Aufruhr warf ich mich vorwärts in einem verzweifelten Versuch, mich zu befreien. Die Kabelbinder schnitten scharf in die Haut an meinen Handgelenken, aber sie hielten stand. Das erbarmungslose Hämmern zwischen meinen Schläfen steigerte sich noch. Die ausdruckslosen Gesichter von Mirko Witte verfolgten meine fruchtlosen Bemühungen, bis ich sie zwangsläufig abbrach. Schweiß rann brennend in meine Augen.

»Es kann nicht Yasmin sein, das müsst ihr doch begreifen, verdammt noch mal!«, brachte ich keuchend vor Anstrengung hervor. Die Mienen der Zwillinge blieben ungerührt. Ich schüttelte den Kopf, was sich als schlechte Idee erwies. »Ihr müsst das heute nicht tun«, setzte ich verzweifelt nach.

Die Zwillinge sahen auf mich hinab. Der rechte Witte trat näher und ging ein weiteres Mal neben mir in die

Hocke, wobei er sorgsam darauf achtete, außerhalb der Stoßweite meines Kopfes zu bleiben. Jede Chance, ihm eins zu verpassen, hätte ich willkommen geheißen. Ich bebte vor Anspannung und purer Wut, die kein Ventil fand.

»Yasmin gehört mir«, erklärte er mir mit ruhiger Stimme, die Eiseskälte versprühte. »Ich warte schon lange auf diesen Tag. Und ich werde sie bezahlen lassen für ihre Niedertracht, ihre Verlogenheit ...«

»Wie oft wollt ihr sie denn töten, zum Teufel?«

»So oft ich kann. Und du wirst es nicht verhindern.«

Ich biss die Zähne aufeinander, damit sich das Zittern meines Körpers nicht auf meine Worte übertrug: »Wenn ihr Zahra etwas antut, lege ich euch um. Euch beide. Eigenhändig.«

»Leere Drohungen.« Der linke Zwilling kam in die Kammer und nahm von einer kleinen Werkbank, die an der Wand stand, einen Lappen. Ein kurzer Einsatz des Elektroschockers, und er konnte ihn ohne bedeutsame Gegenwehr in meinen Mund stopfen. Trockener Stoff mit der Würze von Maschinenöl füllte meine Mundhöhle aus. Benommen kämpfte ich gegen den Würgereiz an.

»Was mache ich mit ihm?«, fragte er seinen Bruder.

»Ich erledige ihn und entsorge ihn«, antwortete der andere achselzuckend.

Der linke Witte schüttelte den Kopf. »So viel Zeit habe ich aber heute Nacht nicht mehr.«

»Das stimmt ...« Der rechte Zwilling richtete seinen Blick nachdenklich auf mich. »Also lasse ich ihn hier. Aber für einen Vorgeschmack reicht es.«

Er legte die behandschuhte Linke an die Seite meines Kopfes und presste ihn gegen die Wand. Ich fand nicht genug Kraft, um mich zu wehren. Aus dem Augenwinkel sah ich, wie er hinter seinen Rücken griff. Er hielt einen Gegenstand vor meine Augen: ein Karambit-Jagdmesser, das er mit dem Daumen aufklappte. Die Bewegung sah ungeübt aus, und Witte hielt das Messer so, dass die wie eine Klaue gebogene Klinge aufwärts aus seiner Faust ragte. Aber ich hatte andere Sorgen, als ihn auf Handhabungsfehler hinzuweisen.

»Ich könnte dir einfach die Kehle aufschlitzen und dich verbluten lassen. Aber so leicht wirst du mir nicht davonkommen.«

Ich sträubte mich vergeblich gegen den Druck von Wittes Hand, wünschte mir die Kontrolle über meinen Körper zurück.

»Ihr Dreckskerle!«, versuchte ich hervorzupressen, aber durch den Knebel wurden die Worte zu dumpfen, unverständlichen Lauten verzerrt. Zu mehr reichte es nicht.

»Halt still!«, befahlen die Zwillingsbrüder unisono.

Auch der zweite hockte sich neben mich und hielt meinen Kopf mit fest. Die beiden Wittes arbeiteten Hand in Hand, verstanden sich wortlos. Ein eingespieltes Team, das wie eine Person agierte.

Die Spitze der Messerklinge näherte sich meinem Gesicht, dem rechten Auge, sank etwas tiefer, berührte die Haut über dem Jochbein und hielt dort inne. Die Klinge war so scharf, dass ich keinen Schmerz spürte, als sie die Haut durchdrang. Ich fühlte nur ein leichtes Kitzeln, als ein kleiner Tropfen Blut an meiner Wange hinab rann.

Die Messerspitze folgte langsam der Spur.

Am Unterkiefer angelangt, zog Witte das Karambit zurück. Dunkelrotes Blut glitzerte auf der Spitze der Klinge. Mein Blut, wusste ich, aber noch immer nahm ich keinen Schmerz wahr. Der Körper wehrte sich dagegen.

»Damit könnte ich stundenlang weitermachen«, flüsterte Witte mit einem schiefen Grinsen.

Die Hände gaben mich frei. Der rechte Witte zog sich zurück und ging zu dem kleinen Waschbecken, um das Messer zu reinigen. Der andere hockte noch immer an meiner linken Seite. Sein Auge war inzwischen halb zugeschwollen.

»Das war ein Versprechen«, flüsterte er. Laut sagte er: »Gute Nacht!«

Damit presste er den Elektroschocker gegen meine Brust und löste ihn aus. Knisternde Elektrizität fraß sich binnen eines Herzschlags an den Nervenbahnen entlang und entlud sich in unkontrollierten Konvulsionen. Dieser Schmerz ließ sich nicht verdrängen, er löschte alles andere aus und begleitete mich, bis mich endlose Schwärze einsog.

Der schwarze Tod spuckte mich wieder aus wie einen unappetitlichen Happen. Ich schoss aus der Finsternis empor und wachte schlagartig auf in dem paradoxen Gefühl, in die Tiefe zu stürzen. Der Knebel erstickte meinen Schrei.

Für die Dauer eines Gedankens wähnte ich mich zurück in Darang, Afghanistan, gefangen in dem höllischen Kreuzfeuer eines Taliban-Hinterhaltes. Dann begriff mein Gehirn, was die Augen ihm zeigten: die halbdunkle Kammer im Keller von Mirko Witte.

Das Licht im Hauptraum brannte, aber die Zwillinge waren fort. Mein Handy, die Glock und das Leatherman ebenso, wie mir ein Blick auf den kleinen Tisch zeigte. Nur die Autoschlüssel hatten sie zurückgelassen.

Ich fühlte mich wie durch den Wolf gedreht, aber ich war am Leben, und nur das zählte. Die zahlreichen Geschichten von tödlich ausgegangenen Taser-Behandlungen waren mir nicht unbekannt. Und offensichtlich hatten die Zwillinge darauf verzichtet, mir ein weiteres Schädeltrauma zuzufügen. Mein Glück.

Wie lange war ich bewusstlos gewesen? Ich hatte nicht den leisesten Schimmer, jegliches Zeitgefühl dahin. Es hätten Minuten sein können – oder Stunden.

Meine Mundhöhle war inzwischen mit einem breiigen, schweren Etwas gefüllt, das nach Speichel, Blut, Öl und Staub schmeckte. Ich versuchte, den Knebel mit der Zunge zu bewegen und Richtung Ausgang zu schieben, aber es gelang nicht. Also konzentrierte ich mich auf meine Atmung und darauf, den Würgreflex zu kontrollieren.

Und dann darauf, aus diesem Scheißgefängnis zu entkommen.

Ich beugte mich vor. Die Fesseln erlaubten mir wenige Zentimeter Spielraum. Als ich versuchte, die Hände gegeneinander zu bewegen, ließen die Kabelbinder mir dagegen nur wenige Millimeter Bewegungsfreiheit. Somit ging ich davon aus, dass diese über eine zweite Komponente an einem Rohr an der Wand befestigt waren, das ich mit den Fingern ertasten konnte.

Ich spannte die Schulter- und Armmuskeln an und baute Druck auf den Kabelbinder auf in dem Versuch, ihn zu zerreißen. Mehr Druck. Und noch mehr. Jede Muskelfaser brannte und ächzte von der momentanen Anstrengung und dem vorausgegangenen Stress durch die Elektroschocks. Ich ignorierte die Schmerzen. Manchmal gab es Schwachstellen im Material.

Nichts geschah.

Das Plastikband schnitt in die Haut an meinen Handgelenken. Ich bewegte die Finger, um die Durchblutung anzuregen, und fühlte einen klebrigen Film auf ihnen.

Kraft war ein Faktor, Hebelwirkung und Geschwindigkeit die anderen. Aber die letzten beiden vermochte ich aus meiner Körperposition heraus nicht ausreichend aufzubauen. Außerdem konnte ich das Verschlussteil des Kabelbinders – die entscheidende Schwachstelle – hinter meinem Rücken nicht lokalisieren.

Ich fluchte herzhaft in den Knebel. Schweißperlen rannen an meinen Schläfen herab. An der rechten Wange spürte ich jetzt ein scharfes Brennen, wo das Karambit die Haut aufgeschlitzt hatte.

Ohne Hilfe – oder Hilfsmittel – würde ich mich nicht befreien können. Wo streckte Roland? Falls er nach mir suchte, bestand die Chance, dass er in der Straße meinen Wagen fand und schlussfolgerte, dass ich in Wittes Haus sein musste. Andererseits ahnte er nichts von der Existenz des Kellerraums, in dem ich gefangen war ...

Alternativ, so hoffte ich, hatte er Posten bei Zahra Ghani bezogen. Dann bildete er ihre Verteidigung. Ich hatte volles Vertrauen in Rolands Fähigkeiten – aber die Wittes hatten das Überraschungsmoment auf ihrer Seite. Nicht zu vergessen ihre Überzahl, ihre absolute Kaltblütigkeit und meine Pistole, falls sie es wagten, diese einzusetzen.

So oder so blieb ich auf mich allein gestellt.

Etwa eine halbe Armlänge rechts von mir befand sich die Wand der Kammer, behängt mit einer dunklen Wolldecke, die Geräusche dämpfen sollte. Auf der linken Seite stand die kleine Werkbank, von welcher der Lappen in meinem Mund stammte. Darüber hingen an der Wand ein Lochbrett mit Werkzeugen, die säuberlich sortiert waren, und eine Anzahl Schlüsselrohlinge an untereinander angeordneten Haken. Die Arbeitsfläche war, soweit ich aus meiner niedrigen Position erkennen konnte, mit einem Schraubstock und einer Fräsmaschine ausgestattet. Links neben der Werkbank lehnte ein mannshoher hölzerner Rahmen mit dem Teil eines Türblattes darin und drei übereinander eingebauten Schlössern.

Hier stellten die Witte-Brüder offenbar die Schlüssel her, mit deren Hilfe sie in die Wohnungen ihrer Opfer gelangten, und trainierten ihre Lockpicking-Fertigkeiten.

Mein Blick glitt zurück. Bei der Werkbank handelte es sich um ein preisgünstiges Modell aus dem Baumarkt, das auf vier klappbaren Metallbeinen stand. Meine beste Chance.

Ich schob mein Hinterteil so weit wie möglich nach links und versuchte dann, den Rest des Körpers einzudrehen. Die gepeinigten Muskeln gehorchten mit dem Esprit eines Achtzigjährigen. Mit den Füßen drückte ich mich vom Rand des Wanddurchbruchs ab und erreichte beim gefühlt hundertsten Anlauf mit den Beinen die Werkbank. Die Fesseln zerrten an den inzwischen aufgescheuerten Handgelenken.

Ich hakte die Füße hinter das Metallgestell unter der Werkbank und nutzte den Impuls meines zurückfallenden Körpers, um die Konstruktion aus dem Gleichgewicht zu bringen. Beim zweiten Versuch kippte die Werkbank und polterte mitsamt der Fräsmaschine mit einem dumpfen Schlag auf den Teppichboden, verfehlte dabei um Haaresbreite meine Beine, die ich schnell angezogen hatte. Kleinteile klimperten durcheinander. Darauf hatte ich gehofft.

Rasch begutachtete ich die spärliche Ausbeute, die sich auf dem Boden verteilt hatte: zwei teilbearbeitete Schlüsselrohlinge, eine Fasszange. Und eine Metallfeile, knapp zwanzig Zentimeter lang. Diese erschien mir geeignet. Ich musste mich verrenken, um sie mit dem Fuß näher heranzuholen. Der Teppichboden erschwerte diesen Prozess, denn das Werkzeug blieb immer wieder in den groben Fasern hängen. Bald rann der Schweiß in Strömen an mir herab.

Endlich gelang es mir, die Feile mit der Ferse so weit unter und hinter mich zu bugsieren, dass ich sie mit den Fingerspitzen berühren konnte. Die nächste Aufgabe bestand darin, sie aufzunehmen und so zwischen die Plastikfesseln zu schieben, dass ein ausreichender Hebeleffekt entstand.

Meine Finger waren zwar klebrig vor Blut, aber steif und durch die Fesselung in ihrer Bewegung eingeschränkt. Es kostete einige Mühe, die Metallfeile zu greifen, passend zu drehen und zu platzieren. Nach dem zwölften missglückten Versuch gab ich das Mitzählen auf und brüllte wütend in den Knebel.

Mein Magen revoltierte und zwang mich, innezuhalten und das brennende Gebräu in meiner Speiseröhre mühsam wieder herunterzuwürgen. Geknebelt zu erbrechen, war mit dem reellen Risiko eines qualvollen Erstickungstodes verbunden. Daher zwang ich mich zur Ruhe.

Irgendwann gelang es mir, das Werkzeug richtig einzusetzen, und ich fühlte den elastischen Widerstand, den die Kabelbinder boten. Jetzt nutzte ich mein Körpergewicht, um durch schnelle seitliche Kippbewegungen Gewalt auf die Fesseln auszuüben. Wieder und wieder warf ich mich zur Seite, bis – endlich – ein leises Peitschen ertönte und ich frei kam. Unbehindert kippte ich mit der Schulter auf den Teppichboden. Ich war nicht mehr an das Rohr an der Wand gefesselt.

Allerdings war der Kabelbinder um meine Handgelenke noch intakt.

Ein paar Sekunden lang blieb ich auf der Seite liegen und gönnte mir etwas Erholung. Dann wälzte ich mich herum und kam mit einiger Mühe auf die Knie. Wartete ungeduldig, bis der Drehschwindel abgeebbt war. Ich versuchte, die gefesselten Hände unter meinem Hintern durch bis nach vorne zu bringen, doch dazu saß der Kabelbinder zu eng.

Dann musste es eben so gehen.

Ich stemmte mich auf die Füße und sah mich um. Die Arbeitsfläche der umgestürzten Werkbank verfügte über eine mit Metallblech verstärkte Längskante. Mit den Füßen kippte ich die Werkbank so, dass die Arbeitsfläche senkrecht stand und die Kante zur Decke zeigte. So kletterte ich rückwärts darüber. Ich schob meine Hände zu beiden

Seiten über die Metallkante, bis diese Kontakt mit dem Plastikband erhielt, und rieb beides gegeneinander.

Die Reibungswärme erfüllte dieselbe Funktion wie Hebelwirkung und Kraft. Nach einem Moment zerriss der Kabelbinder. Nun war ich wirklich frei und fiel erleichtert auf die Knie.

Als Nächstes pulte ich den durchnässten Knebel aus meinem Mund, schleuderte ihn in eine Ecke und erbrach mich gallig auf Wittes Teppichboden.

Ich atmete schwer, aber ungleich befreiter. An dem kleinen Waschbecken spülte ich den Mund aus, ließ kaltes Wasser über meine zitternden Hände und die zerschnittenen Handgelenke laufen und wusch notdürftig Blutspuren und Schweiß ab. Die Verletzungen waren oberflächlich und beschränkten sich auf die Streckseiten. Nichts Weltbewegendes.

Aber der brennende Schmerz befeuerte meine Wut auf die Witte-Zwillinge.

Ich klaubte meine Wagenschlüssel auf und sah mich rasch um. Handy, Pistole und Leatherman fand ich nicht, was meine Vermutung bestärkte, dass die Zwillinge sie hatten mitgehen lassen. Ich warf einen letzten Blick in die kleine Kammer. An der Werkzeugwand entdeckte ich etwas, das mir behilflich sein konnte ...

Mit meiner Beute taumelte ich zur Tür und fiel dagegen, zerdrückte dabei einige der aufgeklebten Eierkartons. Erneut drehte sich die Welt um mich. Wie lange würde es dauern, bis ich meinen Körper wieder völlig unter Kontrolle hatte? Ich sammelte mich kurz und drückte die Klinke hinunter. Die Tür war nicht verschlossen. Wie verdammt sicher wähnten sich diese Arschlöcher!

An der Wand entlang arbeitete ich mich auf wackligen Knien durch den Korridor, die Treppe empor zum Erdgeschoss und durch die Brandschutztür. Es war finsterste Nacht, als ich die Haustür aufwarf und nach draußen stolperte. Es regnete. Auf der Straße war keine Menschenseele zu sehen.

Sollte ich einen der Nachbarn wecken, um die Polizei zu rufen? Aber die Erklärungen, die vonnöten gewesen wären, hätten zu viel Zeit gekostet.

Ich fand den Range Rover und warf mich auf den Fahrersitz. Als der Motor startete, leuchtete mir die Uhrzeit aus dem Armaturenbrett entgegen. Es war 0321 Uhr.

Ich steuerte den Wagen hinaus auf die Fahrbahn und trat aufs Gas. Die Straße verschwamm vor meinen Augen, mit Mühe hielt ich das Steuerrad auf Kurs. 0322 Uhr. Ich verdrängte die Sorge darüber, was die Wittes bereits angerichtet haben mochten.

In diesem Moment ließ ich in meinem Kopf nur Platz für einen einzigen Gedanken: Die Wittes würden diese Nacht nicht überleben.

- 70 -

Alle Fenster von Zahra Ghanis Wohnung wurden von den heruntergelassenen Jalousien abgeschottet, so dass unmöglich zu erkennen war, ob in den Räumen dahinter Licht brannte oder nicht. Sämtliche anderen Fenster des Wohnhauses lagen gleichsam im Dunkeln. Ein sicheres Zeichen dafür, dass niemand etwas bemerkt hatte.

Die Unsicherheit auf den Beinen war noch immer nicht verflogen, als ich vom Wagen zur Haustür wankte. Ich hatte mich in meinem körperlichen Zustand zwingen müssen, langsamer und vorsichtiger zu fahren, um keinen Unfall zu verursachen. So hatte ich für die etwas mehr als acht Kilometer Entfernung achtzehn Minuten benötigt. Um 0340 Uhr erreichte ich die Haustür. Sie war verriegelt, aber ich hatte vorgesorgt: Aus Wittes Keller hatte ich ein schweres Stemmeisen mitgebracht. Mit der Pickpistole wollte ich mich nicht aufhalten. Die Devise hieß heute Nacht rohe Gewalt.

Ich schob das flache Ende des Werkzeugs etwas oberhalb des Griffes unter die Gummidichtung zwischen Türblatt und Rahmen und setzte meine ganze Kraft und mein Körpergewicht am anderen Ende des Hebels ein. Metall knirschte gegen Metall. Als Erstes gab die äußere Aluminiumverkleidung nach, dann das Schließblech. Mit einem Krachen sprang die Haustür auf.

Sollte der Lärm die Anwohner wecken und sie veranlassen, die Polizei zu rufen – das konnte mir nur recht sein.

Mit dem Stemmeisen in der Hand lief ich die Stufen hoch zu Zahras Wohnung. Kurz horchte ich am Türblatt, war mir aber nicht sicher, ob ich ein Geräusch dahinter wahrnahm oder es mir lediglich einbildete. Es spielte keine Rolle.

Ich hob das Stemmeisen, setzte es an und sprengte die Wohnungstür mit einem Ruck auf.

Sie waren im Schlafzimmer. Von dort und aus der Küche fielen breite Lichtstrahlen in die kleine Diele. Schatten tanzten hindurch.

Ich konnte nicht sehen, was im Schlafzimmer passierte, aber ich hörte Zahra: hektische, abgehackte, stöhnende Atemzüge, gedämpft wie durch eine dicke Decke – oder einen Knebel.

»Zahra!«, rief ich.

Schon erschien einer der Zwillinge in der Türöffnung, eine dunkle Silhouette vor dem warmen Licht, das Karambit-Messer in der linken Hand, die rechte Hand mit meiner Glock darin vor sich gestreckt.

»Du!«, zischte er und drückte ab.

Die erste Kugel drang hinter und weit über mir in die Wand. Witte war kein geübter Pistolenschütze und verriss die Waffe beim Feuern. Ich hatte mich blitzschnell hinabgeduckt und hechtete mit einem Sprung in die Küche, als Witte den Lauf senkte und erneut feuerte.

Die Schüsse dröhnten wie Donnerschläge in dem abgeschlossenen Raum. Ich warf mich hinter der Küchentür zur Seite und kam neben dem Kühlschrank wieder auf die unsicheren Beine. Witte folgte mir. Die Hand mit der Waffe erschien in der Türöffnung, und er jagte zwei weitere

Kugeln blindlings in die Küche. Die Luft füllte sich mit beißendem Pulverrauch.

Ich ließ das Stemmeisen auf sein Handgelenk niedersausen. Er jaulte auf, die Pistole polterte auf den Boden. Ich stieß ihm die Faust mit der Brechstange ins Gesicht. Blut spritzte. Witte taumelte zurück in die Diele, schwang dabei die linke Hand mit dem Karambit blindlings vor sich und erwischte mich am Oberarm. Ich achtete nicht darauf, sondern setzte nach. Als er das Messer zurückschwang, blockte ich seinen Unterarm mit der Linken und bekam das Handgelenk zu fassen. Mit dem Eisen traf ich seine Schulter, die Rippen, aber in der beengten Umgebung konnte ich kaum ausholen.

Wittes Rückwärtsbewegung trieb uns beide mit einem Krachen gegen die lädierte Wohnungstür. Ich verlor das Stemmeisen. Ein jämmerlicher Ellbogenstoß traf meine Kopfseite. Ich stieß mit dem Knie zu, zweimal, dreimal, und der Zwilling knickte ein.

Ich hielt sein Handgelenk fest umklammert und verdrehte die Messerhand, bis es laut knackte. Witte heulte in einer Mischung aus Wut und Schmerzen auf, fiel auf die Knie. Ich entwand ihm das Karambit, nahm es in sicheren Griff, den Zeigefinger durch den Ring am Griffende, die Faust um den Schaft geschlossen. Dann brach ich Wittes Ellbogen über meinem Knie.

Er schrie auf und fiel mit einem lauten Wimmern in sich zusammen, als ich seine Hand freigab. Ich genoss es, ihn in diesem Moment leiden zu sehen. Wie gern wollte ich ihm noch mehr Schmerzen zufügen!

Diese Erkenntnis erschreckte mich und ließ mich kurz innehalten.

Der angeschlagene Witte rappelte sich ächzend hoch und griff sofort wieder an. Er streckte die Hand nach meiner aus, in der ich das Messer hielt. Ich zog die Faust zurück, als er zugriff. Dabei schlitzte die scharfe Klinge des Karambit durch den Handschuh, durch Haut und Fingersehnen. Zwei seiner Finger fielen zu Boden. Stöhnend zog Witte die blutende Hand zurück und presste sie gegen seine Brust.

»Arschloch«, sagte ich und schlug ihm eine Gerade mitten ins Gesicht, direkt auf die gebrochene und blutende Nase. Witte sackte zusammen und fiel auf den Rücken, aber er war nicht k.o. – stattdessen rollte er sich auf den Bauch und kroch auf das Schlafzimmer zu.

Wie lange hatte unsere Auseinandersetzung gedauert? Vielleicht dreißig Sekunden? Eine geraume Zeitspanne für seinen Zwillingsbruder, in der er nicht in den Kampf eingegriffen hatte ...

Ein kurzes Stück hinter der Türschwelle lag ein Ausbeinmesser auf dem Schlafzimmerboden. Die lange, sanft geschwungene Klinge war blutverschmiert. Witte streckte die Hand danach aus.

Mit zwei Schritten war ich über ihm, packte ihn mit der linken Hand unterm Kinn und stieß mit der rechten das Karambit in die Drosselgrube zwischen seinem Hals und der Schulter, punktierte dabei die Lungenspitze. Witte stöhnte, fast besinnungslos. Ich hakte die gebogene Klinge unter das Schlüsselbein. Mit beiden Händen brachte ich seinen Oberkörper in die Senkrechte, fort von dem am Boden liegenden Messer, und zog ihn auf die Knie. Er leistete keinen Widerstand, war fast am Ende, und ich bezweifelte nicht, ihn unter Kontrolle zu haben.

Ich hob den Blick und sah den anderen Witte, dessen rechtes Auge jetzt zugeschwollen war, über Zahra Ghani auf dem Bett hocken.

Keine andere der Frauen, die dem Schattens bislang zum Opfer gefallen waren, war ernstlich verletzt worden. Heute

Nacht – bei Zahra Ghani, die der vermissten Yasmin Hayani zum Verwechseln ähnlich sah – hatten die Witte-Brüder ihr Vorgehen drastisch verändert. Es ging ihnen nicht mehr allein um Bestrafung, um Rache für ihnen vermeintlich zugefügtes Unrecht – sie wollten Zahra zerstören, wie sie es mit Yasmin getan hatten.

Der Anblick dieser Szene, die sich innerhalb eines Herzschlages für alle Ewigkeit in mein Gedächtnis einbrannte, ließ das Blut in meinen Adern gefrieren.

- 71 -

Die Situation erschien mir nahezu surreal. Der Verstand brauchte länger als die Seele, um alle grausamen Details zu erfassen und zu einem Bild zusammenzufügen.

Zahra Ghani auf dem Rücken. Auf ihrem Bett. Arme und Beine zu einem menschengroßen X gespreizt. Hand- und Fußgelenke mit Kabelbindern und Stricken ans Bettgestell gefesselt. Nackt und zitternd. Die Haut farblos und schweißnass glänzend. Die Kiefer weit geöffnet, der Mund von einem großen Knebel ausgefüllt, fixiert von mehreren Bahnen Klebeband. Ihr Atem hektisch und flach. Die Augen aus weit aufgerissenen Lidern zur Zimmerdecke starrend. Als wollten sie im nächsten Moment aus den Höhlen springen. Sie blinzelten nicht.

Auf dem Bett um Zahra herum und auf dem Boden lagen diverse Schneidwerkzeuge: ein Dutzend oder mehr Messer in unterschiedlichen Formen und Variationen, eine Gartenschere, eine Handsäge mit ergonomisch geformtem Griff ... Das Bettlaken war blutbefleckt. Das Blut stammte aus zahllosen Schnitten, die sich über Arme, Beine und Rumpf verteilten. Aber das war nicht alles.

Extra breite Kabelbinder schlossen sich stramm um Oberarme und Schenkel der jungen Afghanin. Provisorische Blutsperren. Die Gliedmaßen hatten sich dahinter lila verfärbt und begonnen, auf groteske Weise anzuschwellen. Bis auf die fehlenden Teile.

Auf der Vorderseite des linken Oberschenkels klaffte eine lange und tiefe Wunde, die bis auf den Knochen reichte. Am rechten Unterschenkel waren Muskeln und Sehnen vollständig abgeschält worden. Zwischen Knie und Fußknöchel leuchtete das blutige Weiß von Schien- und Wadenbein. Zu beiden Seiten davon lagen große Fleischstücke neben einem Ausbeinmesser. Darunter hatte sich das Laken mit Blut vollgesogen.

Ich konnte den Blick nicht von dem verstümmelten Bein lösen. Als ich endlich Luft holte, fraß sich der kupfrige Geruch des Blutes in meine Nase.

Zahra war noch bei Bewusstsein, registrierte ich, aber lange würde sie nicht mehr durchhalten, ehe sie in einen Schock abdriftete. Ich hatte Derartiges schon gesehen. Die junge Frau befand sich jedoch nicht im Krieg, sondern zu Hause in ihrem eigenen Schlafzimmer. Sie durchlitt einen Albtraum, schrecklicher und bösartiger als jede grausame Fantasie. Und sie würde nicht einfach daraus erwachen. Vielleicht hatte sie auch längst den Verstand verloren. Ich glaubte selbst, kurz vor diesem Punkt zu stehen.

Der zweite Witte hockte neben Zahra auf dem Bett, hielt ihren linken Oberarm mit einer Hand fixiert und die andere Hand mit einem Küchenbeil darin schlagbereit erhoben. Natürlich, durchfuhr es mich – sie waren die Söhne eines Metzgermeisters. Er bewegte sich jedoch nicht, sondern sah mich an.

»W-was –« Ich brachte nicht mehr als ein Krächzen hervor. »Was zum –? Warum –?«

Seine Augen leuchteten fiebrig, aber die Stimme des Zwillings klang auf gespenstische Weise unaufgeregt. »Ich sagte doch, du kannst sie nicht beschützen.«

Die Worte ließen etwas in mir explodieren, glühend und alles verzehrend wie eine Phosphorbombe. Tränen schossen in meine Augen und trübten die Sicht. Es war keine physische Verletzung, sondern der Schmerz des Versagens. Witte hatte recht: Ich hatte es verbockt.

Ich hatte Stevie verloren, und nun verlor ich Zahra.

Ihre Atemzüge steigerten sich zu panischen, durch den Knebel gedämpften Schreien.

Von hinter mir, aus dem Treppenhaus, drang aufgeregtes Stimmengemurmel an mein Ohr.

Das Schicksal seines Zwillings schien der Witte auf dem Bett nicht zu erfassen. Oder es war ihm gleichgültig. Lächelte er?

»Tu es nicht!«, krächzte ich. Flehte ich.

Witte holte kurz weiter aus – »NEIN!«, brüllte ich – und schlug zu, und ich zog das Karambit-Messer aus der Schulter seines Zwillings und schlitzte ihm die Kehle auf. Blut spritzte über das Bett. Als ich ihn losließ, stürzte er leblos vornüber aufs Gesicht. Eine scharlachrote Lache breitete sich zügig unter ihm aus.

Zahras Augen waren derartig verdreht, dass ich nur noch das Weiße sah, dann verlor ihr Körper sämtliche Spannung. Ich zuckte zusammen, als Witte einen zweiten Hieb mit dem Beil ausführte, mit dem er Zahras Unterarm endgültig abtrennte.

Sein Kopf fuhr zu mir herum. Sein Blick fiel auf den Körper seines Zwillings auf dem Boden, dann fixierte er mich.

»Ist er tot?«, fragte er und klang beinahe erschrocken.

Ich nickte und schluckte das heiß in meiner Kehle aufsteigende Brodeln herunter. »Und du bist der nächste«, sagte ich gerade so laut, dass er es hören konnte.

Ich hob den Fuß für den Schritt über die Türschwelle. Blitzartig sprang Witte vom Bett auf, holte aus und schleuderte das blutige Küchenbeil mit einem Wutschrei auf mich. Ich zog den Kopf ein und versuchte auszuweichen. Das Beil prallte gegen den Türrahmen rechts von mir und flog polternd weiter in die Diele.

Der letzte Zwilling hielt längst zwei andere Messer in den Händen, sprang mit einem Satz zurück auf das Bett und mit einem zweiten auf mich zu. Dabei stieß er einen markerschütternden Kampfschrei aus.

Ich reagierte instinktiv, warf mich zurück in die Diele. Selbst wenn er ungeübt war: Im Nahkampf stellte der tobende Berserker mit zwei Messern eine tödliche Gefahr dar.

Um aus dem Schlafzimmer zu gelangen, musste Witte über seinen toten Bruder hinweg klettern. Das verschaffte mir eine oder zwei Sekunden Zeit. Ich wechselte das Karambit in die linke Hand, suchte die um mich wirbelnde Diele nach dem Stemmeisen ab.

Witte kam in geduckter Haltung durch die Tür, knurrte wie ein wildes Tier, als wäre er von Sinnen. Lichtreflexe tanzten über die Klingen in seinen Fäusten.

Vor der Wohnungstür vernahm ich die Stimmen mehrerer Nachbarn, die durcheinanderredeten. Näher und klarer als zuvor, aber noch immer unverständlich.

Ich ignorierte sie und wich zurück bis zum Durchgang zur Küche. Dort lag meine Glock auf dem Boden. Das Karambit-Messer zur Abwehr erhoben, bückte ich mich hinunter, um die Pistole aufzuheben.

Witte trat in die Diele, machte zwei Schritte auf mich zu, und ich schoss ihm zweimal in die Brust. Eine der Kugeln trat aus seinem Rücken wieder aus und schlug zwischen blutigen Sprenkeln in die Wand hinter ihm.

Mirko Witte alias der Schatten stoppte einen Meter von mir entfernt, knapp außerhalb der Reichweite seiner Messerhände. Ich hielt die Glock weiter auf ihn angelegt, glitt einen halben Schritt rückwärts. Er sah mich an, das Gesicht feucht von Schweiß und mit Blutspritzern bedeckt. Seine Lippen zitterten. Speichel tropfte von ihnen hinab.

Langsam ging Witte in die Knie, seine Augen dabei weiter auf meine gerichtet. Er bewegte die Lippen, sprach zu mir. Ich verstand ihn nicht, denn in meinen Ohren klingelte es von den Pistolenschüssen.

»Es ist vorbei«, sagte ich und feuerte schnell hintereinander fünf weitere Kugeln in seinen Oberkörper.

Zahra Ghani war in die Charité eingeliefert und notoperiert worden, aber ihr Zustand galt als kritisch. Da ich keinen Zutritt zur Intensivstation erhielt, wartete ich draußen vor dem Eingang der Universitätsklinik auf Nachrichten. Während ich die kommenden und gehenden Besucher beobachtete, stellte ich den Jackenkragen hoch, um mich gegen den böig auffrischenden Wind zu schützen.

Martin Buchheister war bei mir. Er sah abgekämpft aus. Circa einmal alle zwanzig Sekunden rieb er mit der Hand über sein volles Gesicht, das eine Rasur nötig hatte.

Über meine rechte Wange spannte sich ein dicker Pflasterverband. Ein junger, syrischstämmiger Chirurg hatte eine kleine Meisterleistung abgeliefert und den Karambitschnitt mit einer sauberen intrakutanen Naht versehen. Ebenso die harmlose Verletzung am Oberarm. Und eine Platzwunde am Hinterkopf, die ich überhaupt nicht bemerkt hatte und die von dem Niederschlag im Keller stammen musste.

Eine Erinnerung würde ich in jedem Fall behalten.

Eine stationäre Beobachtung aufgrund meiner Gehirnerschütterung hatte ich auf eigene Verantwortung abgelehnt.

»Ich kann es nicht fassen«, sagte Buchheister zum wiederholten Mal und sah mich kopfschüttelnd an, »dass dieser Mistkerl sie bei lebendigem Leib zerstückeln wollte.«

Ich war bis zum Eintreffen des Rettungsteams bei Zahra geblieben. Ich hatte sie losgeschnitten, einen Notverband an ihrem Armstumpf angelegt und das verstümmelte Bein abgebunden. Die ganze Zeit über hatte ich nicht aufhören können, wie ein Schlosshund zu heulen.

»Es waren zwei«, erinnerte ich meinen Chef unnötigerweise.

»Ja, richtig, zwei. So eine Scheiße ...«

Beide waren tot und würden niemandem mehr Leid zufügen. Dennoch empfand ich keine doppelte Genugtuung. Die Last des zweifachen Versagens wog bedeutend schwerer.

Zuerst hatte ich Stevie im Stich gelassen und dann Zahra.

Der eine war tot, und die andere kämpfte um ihr Leben, das niemals wieder das alte wäre.

Zwischendurch war Zahra für wenige Sekunden zu sich gekommen und hatte die Hand gedrückt, die ich festhielt, ehe ihr Blick wieder ins Leere geglitten war. Mit ihrer unglaublichen Stärke hatte sie mir das Leben gerettet.

Ohne das hätte ich meine Glock vielleicht noch ein letztes Mal benutzt.

Dreißig Minuten später wurde unsere Geduld belohnt. Ein blasser Hauptkommissar Bremer schritt durch die automatische Glastür. Oberkommissarin Tietz neben ihm trug eine unbewegte Miene zur Schau. Sie kamen auf uns zu und grüßten knapp.

»Wie geht es ihr?«, fragte Martin Buchheister.

Aus der Innentasche seines Jacketts angelte Bremer eine zerknautschte Schachtel Zigaretten. Er schob sich einen

Glimmstängel zwischen die schmalen Lippen und bot uns ebenfalls einen an.

Wir lehnten dankend ab und warteten.

Bremer sog zwei tiefe Züge in seine Lungen und blies den Rauch in die Luft, wo der Wind ihn sofort davon wehte.

Seine Kollegin übernahm das Reden.

»Frau Ghani lebt, liegt aber noch in Narkose. Ihre Eltern sind jetzt bei ihr. Die Ärzte konnten das Bein nicht retten, und bei dem Arm sind sie wenig zuversichtlich, auch wenn sie ihn zunächst replantieren konnten.« Sie holte tief Luft. »Ihr neurologischer Zustand ist noch unklar. Frau Ghani hat reichlich Blut verloren. Möglicherweise hat auch ihr Gehirn Schaden genommen.«

»Scheiße«, sagte ich.

»Ich habe wirklich schon viel gesehen, aber das ...« Bremer schüttelte den Kopf. Er beäugte die Zigarette zwischen seinen Fingern mit sichtbarer Abscheu, nahm zwei weitere schnelle Züge und schnippte die Kippe fort. Dann sah er mich an.

Was erwartete ich zu hören? Eine Entschuldigung dafür, dass es zu dieser Gewalteskalation gekommen war, obwohl die LKA-Beamten Witte noch Stunden zuvor vernommen hatten? Ein Dankeschön, dass ich die Drecksarbeit für sie erledigt hatte? Ein Lob, dass ich Wittes unschuldigem Opfer das Leben gerettet hatte? Nichts davon spielte eine Rolle, entschied ich für mich. Vielleicht las Bremer das in meinen Augen.

Schließlich sagte er nur: »Sie werden uns noch einige Fragen beantworten müssen, Keller.«

Ich nickte. Bereute es sofort, weil die Bewegung eine Welle von Kopfschmerzen und Schwindel auslöste.

»Komm, Frank, lass uns gehen«, sagte Oberkommissarin Tietz seufzend zu ihrem Kollegen und tippte ihm auf-

fordernd gegen den Arm. »Wir haben noch eine Menge auf-
zuarbeiten.«

- Epilog -

Eine Woche später

Roland und ich hockten in alten Ohrensesseln in der Wohnstube des kleinen Häuschens, das er geerbt hatte. Die goldgerahmten Bilder, ausgestopften Reh- und Wildschweinköpfe und Hirschgeweihe hatte er zwischenzeitlich von den Wänden entfernt. Die vergilbten, staubfleckigen Tapeten verliehen dem Zimmer einen gewissen Charme.

Roland stemmte sich hoch und legte zwei Holzscheite im offenen Kamin nach. Das prasselnde Feuer verströmte seine wohlige Wärme im Raum. Ein ungestümer Herbst hatte das heiße Sommerwetter abgelöst, und draußen vor dem Fenster wurden die Bäume vom böigen Wind gebeutelt.

Seit der Blutnacht und Stefans Selbstmord war eine Woche vergangen. Wir planten eine Feuerbestattung für ihn, wie er es sich gewünscht hatte. So würde er anderen nicht so viel Platz wegnehmen, hatte er stets gescherzt. Aber noch warteten wir auf die Freigabe seines Leichnams durch die Staatsanwaltschaft.

Roland ließ sich wieder in seinen Sessel sinken und öffnete zwei Bierflaschen. Wir stießen an und mein Freund leerte seine Flasche in einem Zug zur Hälfte. Anschließend zündete er sich eine Zigarette an und blies den Rauch zur Zimmerdecke.

»Wie geht es dem Mädchen?«, fragte er.

»Schlecht zurecht. Immer noch auf Intensiv.« Ich trank einen großen Schluck. »Sie mussten den Arm wieder abnehmen. Es steht fifty-fifty, ob sie wieder aufwachen wird.«

»Wenn ja, wird es hart für sie werden.«

»Verdammt hart.«

»Was ist mir dir, Mann? Kommst du klar?«

Ich hob vage die Schultern. Die Erlebnisse aus Zahra Ghanis Schlafzimmer ließen sich kaum verdrängen. Außerdem tauchte in meinen Albträumen neuerdings zusätzlich Mirko Wittes Visage auf.

»Mal sehen ...«, sagte ich. »Ich bin ja mindestens so tough wie du. Aber vielleicht muss ich einmal mit unserem Seelenklempner reden.«

»So tough warst du nie und wirst du nie sein«, sagte Roland kopfschüttelnd. Dann grinste er, und wir stießen auf Dr. Zimmermann an.

»Gehst du morgen wieder zur Arbeit?«

Tatsächlich hatte Martin Buchheister mir zwei Wochen Sonderurlaub in Aussicht gestellt – als Anerkennung für meinen Einsatz. Aber ich hatte dankend abgelehnt. Eine Belohnung erschien mir nicht angemessen. Ein ruhiger, stinklangweiliger Job wartete auf mich, und die Aussicht genügte mir für den Moment.

»Was sonst?«

Roland ließ eine Lungenfüllung Zigarettenrauch aufsteigen. »Mach frei, komm mit mir in den Wald. Wir können was jagen. Oder angeln. Über alte Zeiten reden.«

Ich konnte mir ein Grinsen nicht verkneifen. »Zurück zur Natur, oder was?«

»Ist nicht das Schlechteste.«

»Ein andermal vielleicht.«

Er zuckte die Achseln. »Deine Entscheidung.«

Darauf trank ich.

Roland sah mich ernst an. »Tut mir leid, dass ich nicht da war. Erst die Sache mit Stevie ... Und dann konnte ich dich nicht mehr erreichen, und –« Er hob die Schultern.

»Was für eine verdammte Scheiße, Mann.«

Dem gab es nichts hinzuzufügen. »Mach dir keinen Kopf«, sagte ich nur.

Die Tatsachen konnte niemand von uns ändern. Roland trug keinerlei Verantwortung für das Geschehene. Aber ich hatte in den vergangenen Tagen öfter darüber nachgedacht, ob ich anders gehandelt hätte, wenn Stefan sich nicht umgebracht hätte.

Roland schnippte den Zigarettenstummel in den Kamin, leerte sein Bier und öffnete eine zweite Flasche. Ich winkte ab – wie gewöhnlich trank er schneller als ich.

Wir schwiegen eine Weile und beobachteten das wild lodernde Kaminfeuer. Das Knistern der Flammen und das Knacken des Holzes waren die einzigen Geräusche.

Irgendwann brach Roland das Schweigen. »Stimmt es, was sie im Fernsehen erzählen?«

»Was meinst du?«

Der Fall Witte wurde seit einigen Tagen in den Medien breitgetreten. Vor allem die Tatsache, dass es um einen vorher nicht bekannten Serientäter ging, sorgte für ein großes Echo gerade in der Regenbogenpresse.

»Dass die beiden sich von Tag zu Tag abgewechselt haben? Dass einer seinen Tag im Keller verbracht hat, während der andere zur Arbeit ging und ihr öffentliches Leben lebte?«

»Schon seit dem Kindergarten, so wie es aussieht.«

Auf dem Papier existierte nur ein Mirko Witte, angefangen bei der Geburtsurkunde. Tot waren Zwillingsbrüder. Die bürokratischen Probleme scherten mich herzlich wenig, aber der Teufel mochte wissen, wie es den Brüdern und ihren Eltern gelungen war, diese Täuschung all die Jahre aufrechtzuerhalten.

»Aber warum?«

Eine Handvoll Indizien konnte ich mit meinem Freund teilen: »Darüber rätselt das LKA auch noch. Die Idee, ein Kind zu verheimlichen, stammte wohl von der Mutter. Sie war als paranoid-psychotisch diagnostiziert und hat sich während eines Klinikaufenthaltes das Leben genommen. Die Zwillinge waren da sieben.«

»Und der Vater?«

Ich nippte an meinem Bier. »Der kann – oder will – nichts dazu sagen. Es heißt aber, er hätte eine Träne geweint, als er die Nachricht vom Tod seiner Söhne übermittelt bekommen hat.«

»Immerhin ... Und das verschwundene Mädchen?«

»Yasmin? Da gibt es viele Spekulationen, aber wenig Gesichertes. Das Armband, das Manfred Witte in seinem Pflegeheimzimmer aufbewahrte, konnte ihr zweifelsfrei zugeordnet werden.«

»Und was glaubst du?«

Ich seufzte und leerte mein Bier. »Die Theorie des LKA besagt, dass entweder die Zwillinge allein oder gemeinsam mit ihrem Vater das Mädchen getötet und die Leiche beseitigt haben. Wahrscheinlich in der familieneigenen Metzgerei, das wäre die naheliegendste Erklärung. Aber davon lässt sich leider nichts mehr beweisen.«

»Vielleicht doch«, sagte Roland.

Ich sah ihn fragend an.

Er beugte sich über die von mir abgewandte Armlehne und holte ein schmales Notizbuch im Format DIN A4 hervor, das er dort verborgen hatte. Er hielt es mir hin.

»Was ist das?«, fragte ich, obwohl ich es längst ahnte.

»Wittes Tagebuch Nummer eins.«

Fast wäre ich aus meinem Sessel gesprungen. »Hast du das etwa mitgehen lassen? Als wir in der Wohnung waren? Spinnst du?«

»Krieg dich wieder ein, Mann«, entgegnete Roland seelenruhig. »Ich dachte mir, es wird schon niemandem auffallen, wenn eins davon fehlt. Aber vor allem: Hier steht so ziemlich alles drin, was du wissen willst. Das Tagebuch beginnt mit Yasmin und endet mit Yasmin.«

Zögernd nahm ich das Büchlein aus seiner Hand. »Du hast es gelesen?«

»Nicht alles, aber das meiste. Du weißt ja, literarisch ist das Geschreibsel dieses Kerls kein echtes Meisterwerk. Oder besser: dieser Kerle«, korrigierte er sich.

Ich wog das Notizbuch in meinen Händen. Dachte darüber nach. Der Impuls, es aufzuschlagen und die ersten Ergüsse des Schattens vor mir zu sehen, blieb aus.

»Welchen Unterschied macht es?«, fragte ich.

»Wahrscheinlich keinen.«

Meine Frage war vorwiegend rhetorischer Natur. Mirko Witte – der Schatten – existierte nicht mehr. Für ihre Taten konnten die Zwillinge nicht mehr vor Gericht gestellt werden.

Ob es den Eltern von Yasmin Hayani helfen würde, die Wahrheit zu erfahren? Wenn sie sich nicht schon mit einer Version der Geschehnisse abgefunden hatten? Mit einer, die sie zu akzeptieren gelernt hatten in ihrer Endgültigkeit und Grausamkeit?

Ich betrachtete das schwarze Deckblatt des Heftes für eine Weile. Dann beugte ich mich vor und warf es zu den brennenden Holzscheiten in den Kamin.

Schweigend sahen Roland und ich zu, wie die Flammen das Papier und seine letzten Geheimnisse verschlangen.

ENDE

Anmerkungen des Autors

Der Roman, den Sie in den Händen halten, ist ein Werk der Fiktion. Jede Ähnlichkeit mit lebenden oder verstorbenen Personen oder Begebenheiten wäre rein zufälliger Natur. Dennoch entstammen alle Themen, die der Roman berührt, nicht der Fantasie des Autors. Leider.

In den vergangenen zehn Jahren wurden in Deutschland jährlich circa 20.000 Fälle von Stalking polizeilich erfasst. Die Dunkelziffer dürfte erwartbar höher liegen. Stalking ist ein Phänomen, welches das beharrliche Verfolgen und Belästigen einer Person gegen deren Willen beschreibt beispielsweise durch Telefonanrufe, Nachrichten, Geschenke, Beobachten, Nachstellen – bis hin zu Drohungen und sogar Gewalttaten. Zum Glück entwickeln sich Fälle von Stalking nur äußerst selten bis zu einer so extremen Eskalationsstufe, wie ich sie in »Der Beschützer: Schatten« erzähle. Dennoch ist Stalking kein Kavaliersdelikt, und für die Betroffenen bedeutet es meist eine erhebliche (nicht allein) psychische Belastung. Mit der Neufassung des § 238 StGB im Jahr 2017 wurde die strafrechtliche Verfolgung von Stalkingdelikten vereinfacht.

Sollten Sie, liebe Leserin oder lieber Leser, sich zu den Betroffenen zählen – oder noch unsicher darüber sein, ob Sie betroffen sein könnten – suchen Sie Hilfe!

Zahlreiche örtliche Polizeibehörden (wie z. B. die Polizei Berlin) bieten umfangreiche Angebote und Informationen für Betroffene.

Weiterführende Links (Auswahl, Stand Juni 2023):

- Programm Polizeiliche Kriminalprävention (auch in leichter Sprache):

https://www.polizei-beratung.de/themen-und-tipps/gewalt/stalking/

- Bundesweites Hilfetelefon, Rufnummer 08000 116 016:

https://www.hilfetelefon.de/gewalt-gegen-frauen/stalking.html

- Frauenberatungsstellen, für Nordrhein-Westfalen:

www.frauenberatungsstellen-nrw.de

- Verein »Weißer Ring e.V«: www.weisser-ring.de

Traumatische Erfahrungen bei Angehörigen des Militärs sind schon lange keine Unbekannten mehr. Das Verständnis von und die Aufmerksamkeit gegenüber Traumafolgestörungen wie der posttraumatischen Belastungsstörung (PTBS) ist in den vergangenen Jahrzehnten stetig gewachsen. Die Häufigkeit der PTBS in der deutschen Bevölkerung wird statistisch mit einem bis drei Prozent beziffert. Einsatzbedingte psychische Störungen bei Mitgliedern der Bundeswehr werden seit 2011 systematisch erfasst, da sie in Folge der wachsenden Zahl von Auslandseinsätzen in Krisenregionen anstiegen. Für betroffene aktive wie ehemalige Soldatinnen und Soldaten sowie deren Angehörige bietet die Bundeswehr selbst umfangreiche Unterstützungsprogramme (siehe dazu zum Beispiel https://www.bundeswehr.de/de/betreuung-fuersorge). Dennoch fehlen, wie im zivilen Bereich, häufig die notwendigen Ressourcen für eine zeitnahe psychotherapeutische Betreuung der Betroffenen.

Afghanistan, das Land am Hindukusch, rückte nach den Anschlägen vom 11. September 2001 in den Fokus der Weltöffentlichkeit, nachdem die USA den »Krieg gegen den Terror« ausgerufen hatten. Deutschland beteiligte sich an der ISAF-Mission (»International Security Assistance Force«), die sich schnell zum größten Einsatz der Bundeswehr seit ihrem Bestehen ausweitete. Einen wesentlichen Aspekt stellte die Ausbildung und Unterstützung der afghanischen Sicherheitskräfte dar, die ab Januar 2015 in der Mission »Resolute Support« fortgesetzt wurde.

Das Kommando Spezialkräfte (KSK), die Eliteeinheit der Bundeswehr, befand sich über zwanzig Jahre vor Ort, beginnend mit der »Operation Enduring Freedom« in 2001 unter Führung des US-Oberkommandos, endend mit dem Abzug der Koalitionstruppen im Sommer 2021. Abgesehen von der Ausbildung afghanischer Sicherheits- und Spezialkräfte, liegen über die Tätigkeiten und Einsätze des KSK nur wenig öffentlich zugängliche Informationen vor. Zwangsläufig erlaubte ich mir bei der Hintergrundgeschichte von Keller, Roland und Stefan, den drei Ex-KSK-Soldaten, Freunden und Kameraden im Roman, gewisse künstlerische Freiheiten.

Wer mehr Einblick erhalten möchte, dem empfehle ich zum Beispiel Ahmed Rashids Buch »Taliban« oder »Afghanistan: Unbesiegter Verlierer« von Natalie Amiri, die für mich bei den Recherchen sehr hilfreich waren.

Der überstürzte Rückzug der internationalen Koalition aus Afghanistan stellt ein politisches Armutszeugnis dar und dürfte an Inkonsequenz kaum zu überbieten sein:

Zwanzig Jahre nach dem gegen sie erklärten Krieg übernahmen die Taliban wieder die Macht. Die Zukunft des Landes bleibt ungewiss. Umso wichtiger, dass es Menschen gibt, die bestehende Verhältnisse verbessern wollen. Das gilt, wenn Sie mich fragen, übrigens für jeden Flecken auf unserem Planeten.

Danksagung

Ein paar letzte Worte des Dankes fehlen noch und finden hier ihren richtigen Platz. Ich sende meinen Dank also:

- Meinen Eltern, die mir die Welt der Bücher näherbrachten und als erste von meinem Traum erfuhren, einmal Schriftsteller zu sein (auch wenn sie ihn nie so richtig ernst nahmen).

- Meinen beiden großartigen Jungs, denen wir heute die Welt der Bücher näherbringen dürfen (auf dieses hier müsst ihr noch ein paar Jahre warten, ihr Pappnasen!).

- O.M. und R.G., meinen beiden treuesten Testleserinnen. Euch danke ich tausendfach. Ich komme wieder auf euch zu, und das ist keine Drohung.

- Der großartigen Y.S. für die wichtigen und richtigen Impulse und die schmerzhaften Fragen während des Lektorats. Ohne dich wäre dieser Roman ein ganz anderer geworden. Ich schulde dir etwas.

- Dem unermüdlichen B.S. für seine Unterstützung und Ermutigung bei den ersten Schritten zur Veröffentlichung. Letztlich ging das Buch einen anderen Weg – aber hier ist es.

- A.M., R.P., J.S., L.C., S.K., D.K., S.S., J.B., D.J., dem zweiten S.S. ... und unzähligen Weiteren für die unaufhörliche Inspiration.

- Meiner lieben Frau R. ... für die endlose Unterstützung, das Rückenfreihalten, die Motivation, die schöne Zeit. Eigentlich für alles. Und dass du immer an mich glaubst.

- Und natürlich Ihnen und euch, liebe Lesende (insbesondere denjenigen, die bis zu diesen letzten Zeilen durchgehalten haben!). Wie jeder Autor, der sein Werk in die Welt entlässt, hoffe auch ich, dass die Figuren und Geschichten nicht allein mir für ein paar Stunden Vergnügen, Unterhaltung, Zerstreuung und turbulente Emotionen bereiten, sondern ebenso der Leserschaft. Über Reaktionen, Anregungen, Lob, Kritik und die eine oder andere Rezension würde ich mich freuen. Wir Autorinnen und Autoren sind auf die Unterstützung unserer Leserschaft angewiesen. In diesem Sinne: auf zum nächsten Buch!

Apropos nächstes Buch: Lukas Keller wird zurückkehren, so viel sei versprochen.

Wer mehr über mein Schreiben erfahren oder auf dem Laufenden bleiben möchte, hat folgende Möglichkeiten:
Instagram: @olivergross_autor
Facebook: Oliver Gross - Autor